전투원, 파견합니다!

COMBATANTS WILL BE
DISPATCHED!

「장하다! 자……나는……사람들을 불러오지! ……헤헤헤헤……! 공적은 우리 모두의 거다! 알았지?!」

JW'S VIEW
공을 세울 기회를 줬지 않느냐.
껴 주는 것만으로도 고맙게 생각해라!

권의 메인 히로인

스노우
------- SNOW -------
슬럼의 고아에서
근위기사단 대장 자리까지
올라간 노력가.
그만큼 출세욕이 강하며,
공을 세우는 것에 집착한다.

로제

ROSE

커○처럼 카피 능력을 지닌 키메라.
창조자인 할아버지의
유언을 소중히 여긴 나머지 말투가……
솔직히 좀 보기 안쓰럽다.

「대장은 유부남? 애인은 있어? 참고로 나는 독신이야. 나는 이렇게 괜찮은 여자인데, 이상하게도 애인이 없어.」

그림

GRIMM

대주교지만 색골.

「나는 로제. 전투용 인조 키메라. 로제야…… 당신들이 나를 잘 다룰 수 있을까……?」

「키사라기 제작, 미소녀형 고성능 안드로이드, 키사라기 앨리스다. 너와 같이 평사원이니 말을 놔도 된다.」

키사라기 앨리스
------- KISARAGI ALICE -------
키사라기의 기술을 총동원한
고성능 안드로이드.
과도한 폭력을 당하면 내장된
동력로가 폭주해 자폭한다.

■ALICE'S VIEW
뭐가 문제지? 자폭은 악당의 로망이지 않느냐.

■ROSE'S VIEW
하지만 할아버지가, 할아버지가…….

■GRIMM'S VIEW
나만 소개가 너무하지 않아?!
위대하신 제나리스 님, 이 페이지를 만든 자에게 재앙을!
생선뼈가 목을 찌르는 고통을 맛봐라!

자기소개

「대장님, 그런 소리 좀 안 하면 안 돼요? 군사행동 중인데 왠지 엄청난 악행에 가담하는 것 같은데요……」

히얏하! 거역하는 녀석은 다 죽인다! 목숨이 아까우면 짐을 두고 썩 꺼져라!

NO.6'S VIEW
하지만 이건 전투원 매뉴얼에도 있는
공식 항복 권고 멘트라고.

전투원 6호의 올바른 군사행동③

CONTENTS

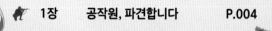

COMBATANTS WILL BE DISPATCHED!

일러스트 / 카카오 란탄
오리지널 디자인 / 이와이 미사(바나나글러브 스튜디오)

전투원, 파견

아카츠키 나츠메
NATSUME AKATSUKI

ILLUSTRATION
카카오 란탄
KAKAO LANTHANUM

전투원, 파견합니다!

합니다!

프롤로그

"……다시 한번, 당신의 출신국을 물어도 될까요?"

"일본이에요. 닛폰이든, 니혼이든, 재팬이든, 마음에 드는 명칭으로 불러주세요."

"……죄송합니다. 저는 일본이라는 나라를 모르는지라……."

"그럴 수도 있죠. 동쪽 끝자락에 있는 작은 섬나라거든요."

"으음……. 그런데 이 이력서에 적혀 있는, 당신이 이전에 근무한 『비밀결사 키사라기』라는 회사는 대체 어떤 곳인지 알려주실 수……."

"비밀결사니까 비밀이에요."

"그, 그런가요……. 으, 으음, 그럼, 이 이력서의 특기사항에 적혀 있는, ……전방위형 회전 배소라는 건 뭔가요?"

"필살기예요."

"……필살기?"

"예. 내 필살기죠. 그 기술로 수많은 히어로를 골로 보냈어요."

"······히어로가 뭐죠?"

"적이에요."

"그, 그런가요······. 아까부터 질문만 해서 죄송한데요······. 으음, 즉, 당신은 전투에 능한 사람으로 봐도 될까요?"

"예, 그래도 상관없어요."

"──나는 전투원이니까요."

1장 공작원, 파견합니다

1

『키사라기』라는 이름의 기업이 있다.

그것은 현재 지구에서 모르는 사람이 없는 대기업이다.

나는 현재, 그 키사라기 본사의 회의실에서…….

"——그렇게 된 것이다, 6호. 알았나?"

"6호, 알았나?"

"하나도 모르겠는데요."

내가 주저 없이 그렇게 대답하자, 간부들은 실망스럽다는 듯이 한숨을 내쉬었다.

"……그럼, 다시 설명하겠다. 전투원 6호. 네놈은 우리 비밀결사 키사라기의 첨병으로서 스파이 활동에 임하도록. 네 임무는 현지 생물의 생태조사, 원주민이 있다면 그들의 군사력에 관한 스파이 활동. 그리고 침략해서 차지할 가치가 있는 자원이나 토지가 있는지 조사하는 것이다."

"네에……."

여기까지는 이해했다.

그렇다. 여기까지는 평소 수행하는 임무와 별반 다르지 않다.

"그리고, 그 파견지는 지구 외 행성이다. 알았나?"

"알았나?"

"역시 모르겠는데요."

내 즉답을 또 들은 대간부 두 명은 당혹스러운 표정을 지었다.

허리 언저리까지 기른 윤기 넘치는 흑발, 한기가 느껴질 만큼 아름다운 빙결(氷結)의 아스타로트.

불처럼 붉고 웨이브진 머리카락, 풍만한 몸매를 아낌없이 드러낸 업화(業火)의 벨리알.

두 여간부는 수영복에 버금갈 만큼 노출이 심한 의상을 입었고, 평소 기꺼이 자신들의 별칭을 입에 담았었다.

아까부터 내게 설명해 주던 빙결의 아스타로트가 또 한숨을 내쉬었다.

"……6호, 대체 뭘 모르겠다는 거야? 나는 딱히 어려운 이야기는 하지 않았잖아? 스파이로서 잠입하라는 간단한 명령이야."

옆에 있는 업화의 벨리알이 그 말이 옳다는 듯이 연이어 고개를 끄덕였다.

"임무는 이해했어요. 이해가 안 되는 건 지구 외 뭐시기라고요. 두 사람이 괴상한 코스프레를 하거나 자기 입으로 안쓰러운 별칭을 쓰는 것까지는 나도 받아주겠지만……. 다 큰 어른이 지구 외 행성이 어쩌고 같은 소리를 하면, 아무리 나라도 질린다고요."

"네, 네 이놈, 간부복을 코스프레 취급하지 마!"

"안쓰럽다고?! 6호 너, 우리를 그렇게 생각했던 거야?!"

동요하는 두 간부.

"뭐, 당신들이 이상한 소리를 하는 건 어제오늘 일이 아니지만, 오늘은 더 맛이 갔는데요?. 이세계 전생물 애니라도 보고 영향을 받은 거예요?"

"이, 이게 듣자 듣자 하니 정말! 잘 들어라, 전투원 6호! 현재, 비밀결사 키사라기는 세계 정복을 목전에 둔 상황이다. 그건 알고 있지?"

"뭐, 알죠."

이마에 핏줄이 난 아스타로트가 인내심을 발휘하며 설명했다.

세계 정복.

그렇다. 세계 정복이다.

내가 소속된 이 회사는 악의 조직을 자처하고 있으며, 지구를 지배하기 위해 온갖 악행을 저지르고 있다.

나 또한 입사와 함께 개조수술이라는 것을 받은 후, 전투원으로서 혹사당하고 있다.

세계 정복을 목표로 삼고 있는, 전혀 비밀스럽지 않은 초거대 기업, 악의 조직, 비밀결사 키사라기.

이제 이 거대 조직을 군사력으로 압도할 수 있는 나라는 없어 경제적으로 소소한 저항만이 있지만, 그것도 시간문제로 여겨지고 있다.

"그렇다면 세계 정복이 완료되고 난 후, 너희 같은 전투원은 어떻게 될 것 같지?"

나는 아스타로트가 던진 질문의 의미를 이해하지 못해 고개를 갸웃거렸다.

"……예? 세계 정복이 끝나면요? 그야 우리는 지배자가 되어 여생을 주지육림에 빠져 방탕하게 지내는 거 아니에요?"

"멍청하긴. 대규모 정리해고다."

"" 어.""

아스타로트가 차가운 목소리로 그렇게 말하자, 나와 벨리알이 한목소리로 신음을 흘렸다.

"정리해고……. 어, 어라? 그럼 모가지를 당한다는 거예요?"

"그렇다."

그 순간, 회의실에 정적이 흘렀다.

"……어어어어어어이! 너, 너, 이제 와서 헛소리하지 말라고!! 사람을 마구 굴려서 험한 꼴 보게 하고, 쓸모가 없어졌으니 휙 내버리는 거냐?! 이 냉혈녀! 내 몸을 개조수술해서 망친 거 책임져! 구체적으로 말하자면, 성실한 전업주부가 될 테니까, 나랑 동거해요!!"

"저기, 나도?! 간부 중에서 전투 담당인 나도 정리해고를 당하는 거야?!"

나와 벨리알이 아스타로트에게 마구 따졌지만, 빙결이라는 별칭에 걸맞게, 태연한 표정으로…….

"뭐, 두 사람 다 진정해……. 어, 어어, 6호, 차근차근 설명할 테니까 내 옷에서 손을…… 버, 벗겨져! 그만해! 간부복은 노출이 심하니까, 그, 그러면 벗겨진단 말이야!!"

……하악하악 하고 거친 숨을 내쉬며 울먹거리던 아스타로트는 겁먹은 표정을 짓더니, 자신의 몸을 감싸 안으면서 물러났다.

"정말, 두 사람 다 진정해라! 우선 벨리알. 너는 최고 간부다. 그러니 정리해고를 당하지 않는다. 세계 정복을 완수한 후에도 최소한의 군사력은 필요하니까 말이다. ——그리고, 전투원 6호."

벨리알은 안심해서 한숨을 내쉬었지만, 말단 전투원인 나는 그 말을 듣고 긴장했다.

아스타로트는 그런 나의 속내를 꿰뚫어 보려는 것처럼 나를 똑바로 쳐다보았다.

"벨리알과는 달리, 너는 평범한 전투원이다. 하지만 키사라기 발족 초창기부터 함께한 멤버이기도 하지. 나를 비롯한 간부들과도 친밀한 사이이며, 이제 최고 간부 중 한 명이라고 해도 과언이 아닐 거다."

"그럼 월급 좀 올려주면 안 돼요? 나는 고등학생 때부터 이 조직에 있었는데, 아직도 아르바이트 시절과 똑같은 월급 받는다고요……."

"하지만! 너 한 사람만 우대하며 다른 전투원을 홀대했다간, 우리 조직은 무너지고 말 거다!"

월급 이야기는 은근슬쩍 무시했다.

"……그럼 어쩔 건데요? 공평하게 제비뽑기해서 해고당할 사람을 정하겠다는 소리를 한다면, 나도 개조당한 이 몸으로 한바탕 날뛸 거라고요."

"머, 멍청한 놈. 그래서 아까 같은 명령을 내린 거다."

내 목소리에 어린 약간의 진심을 느낀 건지, 아스타로트는 약간 엉거주춤한 자세로 거리를 벌리면서 그렇게 말했다.

"그러니까, 6호. 지구를 지배했으니까, 새롭게 지배할 땅을 찾으면 된다는 거야. 정리해고 이야기는 나도 방금 처음 들었지만, 예전부터 다 같이 앞으로 어떻게 할지 의논했었어. 전쟁이 없어진다면, 다들 일거리가 줄어들 거래. 점령 후의 통치에도 힘을 쏟아야 하니까, 함부로 돈 낭비도 할 수 없거든."

아스타로트의 옆에 있던 벨리알이 그런 소리를 했다.

"그래서 지구 외 행성 운운한 거예요? 애초에 그런 기술이 있다면, 나는 옛날 옛적에 글래머 미녀만 있는 세계에 갔을 거라고요. 그리고 그런 이야기는 우선 화성이나 금성에 갈 기술을 개발한 후에 해야 하는 거 아니에요?"

내가 못난 자식이라도 보는 듯한 눈으로 그렇게 말하자, 두 사람은 뭔가 할 말이 있는 듯한 표정을 지었다.

"……그 이야기는 릴리스의 방에 가서 마저 하겠다. 6호. 따라와라."

평소와 다르게 진지한 표정으로 그렇게 말한 아스타로트가 걸음을 옮기자, 나는 고개를 갸웃거리며 뒤를 따랐다——.

——세 명뿐인 최고 간부 중 한 명, 흑(黑)의 릴리스의 연구실.

그곳에는 어디에 쓰이는지 알 수 없는 대량의 물건이 굴러다니고 있었으며, 그중에서 가장 눈에 띄는 물건은 바로…….

"6호, 이게 뭔지 알겠나?"

그렇게 말한 아스타로트가 손바닥을 내민 곳에는 사람 몇 명이 쏙 들어갈 크기에 대량의 기계가 잔뜩 붙어 있는 유리 포드가 있었다.

"이게 뭔데요? 영화에 나오는 전송장치 같네요."

바로 그때.

이 연구실 주인의 목소리가 방 안쪽에서 들려왔다.

"맞아, 6호! 너는 바보지만, 감 하나는 좋다니깐!"

나를 바보라 부른 자는 앞머리가 일자인 단발, 흰색 가운을 걸친 미소녀, 흑의 릴리스.

나한테 개조수술을 한, 매드라는 단어가 잘 어울리는 과학자다.

"맞다니……. 어, 진짜로 전송장치예요? 이 잡동사니 같은 게?"

"잡동사니는 말이 좀 심하네. 이건 인류에게 닥친 모든 문제를 해결해 줄지도 모르는, 내 최고 걸작 중 하나야!"

평소에는 음침 캐릭터면서 지금은 텐션이 하늘을 찌르고 있는 릴리스를 본 아스타로트가 눈살을 찌푸렸다.

"릴리스, 또 흰색 가운을 입은 거냐. 간부면 간부답게 간부복을 입어."

"싫어. 창피한걸. 그리고 이런 가운을 입고 있으면 과학자 같아 보이잖아? 이참에 말하는 건데, 너희 둘 다 싸구려 어덜트 비디오에 나오는 코스프레 아가씨 같아."

"아, 나도 같은 생각이에요."

""뭐, 뭐어?!""

아스타로트와 벨리알은 충격을 받았는지 그 자리에서 정지했다.

하지만 지금은 저 두 사람에게 관심을 줄 때가 아니다.

"······그건 그렇고, 진짜 전송기인가요. 또 엄청난 걸 만들었네요. 릴리스 님은 세계 제일의 과학자라는 말을 조직 안에서 자주 듣지만, 쓸데없는 연구에 돈만 퍼붓는 식충이라고 생각했어요."

"······너, 너도 참 여전하구나. 상사한테 그런 소리를 다 하고."

약간 충격을 받은 듯한 릴리스에게서 시선을 뗀 나는 포드를 뚫어져라 관찰했다.

"그런데 이것과 내 임무가 무슨 상관인데요?"

내가 그렇게 말하면서 고개를 갸웃거리자, 릴리스는 그 말을 기다렸다는 듯이 눈을 반짝이며 입을 열었다.

"너는 외계인이 있다고 생각해?"

"그야 있지 않을까요? 잘은 모르겠지만요."

우리 비밀결사에는 괴인 같은 것도 있고, 이 세상에는 히어로라는 정체불명의 녀석들도 존재한다.

그렇다면, 이 넓은 우주에 뭐가 존재하더라도 이상할 게 없다.

"현재 이 우주에는 지구와 흡사한 행성이 다수 발견됐어. 물이 있고, 녹음이 우거졌으며······. 빛을 내는 별과 적당한 거리를 유지하고 있을 뿐만 아니라, 크기 또한 지구와 비슷한, 그런 행성 말이야. ······그래서, 매일같이 수고하고 있는 너에게 상을 주기로 했어."

상?

릴리스는 영문을 모르겠다는 표정을 짓는 나를 가만히 보며 말했다.

"바깥 세계에 흥미는 없어? 이 광대한 우주에는 셀 수도 없을 만큼 많은 항성(恒星), 즉 빛을 내는 별이 떠 있어. 그리고 그런 항성 주위를 수많은 행성이 돌고 있지. 즉, 우주에는 천문학적 숫자라는 말에 걸맞게, 세는 게 허망할 만큼 많은 세계가 존재하는 거야."

점점 흥분한 릴리스는 얼굴이 벌겋게 달아오르더니, 두 손을 활짝 펼치면서 열변을 토했다.

"그곳은 그야말로 미지의 세계야. 미개한 원시인만 있는 별일지도 몰라. 지구보다 훨씬 문명이 발전한 별일지도 모르지. 그리고 네가 껌뻑 죽는, 검과 마법의 세계가 있을 수도 있어. 그런 세계에 가 보고 싶지는 않아?"

"내가 무슨 짓을 해도 무조건 좋아해 주는 별이나, 미적 감각이 지구와 달라서 내가 울트라 미남으로 보이는 별, 남자는 나 혼자인 별이 있을지도 모른다는 거네요. 즉, 전송기로 그런 별에 보내 주겠다는 거군요. 그럼 빨리 갈게요. 나는 준비 다 됐어요."

마구 떠드는 내게 약간 기겁하면서, 릴리스는 돌아서더니 연구실 안쪽을 향해 손짓했다.

"그, 그래. 승낙해 줘서 다행이야. 그리고 너 혼자만 파견되는 건 아냐. ……앨리스, 이리 와."

릴리스가 부르자, 흰색 원피스를 입은 금발 벽안의 여자애가 다가왔다.

나이는 초등학생 6학년 정도로 보였다.

약간 비틀거리면서, 조그마한 몸집에 걸맞지 않을 만큼 커다란 배낭을 짊어지고 있었다.

"이 꼬맹이는 뭐예요? 나는 꼬맹이를 싫어한다고요."

"꼬맹이는 너를 말하는 거냐? 말단 전투원이 나대지 마라."

…………

"어? 방금 그 말, 네가 한 거냐? 이 망할 꼬맹이가 뭐라는 거야? 나는 어린애가 상대라도 봐주지 않는다고. 나는 악의 조직 소속 전투원이거든. 세계 제일의 대기업, 키사라기를 깔보지 말란 말이야."

"나한테 폭력을 쓰면, 내장된 동력로가 폭주해서 이 일대가 소멸될 거다. 그래도 괜찮다면 어디 한번 해 봐라. 그리고 내 정식 명칭은 망할 꼬맹이가 아니라 키사라기 제작, 미소녀형 안드로이드다."

……안드로이드냐? 진짜냐.

은근슬쩍 무기질적인 목소리도 그렇고, 표정도 그렇고, 듣고 보니 인간이 아닌 것 같은 느낌이 들기는 했다.

"금방 친해진 것 같아서 안심했어. 그럼 정식으로 소개할게. 이 아이는 앨리스라고 해. 네 서포터로서 만들어진 고성능 안드로이드지. 내 또 하나의 최고 걸작이야."

"너 같은 전투원의 값싼 목숨과 달리, 내게는 막대한 개발비가 투자됐으니 소중히 여겨. 너는 바보라고 들었다. 현지에서 머리를 쓰는 일은 내게 맡겨라."

"……저기, 나는 이렇게 입이 더럽고 위험한 깡통은 됐어요."

나는 그렇게 말하면서 포드 앞에 선 후, 무장을 확인했다.

왼쪽 허리춤에는 손에 익은 권총을 차고 있다.

예비 총탄은 벨트에 잔뜩 달려 있다.

반대쪽 허리에는 예전에 받은 보너스로 산 배틀 나이프.

미지의 세계로 떠나는 사람의 장비품치고는 영 부실한 것 같지만……

"보아하니, 갈 각오를 마친 것 같네."

코스프레 아가씨 발언의 충격에서 벗어난 아스타로트가 평소 차갑기만 하던 얼굴에 부드러운 미소를 지으며 말했다.

……내가 사기나 다름없는 포스터에 낚여 아르바이트 면접을 받으러 간 자리에서 아스타로트가 지었던 미소. 비밀결사 같은 수상쩍은 조직에서 일할 마음이 들게 했던, 내가 가장 좋아하는 얼굴이다.

이러니저러니 해도 내가 악행을 저지르고, 세계를 상대로 전쟁을 불사하게 만든 얼굴.

"갈게요. 가고말고요! 결론적으로 보자면, 나는 모든 전투원 중에서 엄선된 키사라기 대표 같은 거니까요!"

내가 의욕을 불태우며 그렇게 말하자, 아스타로트는 당연히 힘차게……

"응? ……그, 그렇지! 그렇고말고! 모든 전투원 중에서, 이렇게 중요한 임무를 맡을 사람은 너뿐이고말고!"

"어이, 어떤 기준으로 정한 거야? 벨리알 님, 선발대는 어떤 기준으로 선출했나요?"

당황한 아스타로트에게서 시선을 뗀 나는 방구석에서 몸을 웅크린 채 투덜대고 있는, 거짓말을 못할 것 같은 벨리알에게 물어보았다.

"야하지 않아……. 간부복은 야하지 않아……. 어? 선출? 그건 아스타로트가 주사위를 굴려서——."

"전투원 6호, 네 활약을 기대하겠다! 자, 어서. 시간이 없으니까 빨리 들어가!"

뭔가 말하려던 벨리알을 가로막고, 아스타로트는 나를 억지로 포드 안에 밀어 넣었다.

……무사히 귀환하면 반드시 간부 대우의 월급을 받아내자.

"참고로 필요한 무장이나 기타 물자는 이 소형 전송기를 통해 메모를 보내서 신청해. 이걸로 메모를 보내면, 너와 앨리스의 몸에 박힌 칩을 통해 너희의 좌표를 알 수 있어."

릴리스는 그렇게 말하면서 손목시계 같은 것을 나와 앨리스에게 건네더니, 안심시키려는 것처럼 빙긋 웃었다.

장비가 변변찮아서 걱정됐는데, 다행이다.

어떤 장소에 보내질지는 알 수 없지만, 키사라기사의 장비를 마음껏 쓸 수 있다면 그 무엇이 상대라도 전혀 무섭지 않다.

유리 포드에 들어간 내 뒤를 이어, 입이 험한 깡통도 멋대로 들어왔다.

"야, 앨리스라고 했지? 너, 공격을 받으면 동력로가 폭주한다고 했는데 진짜 괜찮은 거냐? 부탁이니까 자폭은 하지 말라고."

"자폭은 악당의 로망이지. 뭐, 걱정하지 마라. 나는 네 서포터로 만들어졌거든. 서포트 상대를 죽이는 건 말도 안 되니, 때와 장소를 가리도록 하지."

자폭 자체를 하지 말라는 뜻인데. 이거, 진짜로 괜찮은 걸까.

"전투원 6호."

아스타로트가 빙결이라는 별칭의 유래가 된 얼음장처럼 무표정한 얼굴로 나를 불렀다.

하지만 곧 그 표정에 불안이 어리더니…….

"……저기, 말이다. 네놈과는, 네가 아직 학생이었을 적부터 알고 지냈다. 아까도 말했다시피, 나는 네놈을 이 조직의 최고 간부 중 한 명이라고 여기고 있지. 그건 거짓말이 아니다."

이 여편네가, 내가 출발하기 직전에 느닷없이 무슨 소리를 하는 거야.

나는 고1 때 이 조직에 아르바이트생으로서 들어왔다.

그 후, 우리는 단기간에 이 세상의 태반을 지배했다.

군대와 싸운 적도 있고, 자칭 히어로라는 쫄쫄이 차림의 변태 집단과 사투를 벌인 적도 있다.

그 변태 집단이 조종하는, 다른 일에 좋게 활용할 수 있을 법한 기술력으로 만들어진 합체 변형 인간형 로봇과 싸운 적도 있다.

그 싸움은 하나같이 위험하고 부조리했다. 몇 번이나 다 때려치우겠다고 외쳤지만…….

"당신들과 같이 지낸 이 조직은 즐거웠어요. 앞으로 무슨 일이 생길지는 모르겠고, 무사히 돌아오겠다는 약속도 못 하겠지만, 이번 파견지도 좀 기대가 되네요. 뭐, 귀환할 수 있도록 최대한 노력해 볼게요. 그러니까, 내가 돌아오면 그때는 월급을 간부급으로 올려주세요."

"멍청아. 이럴 때는 무사히 돌아오겠다고 약속해라. 우리는 네가 돌아오기를 기다리고 있겠다. 그때는 네놈을 최고 간부로 삼아서 사천왕을 구성하는 것도 나쁘지 않겠지."

내가 옛날 일을 떠올리면서 그렇게 말하자, 아스타로트는 미소를 지으면서 그런 말을 입에 담았다.

……나, 곧 스무 살이거든? 이 나이에 사천왕 같은 걸로 불리는 건 부끄럽다고…….

"으음, 역시 내가 가고 싶네……. 6호는 참 좋겠어. 미지의 세계를 모험할 수 있잖아. 내 이름이 나오도록 주사위를 조작할 걸 그랬다니깐~."

"……주사위를 조작? 벨리알 님도 후보에 있었어요?"

벨리알은 내 말을 듣더니, 어이없다는 듯이 웃음을 터뜨렸다.

"당연히 있었지. 주사위의 1과 2가 아스타로트, 3과 4가 나였어. 그리고 5가 릴리스, 6이 너였거든. 아스타로트가 처음에 가는 사람은 신용할 수 있는 멤버 중에서 뽑아야 한다고 해서, 우리 중에서 고르기로 한 거야. 주사위로 정해야 공평하다고 자기 입으로 말했으면서, 6이 나왔을 때는 엄청 투덜댔다니깐~. 역시 위험하니까 자기가 가겠다고 말했──."

"음! 그럼 준비는 됐나, 전투원 6호!! 이제부터 네놈들에게 정식으로 임무를 하달하겠다!"

벨리알이 뭔가 매우 중요한 걸 가르쳐 주려던 순간, 아스타로트가 얼굴이 새빨갛게 붉히며 새된 목소리로 고함을 쳤다.

뭐야. 나, 진짜로 간부 대접을 받고 있잖아.

게다가 소중히 여겨주고 있네.

……아주 조금, 코가 시큰거렸다.

얼굴이 벌게졌는데도 어떻게든 무표정인 척하는 아스타로트에게…….

"……아스타로트 님, 떠나기 전에 포옹해도 될까요?"

"임무를 하달하겠다! 네놈이 받을 지령은 두 가지. 첫째, 현지에 안전한 기지를 만든 뒤, 그곳에 전송기를 설치해서 현지와 지구의 왕복을 가능하게끔 해서 무사히 귀환하는 것이다. 이 임무는 주로 앨리스가 담당하도록 한다."

내 말을 완전히 무시하고 있는 아스타로트를 히죽거리며 쳐다보던 벨리알이 입을 열었다.

"어이, 6호. 가기 전에 포옹만 하지 말고 뽀뽀도 하지 그래? 이럴 때면 아스타로트도 화내지 않을 거야."

"그랬다간 확 얼려버릴 거야! 아 진짜! 설명을 못하잖아! ……둘째는 현지의 군사력 및 자원과 토양을 조사하는 거야. 이 임무는 전투원의 일자리 문제 말고도 현재 지구가 안고 있는 인구 증가에 따른 식량 문제, 전쟁에 의한 토양 오염, 해수면 상승에 따른 거주 가능 지역의 축소 등……. 네 파견지가 인류가 이주할 수 있는 별이라면, 그 문제가 단숨에 해결될 가능성이 있어."

……어.

"잠깐만요. 그럼 이건 조직이 아니라 지구의 운명이 걸린 매우 중요한 임무네요?"

"그야 당연하지. 그러니까 실패는 용납할 수 없어. 애초에 실패했다간 네가 귀환을 못 하니까 주의해. 아까 릴리스가 말했다시피, 필요한 장비가 있으면 메모를 써서 전송해. 그래도 아직은 이 유리 포드에 들어갈 크기의 물건만 보낼 수 있지만 말이야."

……그렇구나.

즉, 조직이 전면적인 지원 태세로 서포트해 주며, 장비 또한 마음껏 쓸 수 있다는 것이다.

"그리고, 일주일에 한 번은 경과 보고를 할 것. ……네가 건강하게 잘 지내고 있다는 걸 알려줘."

아스타로트는 그렇게 말하면서 살며시 웃었다.

나는 그런 아스타로트를 있는 힘껏 꼭 안아 주려고 했다가 걷어차여 포드 안에 내동댕이쳐졌다.

"——자아, 준비는 됐지?"

릴리스는 포드 안에 들어간 나와 앨리스를 보면서 최종 확인을 시작했다.

그 옆에서는 아스타로트가 팔짱을 낀 채 고개를 숙이고 있었다. 그리고 벨리알은 걱정스러운 표정을 지은 채 유리에 찰싹 달라붙더니 마치 내 얼굴을 똑똑히 기억하려는 것처럼 나를 빤히 봤다.

"좀 느긋한 마음으로 보내주세요. 여러분이 그러니까 나까지 긴장되잖아요."

내 말을 들은 아스타로트가……

"……그래. 맞아. 네가 이미 각오했는데 우리가 이렇게 걱정하면, 네가 괜히 불안해질 거야. ……전투원 6호, 네가 무사히 임무를 마치길 기원할게."

마치 이번 생에서의 이별을 고하듯, 진지한 표정으로 그렇게 말했다.

"너무 오버하네요. 솔직히 장기 출장이 될 거라고는 생각 안 하거든요? 처음부터 거점으로 쓰기 적당한 건물을 점령하면, 바로 전송기를 설치해서 마음껏 오갈 수 있게 할 거니까요."

"그래도 걱정된단 말이야. 전송 자체가 실패할지도 모르잖아?"

느긋하게 말하는 내게, 벨리알이 쓸쓸한 표정을 지으며 그렇게 말했다.

"안심하세요. 릴리스 님이 실패할 리가 없잖아요. 세계 제일의 과학자라면서요?"

""…………………""

아스타로트와 벨리알은 내 말을 듣더니, 말없이 서로의 얼굴을 보았다.

그 옆에서는 릴리스가 우리를 전송할 준비를 묵묵히 진행하고 있다.

"릴리스 님에게 물어볼 게 있는데요. 전송 성공률은 얼마나 되나요? 전송 실험은 몇 번 했죠? 그리고 확인된 다른 행성으로 전송한다고 했는데, 그 별의 지표면에 정확하게 보낼 수 있나요?"

"전송 실험의 성공률은 현재 100%야. 실험 횟수에 관한 질문에 대해서는 묵비권을 행사하겠어. 정확하게 전송할 수 있느냐는 질문에 대해서도 묵비권을 행사할래."

"저기요. 역시 이 임무는 관둘래요."

내가 그렇게 말하면서 포드에서 나가려고 하자, 앨리스가 내 팔을 움켜잡았다.

"야, 깡통. 방해하지 마. 나를 좀 내보내라고."

"이제 와서 겁먹은 거냐? 백업을 자주 하는 건 상식이지 않느냐. 이 쫄따구야."

……이 녀석, 진짜로 깡통이잖아!

"멍청아! 인간인 나는 너처럼 세이브나 로드를 할 수 없다고! 그리고 건너편에서 불의의 사고를 당하고 싶지 않다면, 나를 쫄따구라고 부르지 마!"

"어이, 깐떠라, 뽈을 땅끼지 마라, 인공피부가 느, 느러난딴 마리다. 쫄따구라고는 부르지 않을 테니까, 너도 나를 앨리스 씨라고 부르도록."

"그래, 어차피 질질 끌어 봤자 진전은 없을 것 같으니까, 그냥 보내버려야지."

내가 앨리스의 볼을 잡아당기는 사이, 릴리스가 무시무시한 발언을 했다.

그때, 나와 앨리스가 들어가 있는 포드 안에 갑자기 연기가 분출됐다.

"우왓?! 릴리스 님, 여, 연기가! 정체불명의 연기가 엄청 나오는 데요?!"

"너희가 보유한 균을 최대한 저쪽에 가지고 가지 못하게 살균하고 있는 거야. 그리고 현지에서 미지의 병에 걸리면 이쪽으로 돌아올 수 없으니까 조심해."

나는 그 무시무시한 말을 듣자마자 이 유리 포드를 부수려고 했지만, 앨리스가 방해했다.

"……전투원 6호! 네놈의 개조된 육체와 우리가 개발한 전투복이라면 어떤 환경에도 적응할 수 있다. 네놈의 무사귀환을 기원하겠다!"

"너라면 분명 돌아올 거라고 믿어! 선물 가지고 와!"

"자, 잠깐만! 잠깐 스톱! 이봐, 실험이든 뭐든 조금만 더 해 봐야 하는 거 아냐? 응?! 어이!"

아스타로트와 벨리알의 말을 듣고 필사적으로 외치는 내게…….

"잘 생각해 봐, 6호. 아직 한 번도 실패하지 않았으니 성공률은 100%야. 하지만, 몇 번이나 실험해서 사고가 나면 어떨까? 그렇게 되면 성공률은 100%가 아니게 돼. 즉, 실험을 거듭할수록 성공률이 낮아지면서, 너를 안전하게 보내줄 확률 또한 낮아지는 거야."

릴리스의 말을 듣고 잠시 생각에 잠긴 후…….

"그게 말이 되냐! 확률 계산이 이상하잖아! 너, 천재 과학자 아니지?! 바보와 천재는 종이 한 장 차이라던데, 너는 종이 한 장 차이로 바보야!"

"너, 너무해! 여전히 흥분하면 말버릇이 나빠지는 녀석이네. 전 세계가 탐내는 내 두뇌에 그런 소리를 하는 사람은 이 세상에 너밖에 없을 거야. 그럼 잘 다녀와, 전투원 6호! 좋은 소식을 기다리고 있을게!"

릴리스는 그렇게 말하면서 전송기를 가동했고——!

"젠장! 돌아오면 두고 보자, 이 선머슴아~!!"

2

전송된 직후부터, 거세게 불어닥치는 차가운 바람이 내 얼굴에 닿았다.
내가 머뭇거리면서 눈을 떠보니——.
"바보! 그 여자는 역시 바보야! 왕바보라고! 우와아아아아앗! 죽고 싶지 않아, 죽고 싶지 않아, 죽고 싶지 않다고!"
"찡찡대지 말고 진정해라. 내가 눈짐작으로 계산을 해 보니, 지상에서 약 3만 미터 정도 떨어진 곳으로 보인다. 이대로 있다간 머지않아 지상과 격돌할 테지."

내가 전송된 곳은 지상이 흐릿하게 보일 정도의 상공이었다.

"이 상황에서 어떻게 진정하냐고! 앨리스, 너, 고성능이라며?!

실은 비행 형태가 될 수 있는 거 아냐? 맞지?!"

"내게 내장된 것은 자폭기능뿐이다."

"이 깡통아아아아아아!"

낙하에 따라 발생한 엄청난 바람소리가 귓가에서 맴돌고 있는 가운데, 나와 마찬가지로 고속 낙하 중인 앨리스가 등에 멘 가방을 내게 내밀었다.

"자아, 이걸 메라. 똑똑한 나와 릴리스 님은 이런 사태를 예상했었지. 전송 좌표를 지상 인근으로 설정하면 약간의 계산 오차로도 지면에 몸이 박힐 수도 있거든."

받은 배낭을 잘 보니, 키사라기에서 만든 낙하산이었다.

더럽게 무거운 전투복을 입은 상태에서도 사용할 수 있는, 강하 작전용 특별제 낙하산이다.

내가 그 배낭을 메자, 앨리스는 내게 매달렸다.

"네 건 없냐?!"

"예산이 없거든. 줄일 수 있는 곳에서는 최대한 줄여야 하니까 말이다. 낙하산을 펼치는 타이밍은 너에게 맡길 테니 실패하지 마라. 내가 지상과 충돌했다간 주위 일대가 소멸할 거다."

이 녀석을 데리고 다니는 것 자체가 벌칙 게임이잖아!

낙하산을 멘 덕분에 마음에 여유가 약간 생긴 나는 다시 지상을 내려다봤다.

"어이, 앨리스. 저기를 봐. 마을 같아 보이는 게 있어."

"그것보다 미개척지가 많군. 지적 생명체가 있는 것치고는 인구도 적은 것 같은걸."

우리의 착지 예상 지점에서 떨어진 곳에는 성채도시 같은 게 있었다.

한가운데에 커다란 성이 있는 그 도시 주위에는 농지를 통째로 에워싸듯 거대한 성벽이 우뚝 서 있었다.

그 성채도시의 밖은 검붉은 색을 띤 황야가 펼쳐져 있었으며, 그것이 세계를 뒤덮듯 끝이 보이지 않을 만큼 깊은 숲으로 이어져 있었다.

꽤 오랫동안 낙하하면서 주위의 지형을 확인한 나는 무사히 착지를 마치고 한숨 돌렸다.

"……좋아. 앨리스, 빨리 그 바보 상사에게 우리의 좌표를 보내. 이젠 안전한 거점이고 나발이고 따질 거 없어. 전송기라는 것의 부품을 보내달라고 해서 여기서 조립한 후, 일단 귀환하자. 그리고 방금 죽을 뻔한 만큼, 그 선머슴이 엉엉 울 때까지 가슴을 주물러 주겠어."

"이런 곳에서는 전송장치를 조립할 수 없다. 초정밀 기계거든. 먼지 하나 없는 클린룸에서나 조립할 수 있지. 게다가 장치를 이용해 이송 공간을 안정시키는 데 한 달가량 걸린다. 돌아가고 싶다면, 우선 아지트를 손에 넣어야 할 거야."

…………어.

"……맙소사, 또 당했잖아! 그 녀석들, 절대 용서 못해! 간부 녀석들이 나한테 개조수술을 받지 않겠느냐는 제안을 하면서 뭐라고 떠들었는지 알아? 강화된 육체로 일을 척척 해내면 출세도 너끈하고, 떼돈을 벌어서 여자들이 꼬인다고 지껄였다고! 내 지금 월급이 얼마인지 알기는 하냐?!"

"네 사정은 모른다만, 그렇게 비관할 상황은 아니다. 이 넓은 행성에서 지적 생명체의 촌락을 바로 발견했으니까 말이다. 아무래도 운이 나쁘지는 않은 것 같군. 우선 강하 중에 발견한 도시로 이동해 보자."

앨리스는 그렇게 말하더니, 성채도시로 보이는 장소를 향해 성큼성큼 걸음을 옮겼다.

우리가 강하한 곳은 그저 널찍한 황야의 한복판이다.

여기서 징징대 봤자 사태가 호전될 리 없다.

하지만 저 도시에 도착하는 데 얼마나 시간이 걸릴지…….

"어이, 아까 허둥대느라 생략했던 자기소개를 다시 하자. 나는 지금까지 어떤 전장에서도 살아서 돌아온 키사라기 최고참 엘리트 전투원, 전투원 6호님이야."

나는 앨리스의 뒤를 쫓으면서 자기소개를 했다.

"나는 키사라기의 미소녀형 고성능 안드로이드, 키사라기 앨리스 님이다. 너와 마찬가지로 평사원이니까, 말을 놔도 된다."

"내가 선배니까, 말을 놓으라고 할 사람은 바로 나지만, 뭐 그건 됐어. 그것보다 너는 뭘 할 수 있는데? 나는 전투밖에 못 하거든? 아, 싸울 거면 무기가 있어야지! 릴리스 님이 말했잖아. 물자가 필요하면 이걸 쓰라고 말이야. 전송기가 안 된다면, 하다못해 이동용 버기카라도 보내달라고 하자."

내가 그렇게 말하면서 앨리스와 나란히 섰다. 그러자 앨리스는 걸음을 멈추면서 입을 열었다.

"그 점에 관해 설명해 주지. 어이, 6호. 너, 악행 포인트는 얼마나 있느냐?"

──악행 포인트.

키사라기가 악의 조직인 이유 중 하나가 바로 악행 포인트다.

개개인의 몸에 심어진 칩을 통해, 그자가 행한 악행이 포인트로 쌓인다.

억지로 악행을 저지를 필요는 없다고 생각하지만, 간부들은 키사라기가 악의 조직이라는 점을 가장 중요시하는 것 같았다.

그래서 키사라기에는 악행을 저질러서 모은 포인트를 장비품이나 포상금 같은 것으로 교환할 수 있는 제도가 있다.

악행을 거듭해서 악의 조직에서 모범적인 일원이 되고, 그 포인트를 사용해 고급 장비를 손에 넣는다면, 전투에서 더욱 활약할 수 있다.

그러면 당연히 평가도 좋아지며, 계급도 척척 올라간다.

나는 변변찮은 악행만 저지르기 때문인지, 조직 사람들에게 무시당하고 있다.

최고 간부들의 말에 따르면, 키사라기의 사원이라면 평범한 짐승이나 쪼잔한 악당이 아니라, 악의 카리스마가 되어야 한다는 것 같다.

참고로 나는 그들이 무슨 소리를 하는지 전혀 감이 오지 않았다.

"지금 가진 포인트는 300정도일걸?"

"……저 성채도시를 단둘이서 침략하기에는 충분하지 않을 것 같군. 어쩔 수 없지. 포인트를 절약하기 위해 도보로 이동한 후, 스파이로서 저 도시에 잠입하자."

이 상황에서 느닷없이 침략 같은 흉흉한 소리 좀 하지 말라고.

"……잠깐만. 물자를 전송받는데도 악행 포인트를 쓰라는 거야? 우리 회사, 진짜 해도 해도 너무한 거 아니냐고. 이런 거대 프로젝트에는 돈을 펑펑 투자해야 할 거 아냐!"

"여기 말고도 후보 행성이 하늘의 별처럼 많거든. 너는 행성 탐색요원 제1호지만, 다른 별도 머지않아 조사할 거다. 그러니 일일이 거금을 들일 수는 없지. 애초에 지구 정복도 아직 완전히 끝나지는 않았으니까 말이야."

……왠지 RPG게임에서 쥐꼬리만 한 용돈을 받고 마왕을 퇴치하러 여행을 떠나는 용사가 된 기분이다.

"그래도 싸움 말고 재주가 없는 나는 거절할 수도 없잖아. 젠장 하필이면 정리해고를 구실로 삼다니, 역시 악의 조직이네!"

"정리해고가 싫다면 최선을 다해라. 이곳에 인간이 살 수 있다면, 개척 과정에서 미지의 생물과 싸우게 될 수도 있으니 너희의 일거리도 얼마든지 있겠지. 적어도 이 별의 대기 성분은 네가 호흡 및 활동을 하기에 적합하다. 그것만으로도 조건은 꽤 좋은 편이지."

앨리스는 내 목덜미를 만지면서 그렇게 말했다.

"그럼 악행 포인트 같은 쪼잔한 소리 좀 하지 말고 최신 장비를 보내달라고! 그러면 그 어떤 상대라도 이 6호 님이, 아얏! 인마, 방금 나한테 뭘 주사한 거야?!"

"네가 미지의 병에 걸리지 않도록, 면역력을 늘리는 나노머신을 주사했다. 뭐, 이제부터 갈 성채도시의 지적 생명체가 허술한 녀석들이면 좋겠는걸. 지구와 최대한 흡사한 별을 선정했으니, 너와 마찬가지로 호모사피엔스가 문명을 구축했을 가능성이 크지. 고층 빌딩도 보이지 않는 걸 보면, 아직 미개한 녀석들일지도 모르지만 말이야. 그렇다면 이 임무는 간단히 완수할 수 있겠지."

안드로이드답게, 앨리스는 표정의 변화 없이 그런 무시무시한 소리를 태연하게 늘어놓았다.

3

그 후, 넓디넓은 황야를 얼마나 걸었을까.

슬슬 성채도시가 육안으로 보일 만큼 다가간 우리는──.

"거짓말쟁이~! 네가 아까 말했지?! 지구와 흡사한 별이라고 말이야! 하지만 지구에는 이딴 게 없다고, 이 멍청아!"

"그런 소리 할 시간 있으면 총이나 뽑아라! 숫자가 많군. 남기지 않게 주의해라!"

온몸이 시꺼멓고 에일리언처럼 그로테스크하게 생긴 네발짐승에게 포위당했다.

나는 허리에 찬 권총을 뽑아 들면서, 등 뒤에 숨어 있는 앨리스를 향해 외쳤다.

"어이, 너도 도와! 왜 로봇이 인간을 방패 삼는 거냐고!"

우리를 둘러싸고 위협 중인 네발짐승을 한 마리씩 처리하며 내가 말하자…….

"나는 고성능 안드로이드라고 말했지? 고성능이라 리얼리티를 추구했으며, 그 바람에 평범한 소녀 수준의 전투력 사양이 되었습니다."

"이 아무짝에도 쓸모없는 깡통! 네가 고성능이라는 건 새빨간 거짓말이지?! 앞으로는 나한테 존댓말을 써!"

앨리스에게 소리치는 내게 네발짐승 한 마리가 달려들었다.

그대로 물어뜯길 줄 알았는데, 아무것도 없는 줄 알았던 등이 갑자기 쩍 벌어지고……!

"머, 먹히겠어!!"

나는 코앞까지 다가온 거대한 아가리를 겨우겨우 막았다.

"앨리스! 앨리스~! 이 녀석, 몸은 빼빼 말랐는데, 내 완력에 버금갈 정도로 무는 힘이 좋아! 어이, 타개책 없어?! 손이, 손이 떨리기 시작했다고!!"

나는 육체개조와 전투복으로 완력이 강화되었다고! 이 세계의 생물은 대체 어떻게 되어먹은 거야?!

"저는 깡통이라 타개책이 생각나지 않네요. 쓸모없는 깡통이라 죄송해요, 6호 님."

"제발 부탁이니까 도와주세요! 아까 한 말은 취소할게요!"

떠드는 동안에도, 두 번째 세 번째 네발짐승이 달려들었다.

나는 눈앞에 있는 녀석이 아가리를 닫지 못하게 양손으로 막으면서, 다른 녀석들은 발로 걷어찼다.

"그럼 네 악행 포인트로 내게 샷건을 선물해다오. 그걸로 어떻게든 해 보지.”

“선물할 테니까, 서둘러!”

앨리스가 재빨리 메모를 보낸 순간, 주위에 있던 네발짐승이 일제히 달려들려고 하는 기척이 느껴졌다.

바로 그때였다.

“●●●●, ●●●●●●!”

뭔가 의미가 있는 듯한 목소리가 머나먼 성채도시 쪽에서 들려왔다.

고개를 돌려보니, 이곳으로 달려오고 있는 기마집단의 모습이 눈에 들어왔다.

아니, 정확히는 말이 아니라 머리에 뿔이 달린 말처럼 생긴 생물을 타고 있었다.

흔히 유니콘이라 부르는 공상 속 생물에 탄 갑옷 차림의 집단이 뭔가 외치면서 다가오고 있었다.

“샷건이 왔다, 6호. 자아, 도와줄 테니까 앞으로 나한테 존댓말을 써라!”

그 말을 듣고 고개만 돌려보니, 샷건을 손에 쥔 앨리스가 눈에 들어왔다.

내 뒤에서 뛰쳐나온 앨리스는 눈앞에 있는 네발짐승을 향해 총구를 들더니, 그대로 총을 쐈다.

꿍음과 함께 그대로 날아간 네발짐승이 지면을 뒹굴면서 힘겨운 비명을 질렀다.

해방된 나는 발치에 떨어져 있던 권총을 줍고 근처에 있던 네발짐승을 조준했다.

　샷건의 커다란 총성에 놀랐는지 네발짐승들은 움츠러들었고, 덕분에 우리는 금세 짐승들을 해치웠다.

　"──●●●, ●●●●●●●●●●●●지?!"

　우리가 전투를 마치자, 유니콘에 탄 집단의 선두에 있던 리더 격의 여자가 무슨 말을 했다.

　갑옷을 입어서 체형은 알 수 없지만, 얼굴을 보니 꽤나 내 취향에 딱 맞게 기가 센 미녀 같았다.

　연한 물빛 머리카락을 뒤로 넘긴 그 여자는 말에서 내리더니, 내게 검을 겨눴다.

　"●●●라! ●●● 뭘 ●●●●! ●●●●●● 왔지?!"

　무슨 말을 하는 건지 모르겠지만, 심문을 하고 있다는 것은 이해했다.

　"어이, 앨리스. 어떻게 하지? 왠지 분위기가 험악해 보이는데 말이야."

　"잠깐만 있어 봐라. 잠시 상대의 이야기를 들어보자. 생각은 그 후에 해도 되지."

　아니, 이야기를 들으려고 해도, 상대의 말을 알아들을 수가 없는데 말이다.

　"그것은 ●● 대체 ●의 ●●지? ●●● 없는 ●을 ●●●● 의……."

　……어?

"게다가, ● ● 같은 걸 가지고 있지 않군. 대답해라! 너희는 대체 누구지?!"

…………..

"저기, 앨리스. 나, 이 별에 와서 신비한 힘에 각성한 걸지도 모르겠어. 왜 애네 말을 알아듣는 거지? 안 그래도 무지 강한 내가, 이제 와서 또 각성하면 대체 얼마나 위대해지는 거냐고."

"무슨 소린지 모르겠군. 개조수술을 하면서 네 머리에 넣은 칩을 통해, 내가 의역한 언어 데이터를 수시로 보내고 있을 뿐이다."

……

"어, 잠깐만. 수술로 내 몸에 넣은 칩으로 그런 것도 가능한 거야? 처음 듣거든? 그리고 엄청 무섭거든?"

"지금은 그런 사소한 일을 신경 쓸 때가 아니다. 그것보다, 이 자리에서의 협상은 나한테 맡기도록."

──앨리스는 내 말을 전부 무시하더니……

"기사님, 설명은 제가 드릴게요. 그러니 고정해 주세요."

내가 화들짝 놀랄 정도로 순진무구한 소녀를 가장한 후, 이 별의 언어로 유창하게 설명을 시작했다.

──나는 고국에서 그럭저럭 지위가 높은 인간이며, 부대를 통솔하거나 사람들을 지키기 위해 싸우거나 하면서 가혹한 나날을 보냈다.

하지만 어느 날 전투 중 불의의 사고가 발생해 마음과 머리가 망가졌으며, 지금은 보호자 격인 앨리스의 보살핌을 받으며 몸과 마음을 치유하기 위해 자기 자신을 찾는 여행 중이다.

그 와중에 성채도시의 주위에 펼쳐진 삼림지대를 벗어났을 때, 짐승들에게 습격당해 모든 짐을 분실하고 말았다.

그래서 나는 언행에 문제가 많고 예의를 모르며, 세간의 상식도 모자라다.

때때로 이상한 소리를 하기도 하지만, 그것은 병 때문이니 너그럽게 봐주었으면 한다.

그런 터무니없는 앨리스의 말을 조용히 듣고 있던 여자는…….

"도적이나 현상수배범인 알았는데, 여행자였나……. 험하게 대해서 미안하다만, 이것도 일이라서 말이지. 마을 사람이 하늘에서 이 근처로 뭔가 떨어지는 것을 봤다는 보고를 받았지. 그래서 우리가 살펴보러 온 거다만……."

나를 불쌍하게 보는 여자는 아랑곳하지 않고, 나는 아무 말 없이 앨리스를 잡아당겼다.

"……너, 무슨 소리를 하는 거야? 왜 나를 머저리 취급하는 건데? 왜 느닷없이 황당한 설정을 붙이는데? 너 대체 뭐야? 나한테 무슨 원한이라도 있어? 진짜로 부숴 줄까?"

"릴리스 님에게 네 정보를 여러모로 듣고 판단했다. 잘 들어라, 6호. 너는 멍청하니까 반드시 실수할 거다. 하지만 이 설정으로 가면 모르는 게 이상한 일반 상식도 대놓고 물어볼 수 있지. 네가 기행을 저질러도 의심받지 않고, 불쌍한 사람 취급만 받을 거다."

앨리스는 무표정한 얼굴로 단숨에 말한 후…….

"그리고 나는……. 검은 머리에 검은 눈인 너와 남매라고 하기 어려울 테니, 미소녀인 내가 지나가던 로리콤에게 험한 일을 당하려던 순간 너에게 도움을 받은 걸로 해 둘까. 그 로리콤과 사투를 벌이다 안 그래도 모자랐던 네 뇌에 심각한 에러가 발생한 걸로 하자. 그리고 자기를 구해 주려다 이렇게 머리가 망가졌다는 사실에 죄책감이 들어 함께 여행하기로 결의한, 기특한 미소녀…… 이러면 어떠냐?"

"어떻기는 무슨! 로리콤이 얼마나 강한 거야! 너, 아까부터 이야기 틈틈이 나를 매도하는데, 그러지 좀 마! 게다가 나는 머저리고, 왜 너는 기특한 미소녀인 건데!"

하지만, 분하게도 나는 이보다 나은 설정이 생각나지 않았다.

게다가 이 녀석의 말은 확실히 일리가 있었다.

내 뇌가 거시기하다는 것이 일리가 있는 게 아니라, 기억이 애매모호하다는 설정으로 가면 여러모로 편리할 거라는 말이다.

그렇게 소곤소곤 떠드는 우리를 미심쩍어하면서도…….

"……뭐, 자초지종은 이해했다. 마의 대삼림을 빠져나왔다는 건 사실 믿기지 않는 이야기지만, 이 광경을 봤으니 말이다. 우리 나라는 너희를 환영하마. ……뭐, 우리 나라의 현재 상황을 듣고도 너희가 머물고 싶어 한다면 말이지."

갑옷녀는 그렇게 말하면서 네발짐승의 사체를 턱짓으로 가리키더니, 왠지 불안해지는 미소를 머금었다.

4

　도시로 향하는 길에.

　우리는 아까 만났던 갑옷녀에게 설명을 들었다.

　"어느 날의 일이다. 이곳, 그레이스 왕국에 인접한 마족의 나라가 갑자기 선전포고를 했지."

　다른 사람들은 하늘에서 떨어진 무언가를 조사하러 몰려갔다.

　그 무언가란 물론 우리겠지.

　낙하산은 짐이 되니까 낙하 지점에 두고 왔지만, 그것을 발견하더라도 우리와 연관 짓지 못할 거라 생각하고 싶다.

　"정말 뜬금없네. 선전포고의 목적은 뭐야? 자원? 아니면 식량?"

　내가 그렇게 말하자, 갑옷녀는 고개를 저었다.

　"놈들이 노리는 건 토지다. 너희는 다른 나라에서 왔다고 하던데, 이 근방에서 인류가 살 수 있는 토지는 한정되거든. 그 녀석들의 나라는 【모래의 왕】이라 불리는 거대 마수 탓에 해가 갈수록 사막화가 진행되고 있다. 그렇다고 마의 대삼림을 개척할 수도 없지. 그래서 우리 나라를 점찍은 거다."

　모래의 왕이니, 마수니, 마의 대삼림이니. 흉흉한 단어가 연이어 나오고 있다. 위험을 무릅쓰고 이 별을 침략할 가치가 있을까.

　적어도 여기 사람들에게는 버거운 상대 같은데…….

　"놈들은 이 나라의 토지를 빼앗고, 우리를 노예로 삼아서, 마의 대삼림을 개척하는 게 목적일 거다. 하지만 우리 나라에는 먼 옛날부터 내려오는 전설이 있지."

"전설……."

그게 뭘까. 왠지 가슴이 뛰었다.

"그래, 전설이다. 마왕이 인류를 위협할 때. 선택받은 자의 손에 문장(紋章)이 나타나 힘을 얻는다. 그자는 끝없는 고난을 겪은 후, 마지막에는 마왕을 쓰러뜨리리라……."

나는 전투복의 장갑을 벗고 손등을 보여줬다.

"나는 선택받은 용사였구나……."

"그건 딱 봐도 벌레 물린 자국이구나."

앨리스가 조용히 딴지를 날렸지만, 나는 기대에 찬 눈으로 말에 탄 갑옷녀를…….

"……저기, 그게, 그런 눈으로 봐도 말이지. 실은 이미 이 나라 왕자님의 손에 문장이 나타나서……."

어어……?

내가 우울한 표정을 지으며 터벅터벅 걸음을 옮기자, 갑옷녀가 화제를 바꾸려는 듯이 내게 말을 걸었다.

"그, 그리고 보니 아직 자기소개도 안 했구나! 나는 스노우. 우리 나라 근위기사단의 대장을 맡은 자다. 너희는 이름이 어떻게 되느냐?"

"전투원 6호다."

"미소녀형 고성능 안드로이드, 키사라기 앨리스라고 해요."

…….

"너, 자기 입으로 미소녀형이니, 고성능이니 말해도 돼?"

"그러는 너도 전투원 6호가 뭐냐. 본명은 어디에 팔았냐."

우리의 자기소개를 들은 스노우가 영문을 모르겠다는 표정을 지으며 고개를 갸웃거렸다.

　"전투원 육호……? 그리고, 키사라기 앨리스……? 그것보다 안드로이드란 대체……."

　이 세계의 주민은 내 이름을 발음하기 어려운 건지, 스노우는 우리 이름을 몇 번이나 읊조렸다.

　"나는 그냥 6호라고 불러도 돼."

　"저도 그냥 앨리스라고 불러 주시면 돼요."

　"그래? 알았다. 그나저나 우리 나라가 처한 상황은 이해했나? 그런데도 우리 나라에 머물겠다면, 너희를 환영하지. ……그리고 노잣돈이 없다면 일자리를 소개해 줄 수도 있다. 이것도 인연이니, 이야기만이라도 들어보지 않겠나?"

　스노우는 그렇게 말하더니, 자기는 미소를 지었다고 생각하는 것 같지만 실은 속내가 비쳐 보일 듯한 수상쩍은 미소를 지었다.

　그때, 앨리스가 나를 향해 느닷없이 일본어로 말을 건넸다.

　『어이, 6호. 이건 기회다. 일자리 알선을 부탁해 둬라. 이 별 인간들의 전투력을 파악하기에 딱 좋은 직장 환경이다. 성에서 살게 된다면 성 내부의 파괴 공작도 쉬울 테지.』

　『너, 안드로이드답게 엄청 비정하네. 뭐, 그래도 조사가 끝날 때까지는 생활기반이 있는 편이 좋겠지. 이대로 입국하면 신분증도 필요 없을 것 같고 말이야.』

　우리의 대화를 보고 스노우는 미심쩍은 표정을 지으며 고개를 갸웃거렸다.

"죄송해요. 이 사람은 바보라서, 우리 모국어로 이해하기 쉽게 설명해 줬어요. 그래도 전투는 맡겨만 주세요."

"어이, 너. 툭하면 나를 디스하지 말지? ……뭐, 좋아. 앨리스가 말한 것처럼, 고용된 전투원이든 뭐든 일이 있다면 받아주겠어. 앞으로 잘 부탁합니다."

스노우는 내 말을 듣고…….

"그래, 나야말로 잘 부탁한다. 네 활약을 기대하지! 후후……. 우헤헤헤……."

그렇게 말하면서 또 수상쩍은 미소를 지었다.

"──티리스 공주님의 전속 기사이자 근위기사단 대장인 스노우다! 여행자를 발견해서 보호했다. 문을 열어라!"

스노우가 목청껏 외치자, 병사들이 문을 열고 경례했다.

"임무 수행하느라 수고하셨습니다! 그건 그렇고 여행자라니, 대체 어디서 어떻게……. 아무튼 피곤하실 테니, 빨리 안에서 쉬시죠!"

성채도시의 문을 지나자, 예상을 벗어난 광경이 펼쳐져 있었다.

말을 탄 스노우의 뒤에 앉아서 소중한 듯이 꼭 안은 샷건을 즐겁게 천으로 닦고 있던 앨리스 또한 관찰을 위해 동작을 멈췄다.

거리에는 온통 정취가 느껴지는 벽돌 건물이 쭉 늘어서 있었다.

전봇대가 없는 것을 보면, 아직 전기는 없는 것 같다.

길을 오가는 사람들을 보니, 머리카락과 피부 색깔이 각양각색으로 다른 인종이 섞여 있었다.

그렇다. 그것까지는 갑옷을 착용하고, 이동 수단으로 말을 이용하는 레벨의 문명권이라는 점에서 이해할 수 있다.

하지만…….

"저기, 스노우. 저건 대체 뭐야? 내 눈에는 전차처럼 보이는데."

그렇다. 성문 안에는 벌겋게 녹이 슬어서 고철이 된, 전차로 보이는 잔해가 놓여 있었다.

"뭐냐. 이 아티팩트가 무엇인지 아는 것이냐? 이것은 먼 옛날에 우리 나라를 거대한 마수의 위협으로부터 지켜준 고대 병기다. 아직 이 성벽이 없었던 시절, 마지막까지 이 장소에서 거대 마수를 막아냈다더구나. 어떻게든 이 기술을 후대에 남기려고 보존 마법을 걸어두기는 했지만, 보다시피 부품이 삭았지."

이것이 고대 병기라면, 과거에는 지구와 비슷한 레벨의 문명이 존재한 셈이다.

마왕의 전설 같은 판타지틱한 이야기를 하다, 갑자기 SF틱한 이야기가 나왔는데. 아무튼, 이것은 조사가 필요한 대상…… 어, 잠깐만!

"마법? 어이, 방금 보존 마법이라고 했지?"

"가, 갑자기 왜 흥분한 것이냐? 참고로 나는 마법을 쓸 수 없다. ……그, 그렇게 노골적으로 실망하지 마라! 마법에 재능이 있는 자의 숫자는 한정되어 있으니, 어쩔 수 없지 않느냐!"

이 별에는 마법이 있나…….

뭐, 마왕이고 어쩌고 같은 소리를 하는 걸 보면 마법이 있어도 이상할 게 없기는 하다.

이상할 게 없지만…….

나는 하늘을 향해 손바닥을 내밀고, 기합을 넣으며 소리쳤다.

"익스플로전!"

…………．

"……때때로 이상한 소리를 한다더니, 이런 증상을 말한 건가?"

"맞아요. 가끔 이런 기행을 저지르지만, 되도록 가만히 넘어가 주세요."

진지한 얼굴로 굳어서 꼼짝도 않는 나를 보고, 스노우와 앨리스는 수군수군 속삭였다.

5

"──스노우, 어서 오세요. 임무 수행하느라 수고했어요. …… 그런데 그분들은 누구죠?"

성으로 안내된 우리는 최상층에 있는 커다란 방에서 한 소녀와 대면했다.

금발벽안인 그 소녀는 얌전해 보이는 인상을 지녔다.

"예. 이 두 사람은 임무 수행 중에 만난 자들입니다. 본인들의 말에 따르면, 마의 대삼림을 통과해서 이곳에 온 외국인이라고 합니다. 진위는 알 수 없습니다만, 제가 이들을 만난 자리에는 대량의 데들리허그의 사체가 굴러다니고 있었던 것을 보면 실력은 확실할 것으로 보입니다."

그 소녀는 스노우의 보고를 듣더니, 어머나…… 하고 중얼거리면서 약간 놀란 듯한 표정을 지었다.

"두 사람 다, 고개를 들어라. 여기 계신 분이 바로 너희의 고용주이시자, 이 나라의 왕녀님이신, 크리스트세레스 티리스 그레이스 님이다."

"이름 한 번 되게 기네."

"무, 무례한 놈!"

내 솔직한 의견을 들은 스노우가 따지고, 눈앞의 소녀는 작게 웃음을 흘렸다.

"무척 솔직한 분이시군요. 확실히 이 나라의 주민은 아닌 것 같네요. 나를 아는 사람이라면, 그런 반응은 안 보일 테니까요."

눈앞의 소녀는 즐거운 듯이 웃고, 뭔가 의미심장한 말을 입에 담았다.

"그레이스 님이라고 부르면 되겠사옵니까? 아니면 크리스트세레스 님이라고 부르는 편이 나은지요?"

"티리스라고 불러요. 그리고 어색하게 존댓말을 쓰지 않아도 돼요. 그리고 '님'도 필요 없으니까, 그냥 자연스럽게 대해 주세요."

"티, 티리스 님, 그래도 그건 좀……."

스노우는 뭔가 말하려 했지만, 티리스는 아랑곳하지 않았다.

우리 조직의 최고 간부는 사사건건 내게 말조심하라고 주의를 주는데, 이 공주님은 관대한 사람 같다.

그때 스노우가 뭔가 귀띔하자, 티리스는 고개를 끄덕였다.

"……전투원 6호 님, 그리고 앨리스 님이시죠? 6호 님은 고국에서 부대를 이끄셨다면서요?"

"이끌었죠. 수많은 전투원을 데리고 전 세계를 상대로 격전을 펼쳤죠."

그 말에 스노우가 미심쩍은 눈으로 나를 보는 가운데, 티리스는 조용히 웃고 있다.

이, 일단은 사실을 말했다고.

"이 나라는 마족과의 싸움으로 지휘관이 부족해요. 6호 님이 그렇게 강하시다면, 부디 이 나라를 위해 힘을 빌려주시지 않겠어요?"

티리스는 그렇게 말하며 기도하듯 깍지를 끼더니, 나를 올려다보았다.

"공주님 부탁이니 어쩔 수 없네~! 따, 딱히 네가 미소녀라서 도와주려는 건 아니라고!"

"어이, 6호. 기분 나쁘니까 연기하지 마라. 이야기가 더 복잡해진다."

티리스는 내 대답을 듣더니, 안도한 것처럼 미소를 지었다――.

"――거참, 아무리 외국인이라도 그렇지, 말하는 예의도 모르는 것이냐?! 티리스 님은 자상한 분이셔서 다소의 무례는 눈감아주시지만, 다른 귀족들에게 그런 식으로 말했다간 목이 달아날 거다! 내 평가까지 나빠지면 어쩔 거냔 말이다!"

고용주와의 면회를 마친 우리는 다음 장소로 끌려갔다.

티리스에게 허락을 받았다고 해도, 일단은 형식적인 면접을 받기를 원한다고 한다.

공무원이라는 작자들이 융통성이 없는 건 어느 별이나 마찬가지인 것 같았다.

"너무 노여워하지 마세요. 스노우 님. 6호는 예의를 모르는 바보지만, 전투에 있어서는 프로니까 앞으로 팍팍 활약해 줄 거예요. 그러면 저희를 스카우트한 스노우 님의 공적도 되지 않을까요?"

"으……."

앞장서면서 불평을 늘어놓던 스노우가 앨리스의 지적을 듣고 입을 다물었다.

"아, 뭐야! 그런 거구나! 하긴, 지금은 전쟁 중이잖아. 강한 녀석이 한 명이라도 더 필요할 테고, 그 이상한 짐승들을 쓸어버린 우리는 쓸모가 있을 거라고 판단한 거구나! 일을 소개해 주겠다며 선심을 쓰는 척했지만, 실은 내 힘과 섹시한 육체가 군침이 돌 정도로 탐난 거지?"

"그 정도로 절박하게 원한 건 아니다! 그리고 너희의 몸 따위는 필요 없다! 솔직하게 말하자면, 나는 공적과 돈과 명검을 무엇보다도 좋아하지!"

당당하게 쓰레기 같은 소리를 하는 스노우.

"어이, 6호. 너는 나와 닮은꼴이구나. 원래 이 나라는 외국인을 고용하지 않거든? 하지만 나는 제법 지위가 높은 인간이지. 너희를 신참이랍시고 괴롭히는 녀석이 있다면, 근위기사단 대장의 권한으로 뭉개 주마. 어때, 이걸로 우리의 이해는 일치했지? 앞으로도 다소 편의를 봐줄 테니, 잘 부탁한다!"

닭은꼴 취급을 당한 내가 이 능구렁이 여자에게 식겁했을 때, 앨리스가 갑자기 입을 열었다.

"……어? 스노우 님, 저건 뭔가요?"

성 안으로 안내되어 안뜰을 지나던 중, 우리는 아까 본 전차와 마찬가지로 이 장소에 어울리지 않는 물체가 있었다.

성의 안뜰 같아 보이는 장소에는 3평방미터쯤 되는 상자 형태의 기계가 있었다.

앨리스는 그것을 유심히 살펴보더니…….

"흐음, 이건 아까 본 전차와 다르게 상태가 꽤 괜찮네요. 동력원은 태양광이군요. 대체 이건 어디에 쓰는 건가요?"

우리가 무심코 멈춰 서자, 스노우는 한숨을 훅 내쉬었다.

"이것도 우리 나라의 아티팩트 중 하나다. 이것은 비를 내리게 할 수 있는 전설급 유물이지. 매년 비가 필요한 시기가 되면, 이 나라의 왕족이 기도를 바쳐 비를 염원하는 풍습이 있다. 보다시피 지금은 작동을 하지 않고, 엄중하게 보관 마법을 걸기는 했지만, 머지않아 완전히 망가지고 말겠지…….'

그렇게 말한 스노우는 작동하지 않는 이 기계에 이 나라의 미래를 비추어 본 것인지 약간 서글픈 표정을 보였지만…….

"이 정도라면 제가 고칠 수 있을지도 모르겠네요. 좀 뜯어봐도 될까요?"

"저, 정말이냐? 만약 실패하더라도 모든 책임은 내가 지마! 고칠 수 있다면 고쳐다오!"

스노우가 얼굴을 환하게 피며 말하자, 앨리스는 어딘가에서 공구를 꺼내 바로 수리에 착수했다.

"넌 왜 그런 걸 가지고 있는 거야?"

"자기 몸의 점검 정도는 직접 하거든. 너도 건강관리 정도는 하잖아?"

앨리스는 내 귓속말에 대수롭지 않게 대꾸했지만, 자기 몸을 직접 수리한다니 이 녀석은 진짜 편리한 녀석인걸.

한편, 앨리스가 수리하는 모습을 지켜보던 스노우는 약간 안절부절못하는 듯한 반응을 보이며 입을 열었다.

"어떠냐? 고칠 수 있겠느냐?"

"예, 어떻게든 될 것 같아요. 단순히 케이블이 열화된 거네요. 이걸 교환하고 재기동하면 괜찮아요."

스노우는 그 말을 듣더니 환하게 웃으며 말했다.

"장하다! 그럼 나는 사람들을 불러오지! 헤헤……. 헤헤헤헤……. 어이, 앨리스, 6호. 이 공적은 우리끼리 나누는 거다. 알았지?!"

그렇게 말한 스노우는 이상한 웃음을 흘리면서 어딘가로 뛰어갔다.

"……공적을 나눠? 저 녀석은 아무것도 안 했잖아."

"그러는 너도 마찬가지잖아. ……좋아, 이걸로 됐다."

앨리스가 기동 스위치 같은 것을 누르자, 기계적인 음성이 흘러나왔다.

《지금부터 재기동을 개시하겠습니다. 그에 따라 패스워드를 재설정해 주십시오.》

패스워드?

스노우가 왕족이 바치는 기도 운운했던 것 말이겠지.

《재기동을 완료했습니다. 패스워드를 설정해 주십시오.》

또 그런 안내 음성이 들렸다.

"거시기 축제."

《패스워드 설정을 완료했습니다.》

"너, 대체 무슨 짓을 한 거냐."

공구를 손에 쥐고 있던 앨리스가 무심코 움직임을 멈췄다.

나는 안드로이드 주제에 아연실색 중인 앨리스를 쳐다보며 손가락을 까딱거렸다.

"어이, 앨리스. 잘 들으라고. 스노우가 아까 뭐라고 했지? 매년 비가 필요한 시기가 되면 왕족이 기도를 바친다고 했어. 그 왕족이란 아까 우리가 만났던 티리스일 거야. 그런 미소녀가 수많은 사람들 앞에서 이 패스워드를 읊조릴 거야. 그때마다 티리스가 부끄러워하는 얼굴을 보며, 악행 포인트도 팍팍 모일 거라고."

"너야말로 잘 들어라. 티리스 말고도 왕족이 있을 가능성이 있지. 티리스는 공주님이니까, 당연히 왕도 멀쩡히 있다. 앞으로 매년, 나이 지긋한 아저씨가 국민들 앞에서 초등학생이 생각한 것 같은 멍청한 패스워드를 외칠 테지."

…….

"어, 어쩌지? 나, 엄청난 사고를 친 것 같아."

"이미 저질렀으니 어쩔 수 없다. 어이, 6호. 플라스틱 폭탄을 전송해달라고 해라. 이 기계는 증거 인멸을 위해 날려 버리자. 그리고 스노우에게는 이렇게 말하는 거다. 수리하려고 했지만 안 됐어요. 고친 줄 알았는데 멋대로 폭발하지 뭐예요."

이 녀석, 고성능을 자칭할 수준은 되는군.

"멋져! 그렇게 하자!"

내가 그렇게 외친 순간, 등 뒤에서 목소리가 들려왔다.

"대체 뭐가 멋지다는 거죠?"

우리가 익숙한 그 목소리를 듣고 뒤돌아보자.

미소를 띠면서도 손에 쥔 부채를 꽉 쥔 티리스와 진땀을 흘리며 부들부들 떨고 있는 스노우가 있었다.

머리에 박힌 칩에서 내게만 들리는 안내 음성이 흘러나왔다.

《악행 포인트가 가산됩니다.》

6

"저항하지 마라! 폐하의 어전이란 말이다! 얌전히 있어!"

"뭐야~ 실패해도 모든 책임은 네가 지겠다며~! 이 취급은 너무 하잖아! 이럴 거면 애초에 고치지 말라고 해!"

이곳은 알현실이라는 곳일까.

　스노우와 다른 병사에게 포박당한 우리는 이 나라의 왕 앞으로 끌려왔다.

　"다, 닥쳐라! 나는, 어디까지나 수리를 하라고 했다! 누가 그딴 짓을 하라고 했느냐 말이다!"

　스노우는 허둥대면서 나를 닥치게 만들려고 두들겨 팼다.

　상반신이 구속당한 상태로 융단에 무릎을 꿇고 앉은 우리를, 눈앞에 있는 온화해 보이는 남자가 흥미롭다는 듯이 바라보고 입을 열었다.

　"……이자들은 누구지?"

　"이들은 스노우 공께서 실력을 인정하고 지휘관으로 삼으려고 데려온 자들입니다. 안뜰에 있는 아티팩트를 수리할 수 있다 말하고, 실제로 수리했다고 합니다."

　옆에 있는 비서관 같은 여자의 설명에 남자가 깜짝 놀란 소리를 냈다.

　아마 이 사람이 이 나라의 왕일 것이다.

　왜냐하면…….

　"어이, 앨리스. 나, 저렇게 왕처럼 생긴 왕은 처음 봤어. 저거 좀 봐. 산타클로스도 맨발로 도망갈 만큼 완벽한 임금님 수염이잖아. 만져 보고 싶다고 말하면 화내려나?"

　"어이, 6호. 상대는 이 나라의 최고 권력자다. 그런 감상은 목소리를 낮춰서 말해라."

　이런 우리를 아랑곳하지 않고, 눈앞에 있는 비서관은 설명을 계속하고 있다.

"하지만 수리하는 과정에서, 그것이…… 기도문을 저속한 말로 바꾼 것 같습니다……."

"저속한 단어? 그게 뭐지?"

비서관은 몸매가 좋고 쿨해 보이는 미인이었다.

이 별은 어떻게 되어먹은 걸까. 만나는 여성마다 하나같이 미인이잖아.

그러고 보니, 스노우와 같이 있던 근위기사단 애들도…….

"저, 저기……, ……축제……라고……."

"그, 그렇군. 그런 말을 입에 담게 해서 미안하구나."

앗, 이제 와서 엄청난 사실을 눈치챘다!

그 기사단의 여자들은 전부 유니콘 같은 것에 타고 있었다.

"왜 그런 멍청한 짓을 한 건지는 이해가 안 된다만, 이 비서관이 한 말이 사실이더냐?"

전설에 따르면 유니콘은 처녀만 자신의 등에 태운다는 이야기를 들은 적이 있다.

그렇다면……!

"이놈! 폐하의 질문에 대답해라!"

바로 그때, 스노우가 나를 향해 얼굴을 쑥 내밀었다.

"우웃, 얼굴 가까워! 뭐, 뭐야! 내가 중요한 생각을 하는 사이에, 왜 키스를 하려고 하는 건데?!"

"이, 이놈, 신성한 알현실에서 무슨 소리를 하는 것이냐!"

국왕은 헛기침을 한 번 한 후, 다시 질문했다.

"아티팩트를 쓸 때 쓰는 기도문을 그대가 저속한 말로 바꿨다는 건 사실인가?"

나는 지금 상황을 떠올리며 대답했다.

"사실이지만, 이 여자가 책임은 자기가 전부 지겠다고 했어요."

"이, 이놈! 아닙니다, 폐하! 저는 수리를 명했을 뿐……!"

내가 책임을 떠넘기자, 국왕은 난처한 표정을 지었다.

"아티팩트를 수리해 준 것은 감사하네. 그 점을 고려해 그대가 이번에 지은 죄는 불문에 부치겠으며, 상도 내려주지. 그것을 가지고, 어디든……."

"아버님, 잠시 기다려 주세요."

바로 그때, 누군가가 국왕의 말을 막았다.

겉으로는 온화한 미소를 띠고 알현실에 나타난 티리스였다.

"저분은 제가 개인적으로 고용하고 싶어요. 데들리허그 무리를 몰살할 만큼 강하고, 아티팩트를 수리할 수 있을 정도의 지식을 지닌 분들이죠. 이런 일로 추방하면 아까울 것 같아요."

"으, 음, 그런가. 티리스의 말이 맞겠지."

국왕이 그 말을 듣고 너그럽게 고개를 끄덕이자, 앨리스는 일본어로 작게 말했다.

『6호, 이 나라의 실질적인 정치는 저 공주가 하는 것 같다. 왕이라는 저 아저씨한테는 못난 아버지 냄새가 나.』

『그래? 그럼 티리스에게 꼬리를 쳐야겠네. 상사에게 알랑대는 건 내 특기거든. 나만 믿어.』

『너…….』

바로 그때, 티리스의 말을 들은 스노우가 나를 손가락으로 가리키며 고함을 질렀다.

"티리스 님, 이딴 남자는 빨리 쫓아내야 합니다! 소중한 아티팩트에 그딴 짓을 한 걸 보면, 이 녀석은 우리 나라를 수렁에 빠뜨리려는 외국의 스파이일지도 모릅니다! 부디 재고해 주십시오!"

"어? 자기가 데려와 놓고서 스파이라고 하니 웃기네. 그럼 너는 스파이를 불러들인 매국노겠네!"

스노우의 눈썹이 쭉쭉 곤두서더니⋯⋯!

"이놈, 감히 나를 매국노라고?! 티리스 님을 향한 충성심이라면 더할 자가 없다는 소리를 듣는 이 내가 매국노라는 것이냐?!"

"완전 폭발했잖아! 그거 알아? 인간은 정곡을 찔렸을 때 가장 성질을 낸다고!"

내 도발을 듣고 스노우가 눈에 핏발을 세워 검을 뽑았다.

"네놈은⋯⋯! 내 애검, 작열검(灼熱劍) 플레임 재퍼의 제물로 삼아 주마!"

"말싸움에 졌다고 꽁꽁 묶인 상대를 베려고 해? 네가 그러고도 진짜 기사냐?! 공주님이 나를 고용하기로 했다고! 그런 사람을 네가 멋대로 베어도 될까? 게다가 너는 아직 할 일이 있을걸?"

내가 그렇게 말하자, 얼굴을 벌겋게 붉힌 채 금방이라도 달려들려고 하던 스노우가 움직임을 멈췄다.

"내가 할 일⋯⋯?"

의아해하는 스노우에게, 내 옆에 있는 앨리스가 입을 열었다.

"너는 6호와 내게 말했지? 모든 책임은 자기가 지겠다고. 우리의 죄는 더 따지지 않기로 했지만, 네 책임 문제에 관한 이야기는 아직 끝나지 않았다."

앨리스의 말을 들으면서.

바들바들 떨기 시작한 스노우가 도움을 청하듯 티리스를 보자.

이 나라의 권력 실세는 부드럽게 미소를 지었다──.

──기지개를 켜면서 면접실 밖으로 나온 내게, 앨리스가 일본어로 말을 건넸다.

『어이, 면접은 어떻게 됐지? 뭐, 면접이라고 해 봤자 채용은 확정됐으니 단순한 신변조사에 지나지 않았겠지만 말이다.』

『뭐, 키사라기나 내 필살기, 뭔가 히어로에 관해서도 묻더라고.』

국왕을 알현한 후, 이력서 작성 및 형식적인 면접을 마친 나는 밖에서 기다리고 있던 앨리스에게 있었던 일을 보고했다.

『그나저나 내가 이 나라의 기사……. 뭐, 나쁘지 않네. 용사가 안 되면 일단 기사님으로 만족해 주겠어.』

『어이, 잊은 건 아니겠지? 너는 어디까지나 키사라기의 전투원이거든? 임무를 잊지 마라.』

바로 그때.

"때때로 쓰는 그 언어는 너희의 모국어인가?"

일본어로 이야기를 나누고 있던 나와 앨리스의 뒤편에서 느닷없이 목소리가 들려왔다.

"뭐야. 또 너냐?"

중간에 자꾸 시비를 걸었던 여기사 스노우가 지금은 갑옷을 벗고 서 있었다.

기사 본래의 제복인지, 유달리 푸른색이 눈에 띄는 복장이다.

갑옷 탓에 몰랐는데, 의외로 글래머인 것 같았다.

치마 아래로 보이는 뽀얀 다리는 길고 날씬해 겉만 보면 정상급 모델 같다.

"말을 뭘 그렇게 하느냐. 나도 네놈을 보고 싶지 않다!"

이 여자는 왜 이렇게 적대적일까.

뭐, 나한테도 약간은 원인이 있겠지만 말이다.

"그래서 무슨 일이야? 우리는 이제부터 숙사라는 델 갈 건데."

짜증을 감추지도 않는 내 반응을 보고, 스노우는 관자놀이를 부르르 떨었다.

"그 숙사로 안내하라는 임무를 받았다. 그리고 너희를 앞으로 돌보는 일도."

"뭐……?"

내가 무심코 되묻자, 스노우는 몸을 똑바로 펴고 경례했다.

"오늘부로 네놈의 부대에 배속됐다. 나는 이제부터, 네놈이 이끄는 부대의 차석 지휘관이다."

……스노우가 내 부대에 배속된 것 같다.

그런데 대체 왜 이런 상황이 벌어진 걸까.

"뭐? 내가 오자마자 대장이 된 거야?"

내 질문을 듣더니, 스노우는 경례한 채 어이없다는 눈으로 나를 보았다.

"……너, 너는 티리스 님의 말씀을 제대로 듣기는 한 것이냐? 우리 나라는 마족과 싸우면서 베테랑 지휘관과 기사를 다수 잃었다. 여자 병사, 젊은 지휘관과 기사가 많은 것도 그래서지. 현재는 부대를 이끌 자가 압도적으로 부족한 상황이다. 너는 고국에서 부대를 이끈 경험이 있다고 했지? 그러니까 오늘부터 네놈은 소대이기는 해도 유격부대의 지휘를 맡긴 거다."

이 나라 녀석들은 뭘 좀 아는걸.

설마 부임하자마자 나를 대장으로 대우해 주다니.

"하지만 나는 너를 상사라고 생각하지 않는다. 전투 때는 실질적으로 내가 지휘를 맡겠다. 네놈은 걸리적거리지 않게 구석에 처박혀 있어라."

이 여자가 갑자기 뭔 소리를 하는 거래.

"너, 기사단 대장이었다고 까불지 마. 나도 말이야, 옛날에는 지휘관으로서 나름 활약했다고. 마족인지 뭐시기인지 하는 녀석들에게 연전연패 중인 너희보다는 잘해 주겠어!"

"……아티팩트를 수리해 준 것은 고맙게 생각한다. 하지만 나는 이 일로 네놈은 눈곱만큼도 신용하지 않게 됐다. 만약 우리 나라에서 다른 꿍꿍이가 있다면 일찌감치 포기해라!"

스노우는 말을 마치고 뒤돌아서 그대로 성큼성큼 걸음을 옮겼다.

친하게 지낼 생각은 없으니, 멋대로 따라오라는 뜻일까.

나와 앨리스는 그런 스노우의 등에 대고 말했다.

"책임을 지느라 강등당했다고 화풀이하는 게 부끄럽지도 않습니까~ 어머나 창피해!"

"어머나 창피해!"

"나, 나는 강등당하지 않았다! 그래, 수상한 너희를 감시하는 역할을 맡은 거다. 그리고 풋내기나 다름없는 네가 불안해서 내가 배속된 거지! 그 점은 착각하지 마라!"

부리나케 뒤돌아 왠지 초조한 목소리로 말하는 스노우에게, 나와 앨리스는 서로 얼굴을 마주 보며 말했다.

"감시 역할을 맡았다고 생각하는 건 아마 자기뿐이겠지……?"

"당연하지. 국보인 아티팩트인지 뭔지가 그렇게 됐지 않느냐. 보통은 자결하고도 남을 실수지. 저런 식으로 자기 자신을 납득시키고 있는 거다."

"이, 이 녀석들이이이이이이이이!"

7

"여기가 네 방이다. 생활에 필요한 물건은 얼추 갖췄지. 그리고 앨리스는 어떻게 한다……."

그 뒤로 한바탕 소란을 피운 후, 우리를 성에 있는 숙사로 안내해 준 스노우는 말끝을 흐렸다.

"그건 또 무슨 소리야? 앨리스에게 무슨 문제라도 있어?"

"이 숙사는 원칙상 외부인 출입을 금지하는데……."

스노우가 난처한 표정으로 그렇게 말하자, 앨리스가 발끈했다.

"뭐? 넌 무슨 소리를 하는 거냐. 우수한 나를 쫓아내려고? 당연히 6호가 이끄는 부대에 넣어야지! 이러니까 강등당하는 거다, 이 얼간아!"

뭐, 표정은 평소와 다름없지만. 이 녀석 나름대로 화가 났나 보다. 말투로 봐서는.

"애, 앨리스. 너, 애가 무슨 말을 그렇게⋯⋯?"

외모는 어린애 같은 앨리스가 느닷없이 독설을 쏟아내자 스노우가 깜짝 놀라서 뒷걸음질 쳤다.

"아까부터 상사인 6호한테 건방진 소리나 해대고 있는 너한테 그런 소리를 듣고 싶지 않아~. 알았으면 얼른 내 방을 준비해라. 이 무능한 수전노야!"

"저⋯⋯정말 입이 험한 아이구나! 하, 하지만, 소대는 5인 1조로 구성된다. 그리고 각자 역할이 있지. 전위에 기사 세 명, 후위에 마법사와 치료술사를 배치하는 게 기본이다. 우리의 경우 나와 6호를 전위로 치면, 앞으로 전위 한 명과 마법사, 치료술사가 필요하지. ⋯⋯앨리스는 뭘 할 수 있지?"

스노우가 미심쩍은 눈으로 보자, 앨리스는 얼굴을 쏙 내밀면서 따지듯 말했다.

"뭘 할 수 있냐고? 고성능인 나는 뭐든 다 할 수 있다고~. 내 전문분야는 전반적인 두뇌 작업이지만, 미개인인 너희가 이해할 수 없는 슈퍼 테크놀로지인 나노머신을 활용해 위생병을 해 주지! 그러니까 그 멤버 구성에서는 치료술사인지 뭔지가 잉여겠군!"

멋대로 치료술사는 불필요한 멤버로 찍은 앨리스는 안드로이드면서 불같이 화를 내며 방을 나섰다.

"머, 멋대로 그래도 될까……."

스노우는 난처하기 짝이 없는 표정을 짓더니, 기어들어가는 목소리로 그렇게 중얼거렸다.

──스노우가 앨리스의 방을 잡은 후, 우리는 숙사 앞마당으로 안내받았다.

그곳에서는 어느 부대에도 속하지 않은 자들이 전투 훈련을 하고 있었다.

"훈련 중지! 이제부터 1개 소대 편성을 위한 대원을 두 명 모집하겠다! 실력에 자신이 있는 자들은 나서도록!"

스노우가 그렇게 말하자, 검을 휘두르고 있던 자들이 훈련을 멈추며 모여들었다.

"너희는 온 지 얼마 안 되니 여기 있는 병사들의 특징을 잘 모르겠지. 소대의 대원은 내가 정하겠다. 저들의 이력서다. 훑어봐라."

이미 누구를 뽑을지 정해 두었는지 스노우는 우리에게 종이다발을 떠넘긴 후, 전원이 모일 때까지 기다렸다.

"어이, 6호. 이걸 좀 봐라."

종이다발을 대충 넘겨보던 앨리스가 손을 멈추더니, 어떤 이력서를 내게 보여줬다.

"『식신(式神), 알렉산드라이트 글레이프니르』. 괜찮네. 이름을 보니 꽤 강해 보여."

"그게 아니다. 나이를 봐라. 여든이 넘은 할아버지 아니냐. 그 사람이 아니라 이 두 사람을 보라는 거다."

이 이름과 할아버지라는 것만으로도 강캐 느낌이 물씬 나지만, 앨리스가 보여준 것은 다음 페이지에 실린 두 사람이었다.

"『전투용 인조 키메라, 로제』, 『제나리스의 대주교, 그림』……? 이 한물간 느낌 물씬 나는 이 두 사람이 왜? ……앗! 『아군 잡는 딜 링이 마법사, 미레이』! 나, 얘가 좋을 것 같아! 딜링이가 좋아!"

"딜링이 마법사는 딱 봐도 지뢰잖느냐. 그것보다, 이 두 사람의 토벌 숫자를 봐라. 다른 녀석들과는 차원이 달라."

앨리스의 말을 듣고 확인해 보니, 정말로 이 두 사람만 토벌 숫자가 압도적으로 많았다.

하지만…….

"그렇게 치면 알렉산드라이트 씨는 이 두 사람보다 토벌 숫자가 수십 배는 되니까, 역시 그 사람이……."

"할아버지는 잊어라. 작전 중에 격렬하게 움직이다 훅 가면 어쩔 거냐. 게다가 이 두 사람의 직함도 재미있군. 제나리스의 대주교라는 게 뭔지는 모르겠지만, 전투용 인조 키메라는 우리에게 딱 맞는 인재 아닐까?"

……듣고 보니, 확실히 괴인 느낌이 물씬 나는 직함이다.

"좋아. 다 모였군. 그럼 소대에 편입할 자를 발표하겠다! 첫 사람은……."

바로 그때, 앨리스가 스노우의 말을 끊었다.

"잠깐, 앨리스. 편입할 사람은 이 두 명이다."

그리고 앨리스는 들고 있던 두 장의 이력서를 건네줬다.

"윽……. 잠깐, 이들은……! 하, 하다못해 한 명을 알렉산드라이트 님으로……."

"너희는 왜 하나같이 영감을 좋아하는 거지? 잔말 말고 이 녀석들을 소개해라."

앨리스에게 질타당한 스노우는 아이 상대로 막 나갈 수가 없는지 투덜거리면서 그 두 대원을 불렀다.

우리 앞에 한 소녀가 나타났다.

"……뭐, 어떤 대원인지는 서류에 적혀 있으니까 읽어 봐. 자아, 로제. 자기소개를 하도록."

스노우가 재촉을 하자 그 소녀는…….

"나는 로제. 전투용 인조 키메라, 로제야……. 당신들이 나를 잘 다룰 수 있을까……?"

앨리스보다 더 무표정한 얼굴로 한쪽 눈을 한 손으로 가리더니, 가라앉은 눈으로 우리를 응시했다.

나이는 앨리스보다 약간 많은 열넷, 열다섯 살 정도 같다.

그런 로제가 입은 치마 아래로 도마뱀 꼬리 같은 게 보였다.

유심히 보니, 짧은 은발 사이로 도깨비를 연상케 하는 조그마한 뿔이 하나 삐져나와 있었으며, 두 눈의 색깔 또한 달랐다.

오호라, 인조 키메라인가…….

나는 로제의 포즈를 그대로 흉내 내며 말했다.

"내 이름은 전투원 6호. 개조수술을 받고 원래 이름과 함께 과거를 버린 전투기계. 잘 부탁한다, 전투용 인조 키메라……!"

"나는 키사라기 앨리스 님이다. 너처럼 창피한 발언을 해대는 사차원들은 우리 결사에 많으니 안심해라. 잘 써먹어 주마."

우리가 자기소개를 하자, 로제는 그 자리에서 딱딱하게 굳더니 두 손으로 얼굴을 가리며 부르르 떨었다.

　"어이, 앨리스. 모처럼 내가 폼 좀 잡았으니까 너도 장단을 맞추라고. ……거봐. 네가 사차원이라고 하니까 얼굴이 벌게져서 부들부들 떨잖아."

　"너희의 바보 놀음에 어울려 줄 수야 없지. ……어이, 창피하면 앞으로는 그런 짓 하지 마라. 그리고 이쪽으로 와."

　"네……. 저는 인조 키메라인 로제예요. 잘 부탁해요……."

　귀까지 빨개진 로제가 터벅터벅 이쪽으로 걸어왔다.

　"뭐, 이렇게 별난 구석도 있지만 개발자의 교육 방침 때문이라니 그냥 눈감아줘라."

　"저를 만들어 준 할아버지가 이럴 때는 이렇게 하라고……! 흐, 흑……. 실은 이런 바보 같은 짓을 하고 싶지 않은데, 할아버지의 유언이라서……!"

　로제가 스노우의 말을 듣고 울음을 터뜨린 가운데, 나는 아까 건네받았던 이력서를 훑어보았다.

　거기에는 로제가 지금까지 세운 전과 및 특수능력이…….

　"……어, 이게 뭐야. 너, 잡아먹은 상대의 능력을 자기 것으로 만들 수 있는 거야?"

　"예? 아, 예. 저는 키메라라서 그런지, 먹은 것의 영향을 쉽게 받거든요……. 한두 입 먹어서는 안 되지만, 같은 마수의 고기를 계속 먹다 보면 그 특성을 흡수할 수 있어요. 요즘은 힘이 강한 일각수귀(一角獸鬼)나, 불을 뿜는 폭염 도마뱀의 고기만 잔뜩 먹었어요. 그랬더니 조그마한 뿔과 꼬리가 생겨서……."

그 말을 듣고 나와 앨리스는 서로 얼굴을 살폈다.

『……어이, 앨리스. 괴인 후보생이야.』

『그래. 이 녀석은 놓치면 안 되겠어.』

"왜, 왜 그러세요? 두 분이 무슨 소리를 하는 건지는 모르겠지만, 왠지 불길한 예감이 들어요! ……어, 어라? 혹시 특이한 음식을 가지고 있지 않나요? 저기, 엄청 좋은 냄새가 나는데……."

우리가 느닷없이 일본어로 이야기한 바람에 약간 겁먹은 듯한 모습을 보이던 로제가 코를 킁킁거리며 그렇게 말했다.

이 별에 온 후로 아무것도 먹지 않았던 나는 이곳에 오는 도중에 휴대식량을 먹었는데…….

나는 막대 형태의 휴대식량을 꺼내서 보여줬다.

"혹시 이거 말이야? 누구나 좋아하는 휴대용 밸런스 영양식, 칼로리제트야. 먹고 싶으면 조금 주겠는데, 그 대신 내 말에 무조건 따라야 해."

"무, 무조건?! 아아…… 하지만 거부할 수 없을 만큼 좋은 냄새가……!"

"어이, 6호. 먹을 걸로 헝그리 소녀를 낚는 지금 상황은 경찰에게 신고당하기 딱 좋다. 하지만 이 녀석을 어떻게 다뤄야 할지는 이해했군."

내가 휴대식량을 좌우로 흔들자 욕망이 깃든 로제의 시선도 덩달아 움직였다.

이렇게 우리가 휴대식량으로 로제를 길들이고 있을 때, 주위를 두리번거리던 스노우가 누군가를 발견하고 말을 걸었다.

"어이, 그림! 그만 자고 이쪽으로 와라!"

스노우가 부르자 휠체어를 탄 여자가 우리 앞으로 왔다.

그림이라 불린 여자는, 열여덟, 열아홉 살 정도일까?

휠체어 여자는 언뜻 보기에 중환자 같다.

졸린 듯한 갈색 눈동자와 너무 질려서 흙빛인 안색. 그리고 아름다운 갈색 스트레이트 헤어…….

휠체어에 맨발로 앉아 있는 약체를 보니, 진짜로 대원으로 뽑아도 될지 걱정됐다.

"내가 오늘부터 네 대장인 전투원 6호다."

"참모 겸 위생병인 앨리스 님이다."

우리가 자기소개를 하자, 그림은 눈을 반짝이며 입을 열었다.

"만나서 반가워. 나는 그림이야. 대장에게 질문할 게 몇 개 있는데, 우선 가장 중요한 것부터 물어봐야겠네. 대장은 유부남? 애인은 있어? 참고로 나는 독신이야. 이렇게 괜찮은 여자인데, 이상하게도 애인이 없어."

"독신이야. 그리고 이렇게 호남형인데, 어찌 된 영문인지 애인이 없지."

"너희는 느닷없이 무슨 이야기를 하는 거냐! 부대 내 연애 행각은 금지다! 전투에 관한 거나 물어라!"

스노우가 불같이 화를 내며 꾸짖었지만, 그림은 내 대답을 듣고 왠지 우물쭈물하기 시작했다.

……자, 전투에 관해서 물으라니, 우선 무엇부터 물어볼까.

제나리스가 대체 무엇인지, 휠체어 신세이니 무리해서 전장에 나갈 이유는 없을까 등등, 생각해 보면 한도 끝도 없다. 하지만 그중에서 가장 신경 쓰이는 건…….

 "그림은 마법사야? 나는 마법을 잘 모르거든. 대체 뭘 할 수 있는 거야?"

 그렇다. 마법이다.

 그림의 이력서 특기란에는 저주라는 흉흉한 단어가 있었다.

 "굳이 따지자면 나는 마법사가 아닌데……. 위대하신 제나리스 님의 힘을 빌려서 기적을 일으키는 대행자야."

 기적을 일으키는 대행자가 대체 뭘까.

 "그 제나리스 님은 대체 뭔데?"

 "불사(不死)와 재앙을 관장하는 위대한 분이셔. 나는 제나리스 님을 모시는 신도야."

 불사와 재앙을 관장하는…….

 "……사, 사신(邪神)?"

 "무, 무례해! 제나리스 님을 사신이라 부르면 천벌을 받아!!"

 원래라면 그 힘을 보여줬으면 하지만, 저주라는 단어가 마음에 걸린다.

 뭐, 어차피 조만간 전장에서 볼 수 있겠지.

 ……바로 그때, 그림은 무슨 생각을 한 건지, 휠체어 위에서 두 무릎을 꼭 끌어안는 자세를 취했다.

 그리고 도발적인 미소를 짓더니, 긴 치마의 끝자락을 서서히 걷어 올리면서…….

"후후후……. 저기, 아가야. 이 언니의 치마 속이 궁금하지? 제나리스 님을 사신이라 부른 걸 사죄해. 그러면 당신도 세례해 줄게. 그리고 꺄아아아아아아아아!"

《악행 포인트가 가산됩니다.》

틈을 들이는 그림의 치마를, 나는 확 걷어 올렸다.

병약하고 청초한 이미지였지만, 드러난 검정 끈팬티를 보자마자 그 인상이 확 바뀌었다.

굉장하다. 이 여자는 터무니없는 변태다.

"진짜로 보여줄 생각은 없었는데! 저기, 꼭 책임져! 전업주부 할 테니까 먹여 살려! 놓치지 않아! 그럼, 절대로 안 놓쳐!"

변태 수준이 아니다. 이 여자는 어마어마한 지뢰다.

"진정해라, 괴인 끈팬티. 6호를 도발한 네 자업자득이다."

"괴인 끈팬티는 또 뭐야?! 그런 이름으로 나를 부르지 마! 이 속옷을 입으면 애인이 쉽게 생긴다고 피요코 클럽에 나와 있었단 말이야!"

피요코 클럽은 뭘까. 취집활동 잡지 같은 건가.

"팬티 좀 봤다고 아내로 맞아야 한다면, 나는 지금쯤 석유왕급 하렘을 만들었을 거야. 나중에 내 팬티도 보여줄 테니까 그걸로 퉁쳐, 까만 끈팬티."

"사내놈의 더러운 속옷과 처녀의 팬티를 동급으로 보지 마! 그리고 그 호칭도 그만 써!"

우리가 그런 대화를 나누고 있을 때, 스노우가 땅이 꺼져라 한숨을 내쉬었다.

"하아……. 하필이면 가장 성가신 두 사람을 고르다니……. 뭐, 좋다. 전투에 있어서라면 이자들은 우수하지."

나는 그 말을 듣고 눈치챘다.

이력서에 적힌 이들은 노인과 덜렁이 마법사, 그리고 지금 우리와 함께 있는 괴짜 두 명만이 아니다.

그리고 다들 하나같이 문제가 있어 보이는 멤버들이다.

즉, 이 집단은…….

"골칫덩이 중에서도 문제아만 모은 이 소대지만, 그래도 잘 부탁한다. 그렇다 해도 너희 같은 낙오자들과 친하게 지낼 생각은 없다만."

못마땅한 얼굴로 말하고, 스노우는 뒤돌아서 손을 흔들——.

……어이, 골칫덩이? 웃기지 말라고.

그야 우리는 휠체어를 탄 허약체 끈팬티에, 마물처럼 생긴 헝그리 소녀.

그리고 신원불명 악의 조직 전투원과 안드로이드지만……!

——아무리 생각해도 골칫덩이 맞네요. 정말 감사합니다.

……어라, 잠깐만 있어 봐.

"즉, 너도 골칫덩이 취급을 당해 이곳으로 보내진 거냐? 하긴, 성격에 문제가 있긴 하지."

스노우는 그 말을 듣고 몸을 부르르 떨더니…….

"무무, 무슨 소리를 하는 거냐……! 그, 그렇지 않다! 나는 너희를 감시하기 위해……!"

"어이, 6호. 이 녀석은 강등당한 걸로 모자라서 티리스에게 버림받은 게 분명하다. 예이~, 낙오자, 낙오자~!"

"예, 예이~! 예이~!!"

"휴~휴~!"

앨리스의 선동에 로제와 그림까지 스노우를 놀렸다.

스노우는 분한지 입술을 깨물면서도, 주먹을 꽉 쥐더니…….

"큭! 머, 멋대로 떠들어라! 아무튼 너희는 내 지시에 따르기만 하면 된다! 내 지휘로 금방 눈에 보이는 공을 세워서 이딴 소대를 나가 주마!"

엘리트 출신의 자존심 때문인지, 강한 의지가 서린 눈으로 어깨 너머의 나를 노려보지만.

"앗, 6호. 들었지? 드디어 이딴 소대에서 나가겠다는 소리까지 했다. 아까만 해도 우리를 감시하기 위해 이 소대에 배치됐다고 주장했는데 말이다."

"그러게. 이게 드디어 자기가 좌천됐다는 걸 인정했어. 그리고 좌천 대장의 지시를 따를 것 같아? 나도 옛날에는 부대를 이끌었으니까, 알아서 하겠어."

앨리스와 내가 놀리자, 인내심이 없는지 좌천 대장이 눈썹을 세웠다.

"좌천 대장이라고 부르지 마라! 네놈은 우리 나라의 전쟁에 관해서는 아마추어니까, 닥치고 내 말에 따르면 돼! 애초에 네놈이 입은 이상한 갑옷이 문제다. 뭐랄까……. 시꺼멓고 사악해 보인 다고나 할까, 기사라기보다 마족의 말단 병사가 입을 것 같아서 대장 같지 않다고 할까……."

"너, 너, 헛소리하지 마! 내 갑옷은 상관없잖아! 전투복이 좀 튀 는 건 인정하지만, 그런 소리를 들을 이유는 없다고!"

더럽게 무거운 구식 전투복이지만, 오랫동안 애용한 단짝 같은 거란 말이다!

"이익, 시끄럽다! 네놈처럼 괴상한 행동이나 저지르고 얼굴에 흉터가 있고 썩어빠진 눈을 한 녀석이 대장이라는 것만으로도 내 명예가 손상된단 말이다!"

"뭐! 이 녀석, 보, 보자 보자 하니까……!"

이 여자, 좀 봐줬더니 마구 기어오르잖아!

"보아하니 학력도 별 볼일 없을 것 같은데 말이다! 네놈, 알아주 는 학교를 나왔느냐? 참고로 나는 이 나라에서 최고 랭크의 대학 을 졸업했지."

"으윽……."

대학에는 간 적도 없어!

나는 전투원 생활이 바빠서 고등학교를 중퇴했다고!

"알았으면 내 지시에 따르겠다고 맹세해라! 그러면 전장에서 체 면을 구길 일은 없을 거다!"

이, 이 녀석, 건방지게……!

"왜 그딴 눈으로 보는 거지? 주먹을 왜 쥔 거냐? 호오, 폭력을 쓰려는 거냐? 좋다. 내가 여자라는 건 신경 쓰지 마라. 얼마든지 때려도 된다! 네놈이 할 수 있을까? 자아, 나를 때릴 배짱이 있다면 어디 해 봐라!"

이……!

"이게————!!!!"

내가 고함을 지르자, 스노우는 움찔하면서 긴장했다.

나는 진지한 얼굴로 긴장한 스노우의 두 가슴을 움켜쥐었다.

옷의 가슴 부분을 압박하며 확연하게 자기주장을 하는, 스노우의 거대한 찌찌를.

주위에 있던 이들의 망연자실한 표정, 그리고 움츠린 채 입을 쩍 벌린 스노우의 얼굴을, 나는 평생 잊지 못할 것이다.

《악행 포인트가 가산됩니다.》

8

"누, 누가 좀 도와줘! 이 여자, 정신이 나갔어!"

"누구 정신이 나갔다는 거냐! 정신이 나간 건 네놈이다!"

나는 여자와 인연이 거의 없었지만, 지금 생애 처음으로 여자에게 쫓겨 다니고 있다.

"야, 진정해! 사과할게! 사과할 테니까, 일단 차분하게 이야기하자!"

"이제 와서 할 이야기는 없다! 지금 생각해 보니, 네놈은 처음 만났을 때 그 자리에서 확 베어버렸어야 했어!"

손에 날붙이를 쥐었고, 머리를 흐트러뜨렸고, 눈에 핏발마저 선 여자지만 말이다.

"내가 가슴 좀 만졌다고 날붙이를 뽑는 네가 이상해"

"이상한 건 네놈이다! 정신이 멀쩡한 인간은 남의 가슴을 뜬금없이 만지지 않는단 말이다!"

실수로 넘어져서 여자 가슴을 만지는 일은 만화에서 흔히 있다.

그리고 여자에게 쫓겨 다니다 결국 두들겨 맞는 일이 클리셰라는 것도 인정한다.

하지만…….

"인마! 얼굴을 좀 붉히면서 나를 쫓아오거나, 하다못해 맞으면 그냥 아프기만 한 도구를 쓰라고! 이래서야 여자한테 쫓기는데도 전혀 기쁘지 않잖아! 완전 살벌하고 눈에 핏발이 서서 무섭다고~!"

"당연하지! 네놈을 죽일 생각으로 쫓고 있으니까 말이다!"

"누가 좀 도와줘어어어~!"

뭐야, 러브코미디처럼 웃음이 나오는 전개와 완전 딴판이야!

진심으로 도움을 청하며 성 안에서 도망 다니던 나는…….

"티리스! 티리스잖아!"

이쪽을 향해 걸어오고 있는 티리스를 발견했다.

"6호 님, 마침 잘됐어요. 실은……. 두, 두 사람 다 왜 그러죠?! 대체 무슨 일인가요?!"

"지금 그건 됐으니까, 살려줘!"

"티리스 님! 꼴사나운 모습을 보여드려 죄송합니다! 이 남자를 쳐 죽이겠습니다!"

부들부들 떨며 티리스의 등 뒤에 숨자, 스노우는 핏발 선 눈으로 나를 노려보았다.

쳐 죽이다니, 꽃다운 나이의 여자가 쓸 말이 아니라고.

"무, 무슨 일인지는 모르겠지만, 성 안에서 유혈사태가 벌어지면 지하감옥행이에요! 스노우, 그러니 진정하세요!"

그 말에 스노우는 분한 얼굴로 하는 수 없이 검을 도로 집어넣었지만……

"……내일 임무 때는 뒤통수를 조심해라."

스노우는 물러날 때 그런 흉흉한 소리를 남겼다.

……저 녀석은 기사가 아니라 우리 같은 악의 조직 측에 가까운 인간일 거야.

"휴우, 가슴 좀 만졌다고 저렇게 폭발할 줄은 몰랐네. 티리스, 덕분에 살았어."

"6호 님, 왜 그런 바보 같은 짓을 한 거죠? 스노우는 농담이 통하지 않는 아이랍니다. 가문의 힘으로 기사가 된 자들과 다르게, 슬럼가의 고아 출신이면서 끊임없는 노력을 통해 근위기사단의 대장 자리까지 올라선 성실한 노력가니까요……"

뭐야. 그 녀석, 자존심이 세 보여서 잘사는 집 딸인 줄 알았는데 말이야.

"그리고 보니, 티리스는 아까 나를 보고 마침 잘됐다고 말하지 않았어? 무슨 볼일이라도 있는 거야?"

"예. 실은 앨리스 씨의 방 문제 말인데——."

"——뭐, 하는 수 없지. 임무를 위해서도 같은 방을 쓰는 편이 여러모로 편리할 테니까 말이다. 어이, 내가 미소녀라고 이상한 짓을 하진 마라. 생식기능은 없으니까 그걸 처리해 줄 순 없다."

"너, 바보지?! 로봇 상대로 그런 마음이 생길 것 같냐?! 젠장, 왜 이렇게 된 거냐고!"

나와 앨리스는 갑작스럽게 고용되었기 때문에 방을 하나밖에 준비하지 못했다고 한다.

동행이고 하니 한동안 같은 방을 써달라는 말이다.

나와 앨리스가 쭉 함께 여행했다는 설정이 이럴 때 발목을 잡은 것이다.

"성욕이 끓어올랐을 때 잠시 방을 비울 정도의 이해심은 있으니 안심해라. 그리고 방에 들어올 때도 노크를 하고 잠시 뜸을 들인 후에 들어오도록 하지."

"그딴 배려는 됐어! 내가 무슨 발정난 짐승으로 보이냐?!"

나는 다시 배정된 방을 둘러보았다.

침대를 두 개 마련해 준 것은 고맙다.

그 외에는 간소한 의자와 테이블에, 옷장이 하나.

그리고…….

"……앨리스, 저기 좀 봐. 수도가 있어. 그리고 이건 램프 아니지? 기름을 넣는 곳이 없잖아. 그리고 벽에도 선이 없는 텔레비전 같은 게 달려 있네. 미개한 토지에 지구의 도구를 가지고 와서 신처럼 숭배받을 생각이었는데, 이러면 틀렸잖아."

"이곳의 문명 레벨을 얕보지 마라. 이 램프나 저기 있는 텔레비전 같은 건 마법을 이용한 것 같지 않느냐? 인조 키메라 같은 걸 만들어낼 기술도 있는 것 같고, 성에 남겨져 있던 아티팩트도 그렇고, 조사할 게 많을 것 같군."

나는 일본에서 가지고 온 짐을 푼 후, 이것으로 이 땅에서도 어찌어찌 생활이 가능할 것 같다고 생각하며 한숨 돌렸다.

무거운 전투복을 벗고 침대에 드러누운 내게…….

"어이, 6호. 스노우의 말을 듣자니 내일은 전투 임무를 수행하게 될 것 같다. 우리의 원래 임무를 잊지는 마라. 기본적으로 이 나라를 지원하겠지만, 상황이 나빠지면 무리하지 말고 퇴각하는 거다. 기사로 삼고서 골칫덩이 취급을 한다는 게 누구 수작인지는 모르겠지만, 성격 참 끝내주는 녀석이 있는 것 같거든. 방심했다간 따끔한 맛을 볼지도 모른다."

샷건이 마음에 들었는지 앨리스는 마른 천으로 쓱쓱 닦으면서 말했다.

"그 정도는 나도 알아. 하지만 국왕을 만날 때, 나이프는 몰수당했지만 권총은 빼앗기지 않았어. 즉, 이 나라 인간들은 총이 뭔지 모르는 거야. 전차의 잔해도 아티팩트라고 말했으니까, 검과 활로 싸우는 수준의 전쟁이라면 아직 방법은 얼마든지 있어. 직업과 거처를 구했으니, 기왕이면 큰 공을 세워서 상으로 아지트를 받자고……!"

2장　 **경쟁자를 유린하라**

1

다음 날 아침.

"──비겁하군. 적의 보급선을 노려? 보급부대는 기본적으로 전투에 못 써먹는 하급 마족으로 구성된단 말이다. 그런 걸 습격한다고 공적이 될 것 같으냐!"

왕성 앞에 기사단이 정렬한 가운데, 우리는 가장 구석에 서 있었다.

이제부터 이 도시의 주변에 집결하고 있는 마물 무리를 공격한다고 한다.

정렬한 기사단 앞에서는 이 나라의 장군으로 보이는 인간이 뭔가 연설하고 있었다.

그리고 그런 그들과 달리, 알아서 움직이라는 명령을 받은 잉여 소대의 우리는 독자적으로 작전을 짜고 있는데…….

"대장님, 가능하면 저도 강한 적과 싸우고 싶어요. 할아버지가 유언으로 이 세상 모든 마수의 고기를 먹어치우고 최강의 키메라가 되라고 했거든요."

얘는 할아버지를 엄청 따르네.

유언을 지키고 싶다는 말을 들으니, 악의 전투원인 나의 티끌만 한 양심이 찔렸다.

"음~ 그 심정을 헤아려 주고 싶지만……. 그냥 남이 쓰러뜨린 마수의 고기를 얻어서 먹는 건 어때?"

"신선하지 않은 마수의 고기는 정말 맛없거든요……."

……내 양심을 물려내, 이 헝그리 키메라야.

"로제의 말이 맞다! 강한 적이 많은 부대에는 거물 지휘관이 있지. 그런 부대에 돌격을 감행해서 지휘관의 목을 취하는 거다. 그 강적은 내가 맡지. 잡졸은 그림의 저주로 쓸어버리면 된다. 로제는 나를 따라와라!"

문제는 공에 눈이 먼 근육뇌 여자다.

내가 보급부대를 습격하자고 제안하자, 스노우는 끈질기게 반대했다.

내가 이 작전의 유용성을 아무리 설명해도 듣질 않는다.

속이 좁은 이 여자는 어제 가슴을 만진 일로 아직도 앙심을 품고 있는 것 같다.

그런 우리를 보다 못한 앨리스가 입을 열었다.

"자, 다들 잘 들어라. 보급부대를 습격해 봤자 공적이 안 될 거라고 생각하나 본데, 그렇지 않다. 첫째, 너희는 평소 바보처럼 뻔하게 공격하지. 그러니 적도 우리가 보급부대를 노리지 않을 거라고 얕잡아 볼 테니 변변한 호위도 없을 거다. 그런데 최전선에서 싸우는 적들이 보급부대가 전멸했다는 소식을 들으면 어떨까? 적어도 혼란에 빠질 거다."

"……으음."

미간에 주름을 잡고 앨리스의 설명을 듣는 스노우.

"그리고 둘째, 보급이 끊기면 어느 전쟁에서든 치명상이다. 설령 전투에서 이기더라도, 물자가 없으면 전선을 유지할 수 없어 퇴각할 수밖에 없지. 우리가 보급선을 끊으면, 기사단이 전투에서 지더라도 적들은 돌아갈 거다. 고작 한 부대가 적의 향후를 결정하는 거지. 이건 매우 큰 공적이 아닐까?"

"…………흠."

내가 말할 때와 다르게 순순히 이야기를 듣는 스노우가 밉다.

"더 말하자면, 한 번이라도 이 작전을 쓰면 적은 앞으로 경계하겠지. 즉, 보급부대에도 호위 병사를 배치한다는 거다. 앞으로 보급부대를 또 습격하지 않더라도 말이야."

앨리스의 말대로, 그렇게 된다면 최전선에 가는 적의 숫자가 조금이라도 줄어들 것이다.

……그런데 그것도 내가 아까 설명했는뎁쇼.

"……어때? 보급부대를 습격한다는 단순하면서도 당연한 작전이, 장기적으로 볼 때 얼마나 유효한지 이해했느냐? 기사도라는 것은 알지만, 이건 전쟁이지. 감정은 빼고 생각해라."

"…………앨리스의 말은 이해했다. 하지만 큰 공을 세웠다고 인정받을 수 있을지……. 이번 강등 때문에 급료도 줄었거든……. 이대로 가다간 내 애검 컬렉션 중 하나인 작열검 플레임 재퍼의 대출금을 못 갚아서, 압류당하고 말 텐데…….”

그렇게 말한 스노우는 울상을 지으면서 자신의 검을 꼭 안았다.

애검 컬렉션? 이 녀석, 도검 마니아인 걸까.

“그 점에 관해서는 이 남자에게 맡겨라. 자기 공적을 최대한 과장해서 보고하는 게 특기거든.”

“……그렇군. 확실히 얌체같이 생기긴 했지.”

“이것들이, 한 대씩 맞을래?”

이야기가 정리되었나 싶었을 때, 로제가 배를 움켜잡으며 애절하게 중얼거렸다.

“저기, 그럼 오늘 임무는 보급부대 습격인가요? 저는 돈을 받으면 먹어 본 적 없는 마수의 고기를 사서 항상 주머니 사정이 좋지 않아요……. 오늘도 아침부터 아무것도 못 먹었어요. 마수를 못 먹는다면, 눈물이 날 것 같은데요…….”

이 녀석의 평소 식생활이 엄청 신경 쓰이는걸…….

뭐, 그렇다면…….

“습격한 보급부대의 물자는 네 마음대로 해도 돼. 뭐, 대부분 먹을 거겠지만.”

“보급부대를 습격하는 작전이 좋을 것 같아요!”

2

“……저거구나. 확실히 완전히 방심한 것 같네. 변변찮은 무기도 없잖아 어이, 그림. 슬슬 일어나."

적이 집결한 지점에서 약간 떨어진 도로 옆 수풀에 숨은 우리는 눈앞의 도로를 따라 천천히 이동하고 있는 보급부대를 목표로 삼고 있었다.

덩치가 작은 로제에게 휠체어를 부탁하고 잠든 채 이곳까지 옮겨진 그림을, 스노우가 흔들어댄다.

참고로 이 녀석은 아까 작전회의 때도 휠체어에 앉아서 자고 있었다.

"으으……, 뭐, 뭐야? 일어나 보니 햇볕이 내리쬐는 야외에 방치해? 나한테 원한이라도 있어? 으으으…… 태양 따위는 소멸하면 좋을 텐데……."

스노우가 깨우자 그림은 머리를 못 가누면서 이상한 소리를 했다.

"그림, 금방 전투가 있을 거다. 정신 차려라. 상대는 하나같이 졸개지만, 방심하지는 마라."

스노우는 빈틈없이 주위를 둘러보면서 자신의 애검을 확인했다.

"전부 졸개라면 대주교인 그림 님께서 나설 필요는 없겠네……."

"어이, 자지 마!"

"바보, 목소리가 커! 들켰잖아!"

스노우와 그림이 실랑이를 벌이는 소리 때문에 적에게 들킨 것 같다.

——저것은 판타지 만화 같은 데서 오크라고 불리는 마물일까.

돼지 머리에 변변찮은 무기도 없는 두 발 괴물들이 물자가 실린 수레를 끌고 있었다.

그런데 오크는 지구의 전설 속 상상의 생물이잖아.

그게 왜 이 별에 서식하고 있는 걸까.

……뭐, 지금은 그런 생각이나 할 때가 아니다.

"들켰으면 어쩔 수 없지. 다들 가자! 전쟁이다!!"

나는 은신 중이던 수풀에서 뛰쳐나가 전투원 매뉴얼에 있는 정형문을 큰 소리로…….

"히얏하~! 여기는 못 지나간다아아아아!"

……외치는 것과 동시에, 뽑아 든 나이프의 날을 혀로 핥으며 적들을 덮쳤다!

──샷건 소리가 울려 퍼졌다.

앨리스가 날린 총탄에 맞은 오크들이 차례차례 쓰러졌다.

"히얏하! 저항하는 녀석은 전부 죽여라! 목숨이 아까우면 짐을 두고 썩 꺼져라!"

"꺼져라!"

매뉴얼에 나온 대사를 외치면서 선두의 오크가 끌던 수레를 걸어차자, 물자가 실린 수레가 뒤집혔다.

뒤집힌 수레가 길을 막자, 뒤에 오던 녀석들의 발이 묶였다.

나와 앨리스가 수송부대에 돌격하자, 오크들은 돼지 같은 비명을 지르며 도망쳤다.

우리를 뒤따르던 로제가 당황한 목소리로 말했다.

"대, 대장님, 그런 소리 좀 안 하면 안 돼요? 군사행동 중인데, 왠지 엄청난 악행에 가담하는 것 같아서요……."

하지만 이건 전투원 매뉴얼에도 있는, 적에게 쓰는 정식 항복 권고라고.

"앗 대장님! 적의 보급물자는 어떻게 할까요? 엄청 많은데요!"

"네가 가져갈 수 있는 몫 이외에는 전부 불태워! 마왕군 놈들에게 우리의 무서움을 알려주는 거다! 후하하하하하하! 후하하하하하하하하!!"

"와아~! 대장님 멋져요~!"

로제에게 물자 소각을 지시한 내가 목청껏 웃음을 터뜨리고 있을 때, 등 뒤에서 엄청난 살기가 느껴졌다.

"죽어라~!"

"우와앗!"

반사적으로 바닥을 굴러 피한 회피하자 검을 내지르는 자세를 취한 스노우의 모습이 눈에 들어왔다.

"어이. ……야 인마, 너 지금 나한테 무슨 짓을 한 거야?"

"……쳇."

"너 지금 혀를 찼지?! 방금 나를 진짜로 죽이려고 했지!"

역시 이 여자는 제정신이 아냐!

앞으로는 절대로 이 녀석에게 등을 보이지 말아야지!

아니다. 이왕 이렇게 됐으니 이 자리에서 사고로 위장해…….

"왜, 왜 그런 눈으로 보는 거냐. 한판 뜨자는 거냐? 좋다, 덤벼라! 처녀의 가슴을 만진 대가가 얼마나 큰지 가르쳐 주마! 내 애검의 제물로 삼아 주지!"

……우리가 일전을 벌이려고 한 바로 그때였다.

"내 업화의 바다에 가라앉아라……! 영원히 잠들라, 크림슨 브레스!"

로제가 그렇게 외친 순간, 적의 보급 물자가 엄청난 열기와 빛에 휩싸였다.

보니까 로제가 뜨거운 불꽃을 토하고 있었다.

그 모습을 본 나는 무심코 일본어로 중얼거렸다.

『……어이, 앨리스. 저게 키메라의 특수능력이야? 저 녀석, 인간이 만들었다고 하는데……. 이 별에서 저런 녀석이 툭툭 튀어나오는 건 아니겠지?』

『저 녀석을 지구에 데려가면, 친환경 청정 에너지 공급원이 되지 않으려나. 저걸 어떻게 하는 건지 나중에 조사해 보자. 정말 흥미로운 녀석이야.』

물자와 함께 불에 휩싸인 오크가 비명을 지르며 바닥을 뒹굴자, 돼지고기가 익는 냄새가 주위에 감돌았다.

"……후르릅."

그 냄새를 맡은 로제가 그을린 입가에서 침을……, 어이.

"침 흘리지 마. 그리고 입가가 온통 그을렸잖아. 마지막으로 혹시나 해서 말해 두겠는데, 전투 중이니까 오크를 잡아먹지 마."

"!"

허둥지둥 입가를 소매로 닦는 로제에게, 오크들은 반격해 볼 요량인지 주변에서 뭔가 들고 살금살금 다가가고 있었다.

"어이, 로제. 좀 물어볼 게 있는데 말이다. 아까 네가 한 말과 멋들어진 포즈는 브레스를 뿜기 전에 꼭 해야 하는 것이냐?"

"놀리지 마세요, 앨리스 씨. 알면서 물어보는 거죠?! 그건 할아버지가……!"

로제가 울상을 지으며 앨리스에게 항의한 순간, 그걸 기회라고 여긴 오크들이 쇄도했다.

하지만 어느새 오크의 뒤로 이동한 스노우가 눈이 부실 듯한 붉은 참격을 오크들의 등에 퍼부었다.

스노우의 작열검이 반짝일 때마다 오크들은 불길에 휩싸이고 비명을 지르며 차례차례 지면에 쓰러졌다.

마치 기사의 모범처럼 왕도적인 그 검술 실력에 조금 감탄했다.

『6호, 저 녀석도 강화하지 않은 몸으로 제법이군. 기사단에 저 수준의 녀석들이 바글바글한 건 아니겠지? 그렇다면 침략할 때 좀 성가실 거다.』

『아냐. 저 녀석은 연줄도 없는데 실력으로 대장 자리까지 올라간 엘리트잖아. 아무리 그래도 기사의 평균 실력이 저 정도일 거라고는 생각하고 싶지 않아.』

나와 앨리스가 소곤거리고 있자, 스노우가 우리를 꾸짖었다.

"어이, 아직 적이 남아 있다. 수다나 떨지 말고, 빨리……, 그림은 어디 있는 거지?"

그러고 보니 로제의 실력은 봤지만, 그림은 아직 자신의 힘을 선보이지 않았다.

그 녀석이 말한 저주라는 것을 내 눈으로 보고 싶은데 말이지.

그리고 스노우가 찾는 그 당사자는…….

처음에 우리가 숨어 있던 수풀에서, 휠체어에 앉아 자고 있었다.

""……어이.""
얼떨결에 똑같은 말이 하모니를 이뤘다.
"저 녀석은 정말……. 아무리 밤에만 활동할 수 있는 몸이라고
해도, 너무 풀어졌군. 조금 따끔한 벌을…….."
노기를 띠고 그림에게 걸어가는 스노우.
나는 반대로 그림과 스노우에게 등을 보이며…….
"대부분의 오크들은 도망친 것 같으니까 그냥 내버려 둬. 그림
이 탄 휠체어는 내가 밀어서 데려가지."
바로 그때.
우리가 서 있는 자리에 그늘이 졌다.
무심코 고개를 들어 하늘을 쳐다보니, 그곳에는──.
"저게 뭐야?"
지구에서는 이야기 속에나 존재하는 전설의 환수.
그리폰이라 불리는 거대 생물이, 천천히 내려오고 있었다.

3

""그리폰!""

천천히 내려온 그것은 사자의 몸에 독수리의 머리가 달린, 거대한 날개를 펄럭이는 생물이었다.

그것을 보고 긴박감을 드러내는 스노우와 로제.

그런 두 사람과 다르게, 처음으로 이 거대한 생물을 본 나와 앨리스는…….

"어이, 저건 게임이나 만화에 자주 나오는 그 유명한 그리폰 같아~! 아까 오크도 그렇고, 왜 지구에서 상상 속 생물인 것이 이 별에 있는 거지? 맞아! 그러고 보니 디지털 카메라를 가져왔었지!"

"아, 그리폰이라 들린 부분은 내 의역이다. 그런데, 대체 어떤 원리로 날고 있는 거지? 저 녀석의 흉근과 날개로는 저만한 사이즈가 비행할 수 없을 텐데. 저 녀석을 지구에 데려간다면, 항공역학 학자들에게 돌을 맞을 거다."

관광객 기분으로 사진을 찍고 있었다.

"어이, 6호! 뭐 하는 거냐! 장난은 그만하고 빨리 싸워라!"

스노우가 경계하자 상공에서 누군가의 목소리가 들려왔다.

"어차, 내가 볼일이 있는 건 네가 아니라 저 짐이야!"

목소리의 주인은 천천히 내려오고 있는 그리폰의 등에 있었다.

하얀 머리, 붉은 눈, 갈색 피부. 그리고 머리에 뿔이 두 개 달린 여자 마족이었다.

"──정말이지, 부하에게 떠넘기지 말 걸 그랬네. 보급부대가 늦는 것 같아서 와 봤더니 이 모양 이 꼴이야. 거참, 잘도 이런 짓을 했구나……!"

그렇게 말하고 그리폰의 등에서 내린, 빨간색을 주로 쓴 노출이 심한 의상을 입은 미녀.

"이런 참상을 저지른 건 너희지? 괴상한 갑옷을 입은 형씨, 보아 하니 네가 리더 같네? 무슨 말이든 해 봐!"

괴상한 갑옷이라는 건 이 전투복을 말하는 걸까.

갈색 글래머가 말하는 동안에 나는⋯⋯.

"⋯⋯저기, 너. 내 말 듣고 있어? 아까부터 뭐 하는 거야?"

흔치 않은 갈색 글래머를 카메라로 열심히 찍고 있었다.

"어이. ⋯⋯어이, 6호. 어이. 찍을 거면 차라리 그리폰을 찍어라. 왜 혼이 팔린 것처럼 저 여자만 찍냔 말이다."

앨리스의 말에 나는 어쩔 수 없이 디지털 카메라를 내렸다.

"⋯⋯너희의 보급부대를 습격한 건 우리가 맞아. 그리고 보니 너, 복장과 태도가⋯⋯. 아하. 마족의 간부인가?"

글래머는 내 대답을 듣더니 감탄 섞인 숨을 내쉬었다.

"오호, 한눈에 내가 간부라고 알아본 거야? 너, 눈썰미가 꽤 좋은걸. 맞아. 나는 마왕군 사천왕의 일원, 불꽃의 하이네! 내 힘을 간파한 걸 보면 보통내기가 아니네!"

하이네라고 이름을 밝힌 여자는 눈을 가늘게 뜨며 가슴을 폈다.

"훗⋯⋯. 그거야 뭐. 너한테서는 악의 간부 특유의, 독특한 아 우라가 느껴지거든."

우리 조직에 속한 간부들은 뭔가 나사가 하나씩 빠진 사람들밖에 없다.

이 무의미하게 노출이 심하고 괴상한 복장은, 세계는 달라도 간부가 틀림없을 것이다.

즉, 저 녀석에게서는 괴짜 아우라가 느껴지는 것이다.

"흐음, 인간치고는 제법인걸! ……후훗, 마음에 들었어. 이대로 죽이기에는 아까워. 그 짐을 두고 간다면 목숨을 살려줄 수도 있는데?"

하이네는 진정 즐거운 듯이 눈을 가늘게 뜨더니, 수상쩍은 미소를 지었다.

"헛소리 마라! 인간이 마족의 말을 믿을 것 같으냐?!"

"그래요! 설령 간부가 상대라도, 인류가 악에 굴할 수는 없어요! 그리고 이 물자는 제 저녁밥이라고요!"

이렇게, 스노우와 로제는 하이네의 말을 듣고 발끈했지만…….

"……어이, 앨리스. 어쩔래? 저 녀석, 딱 봐도 괴인급이거든? 지금 장비로는 빡셀 거 같은데, 오늘은 그냥 돌아갈까?"

"그러니까 너는 평생 평사원인 거다. 분위기 좀 파악해라."

스노우와 로제는 우리의 말을 듣더니 화들짝 놀랐다.

"네, 네놈, 적을 보고 겁먹다니 부끄러운 줄 알아라! 역시 네놈은 처음 만났을 때 확 베어버렸어야 했다!"

"대, 대장님, 제 밥이! 이젠 진짜 배고파요! 제발 부탁이니까, 이대로 돌아가지 말아 주세요!"

내가 규탄당하는 가운데, 하이네는 한순간 어안이 벙벙해진 듯한 표정을 짓더니, 곧 크게 웃음을 터뜨렸다.

"아하하하하하하! 너, 솔직하게 재미있는 애구나! 차라리 마왕군에 들어오지 않겠어? 실력이 괜찮아 보이는데, 인류를 완전히 제압한 후에는 너를 인간들의 관리자로 앉혀 줄 수도 있어. 마음에 든 여자는 전부 네 것으로 만들어도 돼."

"들어갈게요."

"기다려라, 6호. 속단하지 마라. ……어이, 너. 우리 전투원을 멋대로 채가는 건 곤란해. 이 녀석은 머리가 나쁘지만, 그래도 우리의 주력 멤버거든."

하이네는 그 말을 듣고서야 존재를 눈치챈 것처럼 앨리스를 주시했다.

"……흐음?"

앨리스를 관찰하던 하이네는 의아하다는 듯이 고개를 갸웃거렸다.

"넌, 인간……인가? 하지만 왠지, 골렘 같은 느낌이……?"

하이네가 중얼거린 말은 눈빛으로 나를 길을 보내고 있는 두 사람에게 들리지 않은 것 같았다.

"아무튼, 어떻게 할래? 너, 나랑 같이 갈래?"

가겠다고 말하고 싶지만, 일행의 시선이 너무 따가웠다.

농담을 더 했다간 스노우가 내 등에 칼침을 놓을 것 같다.

"미안한데, 나한테는 무서운 상사가 있어서."

그렇게 말한 나는 나이프를 뽑아 전투태세를 취했다.

"……돌아가면, 무시무시한 상사라고 말했다는 걸 일러바쳐 주지."

"애, 앨리스 님, 좀 봐주세요……."

하이네는 내 대답을 듣고도 화내지 않았다. 그저 눈을 가늘게 뜨며 큭큭 웃음을 흘렸을 뿐이다.

"그럴 줄 알았어~. 보아하니 너는 말로는 이러니저러니 해도, 실제로는 약자를 배신하지 못하는 녀석 같거든. 내 눈은 정확하다니깐. 네 이름을 물어봐도 될까?"

진짜냐. 나도 몰랐지만, 나는 약자를 배신하지 못하는 사나이 대장부였던 건가.

왜 이러지, 나를 엄청 높게 평가하는 것 같은데.

초면인데도 내게 고압적으로 명령을 내렸던 갑옷녀, 박봉으로 사람을 혹사하고 전송기로 나를 죽일 뻔했던 상사의 얼굴이 뇌리를 스치자 정말로 따라가 버릴까 한순간 고민했지만…….

"전투원 6호야. 그냥 6호라고 불러. 마왕군 사천왕, 불꽃의 하이네."

내가 그렇게 불러 주자, 하이네는 곧 기뻐 죽겠다는 듯한 표정을 지었다.

"그, 그래. 6호구나! 그래, 나는 불꽃의 하이네! 마왕군 사천왕, 불꽃의 하이네야!"

……오호라.

『어이, 앨리스. 이 여자는 우리 조직의 간부처럼 별칭을 같이 불러주지 않으면 언짢아하는 타입이야.』

『뒤집어 말하자면 별칭을 같이 불러줄 때는 기분이 좋아지니까 다루기 쉬운 거지만. 왕도 전개를 좋아하는 녀석일 게 분명해.』

나와 앨리스가 일본어로 속닥거리고 있을 때, 하이네는 신난 표정으로 입을 열더니, 손바닥에 푸른색 불꽃을 만들어냈다.

어, 저게 뭐야! 대체 뭐냐고!

이게 마법이라는 건가?!

"뭘 그렇게 쑥덕대는 거지? 간다, 6호! 네 목숨까지는 빼앗지 않겠어! 마왕군 사천왕, 불꽃의 하이네가 얼마나 강한지 똑똑히 깨달아라!!"

4

나는 그리폰의 묵직한 앞발 공격을 교차한 두 팔로 막아 밀쳐내고, 하이네가 던진 불덩어리를 지면을 뒹굴면서 피해 나갔다.

"6호, 일어나지 마라! 그대로 엎드려 있어!"

"우효오오오오오오오오오!"

몸을 일으키려던 순간, 그리폰이 내게 달려들었다.

"대장님, 뒤쪽~!"

"우와아아아아아아아앗~!"

내가 그리폰을 상대하는 사이, 하이네가 불꽃을⋯⋯.

"어이! 우리가 수적으로 우세한데, 왜 나 혼자 싸우고 있는 거야! 이상하잖아!"

그렇게 외친 내가 뒷걸음질을 치며 공격을 피한 순간, 불덩어리가 내 앞머리를 스치고 지나갔다.

"이, 이번 작전에 가지고 온 무기는 작열검이다! 불꽃을 조종하는 간부 상대로 이 무기는 상성이 너무 나빠! 내가 적의 보급물자를 태울 테니, 너는 그동안 하이네와 그리폰을 저지해라!"

"저, 저는 스노우 씨가 물자를 전부 태우기 전에, 챙겨갈 몫을 확보해 둘게요!"

자기만 알고 전혀 믿음직스럽지 못한 동료들의 목소리를 들리자, 나는 이 부조리한 상황 속에서 확 배신을 때릴까 진심으로 고민했다.

"아하하하하하하! 대단해, 정말 대단해! 그리폰과 내 공격을 이렇게 계속 피할 줄은 몰랐어!! 너는 대체 정체가 뭐야?!"

왠지 기분이 좋아 보이는 하이네의 웃음소리가 들려오는 가운데, 내가 스노우를 방패로 삼기 위해 고개를 돌린 바로 그때였다.

꾕음이 들리더니, 하이네의 불꽃을 어찌어찌 피한 내게 달려들던 그리폰이 상반신에 총탄을 맞고 밀려났다.

그 소리가 들린 곳을 쳐다보니…….

──샷건을 끌어안은 앨리스가 지면 위를 구르고 있었다.

대형 맹수용 특수탄의 반동을 버티지 못한 것 같았다.

"……어이. 도움을 받고 이런 소리를 하는 것도 좀 그렇지만, 몸이 대체 얼마나 약한 거야?"

"시끄러워. 네가 꼴사납게 도망치는 동안 계속 빈틈을 엿보고 있었다. 그러는 너야말로 좀 더 제대로 싸울 수 없는 거냐?"

몸을 일으킨 앨리스는 그리폰을 향해 총구를 들면서 불평을 늘어놓았다.

상반신에 대량의 산탄을 맞고 몸 곳곳에서 피가 흘러나오는 그리폰이 비명을 질렀다.

그 광경에 넋을 놓고 있던 하이네는 집중이 흐트러졌는지 손바닥에 띄웠던 불꽃을 지우고, 휘둥그레진 눈으로 앨리스가 안고 있는 샷건을 보았다.

"……너 같은 꼬맹이가 그리폰을 움츠러들게 했어? 그 무기는 대체 뭔데? ……아니, 그것보다 너희는 진짜로 정체가 뭐지?"

하이네는 얼굴에서 여유를 감추고 몸을 낮춰 경계했다.

분위기도 아까와 다르게 우리를 명확하게 적으로 인식했다.

그리폰보다 이 여자가 더 위험하다고, 내 머릿속에서 정보가 울리고 있다.

앨리스도 나와 같은 생각인지 그리폰을 향하고 있던 총구로 하이네를 겨누더니, 그 거동을 주시했다……!

"아무래도 형세가 역전된 것 같군. 자, 이제 그만 내 공적이 되어 주실까!"

보급물자를 거의 다 태운 스노우가 우리가 대치 상황이라는 것을 눈치채더니 의기양양하게 나섰다.

이 녀석은 아까부터 간부와의 전투에는 전혀 도움이 안 된 주제에 왜 이러는 걸까.

내가 공적에 눈이 먼 저 욕심쟁이 여자에게 한마디 하려던 그때였다.

──등 뒤에서 둔탁한 소리가 들렸다.

그것은 높은 곳에서 어마어마하게 무거운 무언가가 대지에 떨어지는 소리였다.

내가 뒤돌아보자 커다란 무언가가 눈에 들어왔다.

주위가 갑자기 어둑어둑해졌다.

하늘에서 내려온 그것이 날개를 펼친 것이다.

앨리스는 불쑥 중얼거렸다.

"괴인급……."

느닷없이 하늘에서 내려온 그 녀석은 검은 광택이 나고 단단해 보이는 육체와 인상적인 뿔을 지닌 인간형 마물이었다.

키는 3미터가 넘을 것 같으며, 중량감이 어마어마했다.

한마디로 말하자면, 박쥐 날개가 달린 거대 도깨비다.

그것이 한 손에 쇠방망이를 쥐고 우뚝 서 있었다.

『스노우를 미끼로 삼아서 당장 도망치자. 서둘러, 앨리스!』

『알았다!』

"어이, 6호! 이런 상황에서 그 괴언어를 쓰지 마라! 방금 악랄한 말을 주고받았지?! 그렇지?!"

스노우가 뭐라고 외쳤지만, 상대할 여유는 없다.

하이네와 그리폰만으로도 성가신데, 저딴 녀석까지 어떻게 상대하냐고!

바로 그때였다.

"……앗…… 어머?"

지금 상황에 어울리지 않게, 졸린 듯한 목소리가 들려왔다.

보자니 방금 나타난 괴인급 괴물 옆에 눈에 익은 휠체어가.

이런 상황에서도 자고 있던 그림이 근처에서 발생한 소리와 진동 때문에 잠에서 깬 것이리라.

눈을 비비고 멍하니 주위를 둘러보던 그림은 그 거대한 괴물과 눈이 마주쳤다.

"조, 좋은 아침이에요……?"

그림이 잠기운이 섞인 투로 중얼거리자, 그 괴물은 손에 쥔 거대한 금속 곤봉을 치켜들더니——.

——우지끈. 뭔가가 부서지는 무미건조한 소리.

머리가 사라진 그림이 휠체어에 천천히 등을 맡겼다.

"어, 어이, 그림?"

꿈쩍도 하지 않는 그림을 보고, 스노우가 곧장 긴장했다.

"6호! 내가 저 녀석을 상대하마. 네놈은 그동안에 그림을 회수해라!!"

그림을 회수해?

하지만 저건 딱 봐도 치명상인데.

"아앙? 이걸 회수해? 너, 제정신이냐? 이건 이제 고깃덩어리에 불과하다고."

그렇게 말하며 쇠방망이를 휘둘러서 피를 털어낸 그 녀석은 그림의 휠체어를 걷어찼다.

휠체어가 부서지고, 날아간 그림이 지면에 엎어지는 소리.

"어이, 하이네. 이딴 조무래기들과 노닥거리고 있었냐? 인간을 괴롭힐 거면 나도 끼워달라고!"

"쳇, 놀고 있었던 건 아냐. 이제 됐어. 흥이 가셨네. 뒷일은 네가 알아서 해."

그렇게 말한 하이네는 아직도 힘겹게 울고 있는 그리폰에 올라타 등을 두드렸다.

그리고 떠나기 전에 이쪽을 슬쩍 보고, 하이네는 못마땅하다는 듯이 사라져 갔다.

──이 짧은 시간에 일어난 일을 뇌가 미처 처리하지 못했다.

그렇다. 스노우가 말했다시피 빨리 그림을 회수해야 한다.

아, 그러고 보니 그림은 마법사 카테고리에 들어가는 대원이다.

그러니 분명 환술 같은 걸 쓴 것이리라.

"어이, 6호! 정신 똑바로 차려라!"

어느새 다가온 앨리스가 내 등을 손바닥으로 때렸다.

"우웃! 아, 그래. 조, 좋아. 스노우, 너는 저 녀석을 맡아. 그림은 내가 회수하겠어!"

내가 그렇게 말하면서 내달리자, 스노우도 같은 타이밍에 앞으로 나섰다.

"아앙? 살짝 어루만져 주기만 해도 죽어버리는 인간 따위가 나를 상대해?! 시시하군. 시시하다, 인간!"

괴물이 거대한 날개를 펄럭이자, 강렬한 돌풍이 밀려왔다.

"크윽……!"

바람에 밀린 스노우가 접근하지 못하고 신음을 흘렸다.

"어이, 인간. 죽이기 전에 내 이름을 밝힐 테니 똑똑히 들어라!

나는 마왕군 사천왕의 일원, 땅의 가다르칸드 님이다! 외웠냐? 외웠지? 자아, 그럼 너도 찌부러져라!"

가다르칸드라는 녀석이 소리친 순간, 앨리스가 쏜 산탄이 쏟아져 나왔다.

반사적으로 두 팔로 얼굴을 감싼 가다르칸드는 딱딱한 소리를 내며 산탄을 튕겨내고, 그대로 스노우를 향해 달려서 도움닫기를 하듯 대지를 힘차게 박차……!

"후으으으읍!"

바로 그때, 로제가 크게 숨을 들이마셨다.

"우오오오오옷! 이, 이게! 너는 뭐냐?! 시건방진 짓을!"

스노우를 향해 막 몸을 날리려던 가다르칸드는 로제가 뿜은 불에 그대로 휩싸였다.

추가타를 날리듯 스노우가 작열검을 휘두르자 타오르는 불길이 더욱 커지고, 가다르칸드는 고통에 찬 신음을 흘리며 뒷걸음질 쳤다.

가다르칸드가 날개를 퍼덕여 몸에 붙은 불을 끄는 사이, 나는 그림에게 달려가 몸을 안아 일으켰는데……!

생각이 정지한다.

아무리 봐도 이것은 환술이 아니다.

머리를 잃은 그림의 몸은 완전히 축 늘어져 있었다…….

『──어이, 앨리스. 이게 대체 어떻게 된 거야? 이 별의 인간은 이래도 무사한 거야?』

『6호, 냉정해져라. 그 녀석은 틀렸다. 이미 죽었어.』

앨리스는 그림을 안고 있는 내게 말했다.

나는 그 말을 듣고 머리끝까지 피가 치솟았다.

그림과는 어제 처음 만났다.

까놓고 말해 끈팬티 말고는 아는 것이 없는 사이지만, 그래도 대화한 적이 있는 녀석이라서…….

"저 새끼, 죽여 버리겠어! 어이, 앨리스, 스노우, 엄호해! 사천왕인지 뭔지 모르겠지만, 저 자식을 해치우자! 로제는 그림의 유해를 챙겨!"

격노한 내 지시를 듣고, 스노우는 한순간 움찔했지만…….

"아, 알았다! 이 녀석은 적의 대간부지! 이 자리에서 해치우면 큰 공을 세울 수 있다!"

그렇게 외치면서 내 옆에 딱 붙어 섰다.

"우하하! 흥분하지 말라고, 인간! 인생을 즐기란 말이야. 안 그래도 너희는 수명도 짧고 쉽게 뒈지니까!"

"이 자식, 반드시 죽인다! 앨리스, R배소를 전송해 줘! 갈가리 찢어버리겠어!"

"오냐, 알았다!"

가다르칸드의 도발에 넘어간 우리가 본격적으로 싸우려고 한 바로 그때였다.

"뭘 하십니까, 가다르칸드 님!"

하늘에서 목소리가 들렸다.

가다르칸드를 반반으로 축소한 듯한 마물이 하늘에 있었다.

"뭐야, 너냐. 그게 말이지. 오늘 싸움은 건방진 러셀 녀석이 지휘하잖아. 그래서 느긋하게 전장으로 가고 있었는데, 하이네가 보급부대를 습격한 이 녀석들과 놀고 있더라고."

"하이네 님은 이미 전장에 도착하셨고, 전투도 시작됐습니다! 소수의 인간 상대로 노시면 곤란해요! 보급부대가 습격당한 것은 전투를 지휘하는 물의 러셀 님께서 책임질 일입니다. 하지만 담당 전장에 늦게 도착하면, 그것은 가다르칸드 님 당신께서 책임 지셔야 해요! 일족을 위해서라도, 빨리 전선으로 와 주십시오!"

가다르칸드는 그 말을 듣고 혀를 찼다.

"목숨 건졌구나, 인간. 다음에 나를 보면 숨으라고! 그럼 잘 있어라! 저 여자의 시체라도 끌어안고, 질질 짜면서 성으로 꺼져!!"

가다르칸드는 마지막으로 똥 같은 소리를 하고 하늘 높이 날아올랐다.

"기다려, 이 새꺄! 도망치는 거냐, 겁쟁이! 헛소리 말라고! 빨리 내려와아아아아아아!"

내 외침도 허무하게, 가다르칸드는 전장으로 사라져 갔다──.

"──저 자식, 전장으로 간다고 했지?"

"……저 녀석을 쫓을 셈이냐? 그건 현실적이지 못한 생각이다. 하늘을 나는 상대는 따라잡을 수 없지. 이제부터 전장에 가는 데도 꽤 시간이 걸릴 테고, 그때쯤에는 전쟁이 끝났을지도 몰라. 그것보다는 그림을 챙기는 게 좋을 거다."

남겨진 내가 중얼거리자, 옆에 선 스노우가 대꾸했다.

"……앨리스, R배소는?"

"저 녀석이 하늘로 날아오르는 걸 보고, 메모를 보내지 않았다. ……보내달라고 할까?"

"…………아냐. 됐어. 그림의 장사나 치러 주자. 그 자식은 어차피 머지않아 전장에서 다시 마주칠 거잖아."

나는 로제가 수레에 싣고 있는 그림의 유해를 쳐다보았다.

안타깝네…….

언동이 좀 수상쩍고 대낮에도 항상 잠에 취해 있었지만, 외모 하나는 반반한 여자였는데…….

"스노우, 이 나라에서는 유해를 어떻게 해? 땅에 묻어? 아니면 태우는 거야?"

하다못해 제대로 장례를 치러 주자고 생각한 내가 그렇게 말하자…….

"……음? 혹시 그림에게 아무 말도 듣지 못한 것이냐?"

"……?"

내가 영문을 모르겠다는 표정을 짓자, 스노우가 말을 이었다.

"그림이 죽었다고 생각하고 있는 것이냐? 이 녀석은 이 정도로는 죽지 않는다."

………….

"엥?"

이 여자가 무슨 소리를 하는 거지.

"아니, 그러니까 그림은 아직 죽지 않았다. 그것보다, 이 녀석의 이력서를 제대로 보지 않은 거냐?"

스노우가 그렇게 말하면서 손가락으로 가리킨 곳을 보니, 로제는 그림의 유해가 실린 수레의 빈자리에 자신의 전리품인 식량을 올리고 있었다.

　조금이라도 많이 가져가고 싶다는 심정은 이해하지만, 그림의 머리가 있어야 할 위치에 호박 같은 채소를 두는 건 징그러우니까 자제해 줬으면 좋겠다.

　"으음, 그게 대체 무슨 소리야?"

　내가 허탈하게 묻자…….

　"그 자리에 모인 녀석들은 하나같이 골칫덩이라고 내가 설명했지? 알다시피 로제는 마물의 피가 흐르기 때문이다. 저 아이는 그렇게 강한데도 그것만으로 기피를 당했고, 어느 부대에서나 험하게 다뤘지. 혼자서 적진에 돌격하라 같은 명령을 내린 것이다. 말하자면 사실상 쓰고 버리는 소모품 취급만 받은 거지."

　………….

　"이 나라에는 내가 상대적으로 정의롭고 선한 녀석처럼 여겨질 정도의 쓰레기가 있구나."

　"그렇다. 네놈에게 필적하는 쓰레기가 이 나라에는 넘쳐나지."

　이 망할 여자가…….

　"그리고 그림 말인데. 이것이 숭배하는 제나리스라는 신은 좀 특수한 존재거든."

　스노우는 차마 말하기 힘든 낌새를 보였다.

　"그림은, 아는 사람은 다 아는 대주교다. 그리고 제나리스는 불사와 재앙을 관장하는 오래된 사신(邪神)이지."

5

우리가 성에 귀환해 보니, 기사단이 이미 돌아와 있었다.

우리는 보급물자를 챙기느라 시간이 걸렸지만, 그래도 기사단이 너무 빨리 돌아왔다.

게다가 유심히 보니, 기사단의 숫자가 출발 전에 비해 많이 줄어들었다.

그리고 이 자리에 있는 기사들도 가볍지 않은 상처를 입었다.

"졌나 보군. 다들 표정이 어두워. 하지만 우리로서는 잘된 일이지. 6호, 지금이 바로 네가 자기 공적을 과시할 때다. 지위가 높은 녀석을 한 놈 잡아와라. 너희는 꼴사납게 지고 돌아왔지만, 우리의 보급부대 습격 작전이 성공한 덕분에 적들은 이 땅에 머물지 못하고 돌아갈 거라고 보고하는 거다. 그러면서 마구 생색을 내는 거지."

앨리스는 패전으로 몸과 마음이 엉망이 된 녀석들에게 더욱 대미지를 줄 악마 같은 제안을 했다.

"나한테 맡겨! 이런 일도 있을까 싶어 작전을 수행했으니 우리에게 고마워하라고 말하고 올게. 그리고 우리가 사천왕 중 한 명을 붙들고 있었는데, 너희는 대체 뭘 한 거냐며 비꼬아 주겠어."

"저, 정말 쓰레기 같은 짓이지만, 너희는 이럴 때만 믿음직하구나……. 하지만 나도 그런 걸 싫어하지 않지. 추태를 보인 엘리트와 강자를 집요하게 놀리는 건 정말 재미있거든. 아아, 상상만 해도 군침이……."

이 녀석은 출세가도를 달리면서 지금껏 얼마나 많은 인간을 밀어냈을까.

　정신 나간 사디스틱 발언을 한 스노우에게 약간 질리면서도, 나는 기꺼이 보고를 하러 갔다.

　──그곳은 왕도에서 떨어진 데 있는, 천장이 뻥 뚫린 구조의 자그마한 제단.

　천연동굴을 개조해서 만든 제단에는 사악한 형태의 물건이 곳곳에 놓여 있었다.

　시가지 근처에 이렇게 수상쩍은 시설이 있다는 사실에 감탄하고 있을 때, 동굴 중앙에 있는 대좌에 그림의 유해가 놓였다.

　"이런 데서 그림을 소생시키는 거야?"

　나는 높으신 분들이 울먹거릴 정도로 비꼰 뒤, 앨리스 일행의 뒤를 따르며 제단에 왔다.

　"그래. 소생이라고 해도, 제단에 그림의 유해와 공물을 두고 방치하면 된다. 그리고 밤이 되면 멋대로 되살아나 있을 테지."

　"……공물이라는 게 저기 놓여 있는 잡동사니야?"

　그림과 함께 제단에 놓인 건 너덜너덜해진 인형과 낡은 옷, 그것말고도 사람들이 아끼던 다양한 물건, 그리고……

　"앗, 그건 제가 아껴 신었던 양말이에요. 구멍이 나서, 그림을 소생시키는 공물로 쓰려고 가져온 거예요."

　내가 그림의 베갯머리에 놓인 양말을 뚫어져라 쳐다보자, 로제는 부끄러워하면서 말했다.

진짜냐. 그림의 생명은 구멍 난 양말과 동급인 거냐.

"그림이 모시는 사신 제나리스에게 바치는 공물로는 사람들의 소중한 마음과 애착이 담긴 물건이 쓰인다. 추억이 깃든 물건을 이만큼 바치면 문제없겠지. ……자, 나는 식사하러 방으로 돌아가겠다. 오늘 밤에는 조린겔 사(社)의 나이프 특판이 있거든. 그걸 놓칠 수야 없지."

"아, 저도 대량으로 챙긴 보급물자를 먹을래요!"

"나는 아까 펑펑 쏴댄 샷건을 손질하러 갈까. 6호는 어떻게 할 거지?"

다들 자기 볼일을 보기로 한 가운데…….

"으음, 나는 여기 있을래. 그림은 밤이 되면 소생하지? 어떤 식으로 부활하는지 보고 싶기도 하고, 살아났을 때 자기 곁에 아무도 없으면 쓸쓸할 거잖아——."

——해가 지자, 주위가 어둑어둑해졌다.

이윽고 밤의 장막이 깔릴 때가 되었는데도, 그림은 소생하지 않았다.

나는 그림이 안치된 제단에서 몇 걸음 떨어진 곳에 무릎을 꼭 끌어안은 채 앉아서 가만히 기다렸다.

뻥 뚫린 천장 너머의 하늘을 올려다보니, 믿기지 않을 만큼 수많은 별이 눈에 들어왔다.

그만큼 이 세계의 공기는 맑은 거겠지.

왕도에 고층 빌딩이 없고 가로등도 적은 것도 별이 잘 보이는 이

유 중 하나일지도 모른다.

돌아갈 때 챙길 선물 대신 디지털카메라로 사진을 찍어 둘까.

그러고 보니 오크나 가다르칸도도 촬영해 둘 걸 그랬나.

내가 그런 대수롭지 않은 생각을 하고 있을 때, 그림이 누워 있는 대좌가 희미하게 빛난 것 같았다.

……아니, 착각이 아니라 진짜로 빛나고 있었다.

──바로 그때, 그림을 중심으로 갑자기 마법진 같은 문양이 떠오르더니, 뻥 뚫린 천장에서 하늘로 환한 빛이 빠져나갔다.

이윽고 빛이 사그라지자, 제단에 놓였던 공물은 사라지고 대좌에 누워 있던 그림이 천천히 눈을 떴다.

그림은 그대로 상체를 일으키더니, 두통을 참듯 머리를 손으로 짚으며 말했다.

"……대장? 그런 데서 무릎을 끌어안고 뭘 하는 거야?"

"……네가 소생하는 걸 기다리고 있었어."

뭔가를 찾듯 주위를 두리번거리던 그림은 의아한 표정을 지으며 내게 질문을 던졌다.

"대장이 왜 내 부활을 기다린 건데? ……아, 힘도 못 쓰고 죽었으니까, 뭔가 벌을 받아야 해……?"

"응? 그런 게 아냐. 되살아났을 때 주위에 아무도 없으면 네가 쓸쓸할 것 같더라고. 공물을 두고 내버려 두면 알아서 되살아난다는 이야기는 들었지만, 반신반의하기도 했고 말이야."

"왜, 왠지, 나는 죽은 동안에 취급이 별로인 것 같네……."

공물 중에 헌 양말도 있었다는 사실은 말하지 않는 편이 좋겠지.

뭔가를 찾던 그림은 곧 찾는 걸 포기하더니, 평소와 다르게 나를 똑바로 보며 입을 열었다.

"그건 그렇고, 대장은 참 별난 사람이네. 지금까지 내가 있던 부대의 대장은 내가 부활할 때까지 기다려 줄 만큼 상냥한 사람은 없었는걸?"

"호오. 왠지 이 나라에 와서 처음으로 인간적인 칭찬을 받은 것 같은데."

내가 말하자, 그림은 눈에 미소를 지었다.

"응. 칭찬하는 거야. 평범한 인간은 불사와 재앙의 신, 제나리스 님을 모시는 것만으로도 인상을 쓰는데. 게다가 몇 번을 죽어도 되살아나는 나처럼 불쾌한 사람과도 이렇게 그냥 이야기하잖아. 로제에게 마물의 피가 섞였다는 걸 알았을 때도, 대장은 딱히 신경 쓰지 않았고."

그런 말을 들어도, 우리 조직의 괴인이 로제보다 훨씬 임팩트가 있거든.

"대장에게 충고해 줄게. 나나 로제는 좀처럼 죽지 않으니까 괜찮지만, 골칫덩이가 모인 이 부대는 위험한 곳으로만 보내질 거야."

그렇게 말하고, 약간 슬픈 듯이 웃는 그림.

분명 지금까지도 수많은 골칫덩이 병사가 목숨을 잃었으리라.

당장에라도 사라질 듯 아련한 표정을 지은 그림은 본인이 맞는지 의심될 정도로, 낮에 잠에 취해 늘어져 있는 녀석과는 다른 사람처럼 보였다.

골칫덩이가 모인 부대라.

살아남아서 공을 세우면 이득이고, 죽어도 딱히 문제가 되지 않을 인간을 배치한다 이건가.

맙소사. 우리 조직이 선녀처럼 보일 만큼 악독한걸.

돌아가면, 이런 효율적인 방식도 있다는 것을 보고해야겠다.

……뭐, 우리 간부들은 이런 비열한 짓을 싫어하겠지만.

"그러니까 대장. 이 부대는 위험해. 빨리 관두고, 이 나라를 떠나는 편이 좋을걸?"

역시나 왠지 쓸쓸한 투로, 그럼에도 나를 배려하는 그림.

그 말에 나는 무심코 평소처럼 대꾸하고 말았다.

"뭐? 넌 무슨 소리야? 나는 이 부대에서 안 나갈 건데?"

무슨 멍청한 소리를 하냐는 듯한 내 태도에, 그림은 놀란 표정을 지었다.

"대, 대장이야말로 무슨 소리를 하는 거야? 이 부대는 위험한 최전선이나, 몰살당하기 딱 좋은 미끼 임무에나 나가는걸?"

이제 와서 그런 소리를 들어도 말이지.

"내가 원래 있던 조직에서는 마왕군 간부급의 강적이 수백 명 단위로 뒤엉켜서 싸우는 격전지에 나를 보냈다고."

"……뭐?"

내 말을 들은 그림이 놀라서 목소리를 높였다.

히어로가 많이 있는 미국을 침공할 때는 정말 끔찍했다.

"그런 일을 겪었는데도 나는 보다시피 이렇게 팔팔하거든. 오늘도 너를 죽인 마왕군 간부라는 자식을 갈가리 찢어 주려고 했었는데 말이야. 어쩌다 우리를 무시하고 전장에 갔지만."

"그, 그건…… 뭐랄까, 운이 좋았네. 애초에 사천왕급의 마물과 대치하면 보통은 무사할 수 없는걸……?"

그렇게 말해도.

"그 정도 적이라면, 내 상태가 멀쩡하고 완전 무장 태세일 때 다섯 명 정도는 상대할 수 있겠군."

히어로 녀석들은 보통 다섯 명이 한 팀을 짜서 쳐들어왔다.

나는 괴인도 아닌데 혼자서 녀석들을 상대해야 했으며, 죽을 고비를 넘기면서도 어찌어찌 격퇴한 기억이 있다.

내가 지긋지긋한 과거를 떠올리며 인상을 쓰자, 그림은 얼이 나간 것처럼 입을 다물었다.

"……대장은 정체가 뭐야? 앨리스가 가지고 다니는 그 특이한 무기도 신경 쓰이지만……."

어이쿠, 이대로 추궁당해선 못쓰지.

"그런 건 아무래도 좋잖아. 그나저나 잘 생각해 보니, 지금 소대 멤버는 나 말고 전부 여자인 하렘 편성이야. 이런 부대는 누가 뭐래도 관두지 않는다고."

내가 그렇게 말하자…….

"후훗……. 알았어. 말하기 싫으면 묻지도 않을게. 그럼 앞으로도 잘 부탁드려요, 대장."

그림은 정말 즐거운 듯 포근한 미소를 지었다.

"……자, 시간이 꽤 늦었네. 대장은 이제 어떻게 할 거야? 오늘은 작전행동이 있었으니까, 내일은 쉬는 날이거든."

"진짜냐. 이 나라는 일한 다음 날이 휴일이라니 대우가 끝내주네. 전에 있던 곳에서는 사흘 철야로 게릴라전을 하고 겨우 귀환해서 쉬려던 나한테 시답잖은 심부름을 시킨 상사가 있었다고."

그 상사란 좀처럼 연구실 밖으로 나가려 하지 않는 나태 간부, 흑의 릴리스를 말한다.

"대, 대장도 고생이 많았나 보네. 어쩌면 나나 로제보다 험한 꼴을 봤다거나……."

"뭐, 그럴지도 몰라."

조직에서 멀어지고 나서야 눈치챈 거지만, 나는 어쩌면 엄청난 악덕 기업에 있었던 거 아닐까.

"그, 그렇구나……. 그, 그럼 대장은 오늘 다른 예정이 있어?"

"전~혀. 하나도 없는데. 솔직히 이 나라에는 오락거리가 너무 없어. 어제 방을 받고 나서 슬쩍 시가지를 돌아봤는데, 술집밖에 없더라고."

그렇다. 이 나라에는 편의점도 없거니와 딱히 놀 곳도 없다.

아니, 어쩌면 그렇고 그런 가게는 있을지도 모르지만, 아직 급료도 못 받은 신세라서 그런 곳을 탐색할 수도 없다.

내가 그렇게 말하자, 그림은 키득 웃더니…….

"대장. 그렇다면……. 나랑 데이트할래?"

6

……잘 모르겠지만, 이게 이 세계의 데이트인가 보다.

《악행 포인트가 가산됩니다.》

《악행 포인트가 가산됩니다.》

"아하하히하하! 아하하하하하하하!!"

"히얏하~! 달려라, 달려어어어어어어어!"

나와 그림은 왕도 안을 질주했다.

정확하게는 그림이 탄 휠체어를 내가 뒤에서 밀며 뛰는 거지만.

"대장, 이 휠체어는 정말 대단해! 가볍고, 빠르고! 나, 이런 걸 맛보면 다시는 예전 몸으로 돌아갈 수 없어!"

"그야 키사라기에서 만들었거든! 고품질 알루미늄 프레임! 고속 사양 노 펑크 타이어! 그림, 너는 지금 이 나라에서 가장 빨라!"

아까 소생한 그림이 찾은 것은 애용하던 휠체어였다고 한다.

하지만 그것은 가다르칸드가 걷어차 부쉈다.

그래서 내가 적당한 휠체어를 전송받았는데…….

"최고야! 오늘은 최고의 밤이야! 앗! 대장, 저것 봐! 전방에 커플을 발견했어!"

"좋아, 충격에 대비해! 돌진한다!"

"다, 당신드으으으을!"

휠체어로 거리에 있는 커플 사이에 돌진하는 민폐 행위를 즐기고 있는 우리를, 경찰 같은 제복 차림의 여자가 쫓아왔다.

"당신들, 거기 서! 왜 사람들에게 폐를 끼치는 거야?! 여기는 남녀가 만나는 여관이 밀집한 커플들의 쉼터야! 그런 걸로 달릴 거면 다른 데 가서 해!"

내가 어쩔 수 없이 멈추자, 그림은 의아한 표정을 지으며 쳐다보았다.

"그래서 이런 델 뛰어다니는 건데."

"그러게. 이 여자는 대체 무슨 소리를 걸까?"

"당신들, 확신범이야?! 서까지 같이 가 줘야겠어! 이야기는 거기서 듣겠어요!"

성실해 보이는 경관에게, 그림은 코웃음을 쳤다.

"그대, 이렇게 늦은 시간까지 일하는 자여. 좀 더 솔직해지세요. 자, 주위를 봐. 이 커플들이 밉지 않아?!"

"저기, 나는 애인이 있는데…… 아얏! 아파! 잠깐, 뭐 하는 거야?! 공무집행 방해로 감옥에 처넣을 거야!"

다가온 경찰을 휠체어에 탄 상태로 퍽퍽 걷어차는 그림.

"너, 발이 움직이는 거야? 그런데 왜 휠체어에 타는 건데?"

"이건 저주의 반동이라서 그래. 제나리스 님의 힘을 빌릴 때는 제약이 여럿 생기거든……."

저주의 반동?

"아무튼, 의미도 없이 그딴 걸로 질주하지 마! ……정말, 이딴 바보 같은 짓을 하니까 남자가 안 생기는 거야……."

경관이 괜한 말을 덧붙이자, 품속에서 조그마한 인형을 꺼내든 그림이 눈을 부릅뜨며 손가락으로 그 경찰을 가리켰다.

"이것이 감히 그딴 소리를 해?! 대장, 선보이지 못했던 내 힘을 지금이야말로 보여줄게! 위대하신 제나리스 님, 이 여자에게 재앙을 내리소서! 현기증이나 나라!"

"윽?!"

손가락으로 가리킨 경관이 관자놀이를 붙잡고 비틀거렸다.

…………

"어, 네 힘은 이게 다야? 아무리 봐도 너무 허접한데?"

"대장, 저주라는 건 무조건 성공하지는 않아. 내 저주의 성공률은 얼추 8할 정도일 거야. 애초에 같은 내용의 저주는 쓰면 쓸수록 성공률이 떨어져. 그리고 저주를 발동하려면 그에 걸맞은 공물이 필요한 데다, 불발로 그치면 내게 저주가 돌아와. ……바로, 이렇게……."

그림은 그렇게 말하고, 안타까운 표정으로 자신의 다리를 쓰다듬었다.

"그랬군. 다리의 힘을 약화하는 저주 같은 게 너한테 돌아온 거구나……."

"아닌데? 이건 구두를 신지 못하게 하는 저주 탓이야."

조금은 동정한 나한테 사과해.

"큭……. 저, 정말 하찮은 힘이네……. 너무 불쌍해서, 서로 연행하는 것조차도 한심하게 느껴져……."

현기증에서 회복한 경관은 연민에 찬 눈으로 그림을 보았다.

그림은 경관의 말을 듣고 또다시 눈을 부릅떴다.

이번에는 품속에서 인형을 여러 개 꺼내더니……

"하찮은 힘?! 정 그렇게 말한다면 진짜 저주를 보여주겠어! 위대하신 제나리스 님, 애인이 있는 이자에게 재앙을! 옷장 모서리에 발을 찍혀 극심한 통증을 맛보기나 해!"

"윽?!"

손으로 가리킨 경관은 무심코 몸을 바르르 떨고 눈을 꼭 감는다.

"아아아아아아아아아!"

그 경관의 앞에서, 그림은 오른쪽 발끝을 붙잡고 울부짖었다.

"어이, 휠체어를 타고 날뛰면 위험…… 앗!"

"아앗!"

버둥대며 고통스러워하던 그림은 나와 경관이 보는 앞에서 휠체어에서 굴러떨어지더니, 머리를 세게 찧고 그대로 기절했다.

……아하, 이게 저주의 반동이구나.

그나저나…….

…………아까 동굴로 이 녀석을 또 데려가야 하나?

7

다음 날.

"봐주세요! 봐주세요! 제발 봐주세요!"

"괜찮다. 걱정 마라. 이걸로 너는 더욱 강해질 수 있어."

오늘은 쉬는 날이라고 해서 숙사 안을 어슬렁어슬렁 배회하고 있었는데…….

"안 돼요, 못 해요, 무리예요, 곤충 쪽은 진짜 무리라고요!"

"곤충은 영양분이 풍부하다고. 서바이벌에서는 곤충을 먹는 게 기본이다. 투정 그만 부리고 어서 먹어라."

귀에 익은 목소리가 들리자, 나는 그 목소리가 들려온 방의 문을 열어보았다.

그러자 울상을 지은 로제와 메뚜기를 먹이려 하는 앨리스가 눈에 들어왔다.

"너흰 지금 뭘 하는 거야?"

나를 본 로제가 방패로 삼듯 등 뒤에 숨더니.

"대장님, 도와주세요! 앨리스 씨가 너무해요!"

그렇게 말하고 겁먹은 눈으로 앨리스를 살폈다.

"6호, 마침 잘 왔구나. 잠깐 그 녀석을 붙들고 있어라."

"대장님은 그런 짓 안 할 거죠?! 대장님은 착하니까요! 그쵸?!"

두 사람 사이에 낀 내가 말했다.

"앨리스, 무슨 일이야? 네가 그런 짓을 해도 악행 포인트는 안 들어오잖아? 이런 건 나한테 맡기라고."

"대장님, 너무해! 이제 아무도 안 믿어! 역시 할아버지가 말한 것처럼, 인류는 어리석고 멸해야 할 존재야!"

영문 모를 소리를 지르면서 내 등을 찰싹찰싹 때리는 로제를 방치하고, 나는 앨리스에게 시선을 보냈다.

"그게 말이다. 이 녀석은 자기가 먹은 것의 유전자 정보를 흡수해서 영향을 받잖아? 그래서 대체 어떤 원리인지 궁금해서 여러모로 조사해 보던 참이다."

로제는 인조 키메라라고 하지만, 스노우와 그림의 말로는 본인이 그렇게 주장하고 있을 뿐이라고 한다. 즉, 그 정체는 아직 베일에 싸여 있는 것이다.

로제는 어떤 유적의 아티팩트 안에서 잠든 상태에서 발견됐다고 하는데……

"저기, 이 녀석이 발견된 유적은 뭐야? 이 세계에는 과거에 엄청난 문명이라도 있었던 거야?"

"그 가능성은 부정할 수 없다. 그걸 조사하기 위해서도 이 녀석에게 이것저것 먹여 보면서 시험하고 싶은 거다. 그래서 이 메뚜기를 먹이려는 거지. 메뚜기 유전자를 흡수한다면, 아마 최강의 힘이 생길 거다."

어떤 상황인지는 얼추 이해했다.

"그렇다고 메뚜기를 먹이려고 하는 이유를 모르겠거든요?! 좀 더 센 생물의 고기도 있잖아요!"

로제가 울상을 지으며 반론하자, 나는 이것이 문화 차이인가 하고 충격을 받았다.

"메뚜기의 유전자를 무시하지 말라고, 로제. 내가 있던 조직에서는 메뚜기 타입의 괴인을 만드는 걸 금기시했을 정도야."

"그런 거다. 자아, 이제 눈 딱 감고 먹어라. 이걸 다 먹고 나면 좋은 걸 먹게 해 주마."

"하나도 이해가 안 되거든요?! 두 사람이 하는 말은 이해할 수 없다고요!"

우리로부터 살금살금 물러서던 로제는 머뭇거리면서 앨리스에게 물었다.

"그, 그런데, 그 좋은 게 대체 뭔가요? 맛있는 건가요? 그렇다면 메뚜기 섭취도 고려를 해 보겠는데……."

앨리스는 어떤 꾸러미를 꺼내 들었다.

"실리콘이라고 하는데, 이걸 먹으면 아마 가슴이 성장할 거다."

"멋지네. 아이, 앨리스. 더 보내달라고 하자. 그리고 팍팍 먹여서 로제를 왕가슴으로 만드는 거야."

"됐어요! 지금 이대로도 안 부족하거든요!"

그러고 보니…….

"예전부터 묻고 싶었는데, 너는 왜 여기 녀석들에게 이딴 대우를 받으며 혹사당하는 거야? 너처럼 강하면 더 돈이 되는 일을 찾을 텐데."

"저의 정체를 알기 위해서예요. 제가 잠들어 있던 유적을 이 나라의 학자가 조사하고 있는 것 같은데, 이 나라에 공헌하면 그 연구 결과를 알려주기로 약속해서……."

그렇게 말하고, 로제는 우리에게 오래된 기억을 이야기했다.

본인의 말에 따르면, 자신을 만든 개발자인 노인은 금단의 비술을 쓴 바람에 목숨을 잃었다고 한다.

노인은 그 비술을 쓰기 직전, 로제에게 여러 유언을 남겼다.

이 녀석은 그 유언을 지키기 위해, 어떤 물건을 찾고 있다고 한다.

노인이 금단의 비술을 쓰면서까지 원한 것은 어떤 돌이다.

달여서 마시면 온갖 병이 낫고, 불로불사를 얻을 수 있는 약이 되며, 그것을 이용해 무기를 만들면 그 무엇보다도 단단하고 결코 부러지지 않는 물건이 된다.

마법의 촉매로 쓰면 천재지변마저 일으킬 수 있으며, 제물로 바치면 신이 강림한다.

로제의 개발자가 추구한 것은 그런 엄청난 물건이라고 한다.

……어째 로제에 관한 이야기를 들으니, 이 녀석이 바로 아티팩트 같은 존재라는 생각이 들었다. 이 나라 녀석들은 잘도 부려먹는걸.

그나저나 이 녀석은 그걸 빌미로 박봉을 받고 위험한 일을 강요받고 있는 건가.

이 나라는 진짜 막장이네.

『어이, 앨리스. 무사히 지구와 여기를 이으면, 그 유적에 키사라기의 연구자를 보내자. 그래서 로제를 우리가 써먹는 거야.』

『나도 그럴 생각이었다. 이 녀석은 겉모습도 이미 괴인 같지. 이제 마음가짐만 손보면 우수한 전투원이 될 거다.』

"저, 저기요? 두 사람 다 갑자기 왜 이상한 말을 쓰는 건가요?"

난데없이 일본어를 듣고 당황하는 로제의 어깨를, 나와 앨리스는 좌우에서 꽉 붙잡았다.

"로제, 앞으로 우리가 무지한 너를 이것저것 교육해 줄게. 오늘부터 정식 멤버로 삼아 주마."

"그래. 너는 아직 어리니까, 똑바로 된 사상 교육을 받아야겠지. 앞으로는 나를 엄마처럼 따라도 된다."

"앨리스 씨는 저보다 어리잖아요! 이상한 걸 주입당할 것 같으니까 사양할래요……. 어…… 이 배지는 뭐예요?! 멋대로 달지 말아 주세요!"

앨리스가 키사라기의 관계자임을 알리는 배지를 로제의 가슴에 달아 줬다.

"축하해. 이걸로 너도 견습 전투원이야."

"잘됐군. 이러면 앞으로 6호의 부하만이 아니라, 후배이기도 하지. 말 잘 들어라."

"시, 싫어요. 두 사람, 지금 꿍꿍이가 있는 듯한 표정을 짓고 있잖아요……. 어, 왜 갑자기 박수하는 거죠? 이러지 마세요! 저는 지금 이대로가 좋아요! 앗! 대장님, 손에 든 건 뭐예요?! 절대 안 먹을 거예요! 메뚜기도, 실리콘도 안 먹어요!"

【중간 보고】

전송 위치가 고도 수만 미터인 점을 빼면 무사히 현지에 도착.

앨리스의 말에 따르면, 지구와는 다른 생태계가 보이나, 대기 성분은 이산화탄소가 적은 점 이외에는 거의 동일하다고 함.

광대한 미개척지 및 문명권을 발견.

자원 조사는 아직 실시하지 못했지만, 적어도 현지에서 입수한 식량은 먹어도 문제가 없는 듯함.

일단 미개척지를 어떻게든 하면 인구 증가에 따른 식량문제를 해결할 수 있을 것으로 보임.

또한, 현지인에게 전투원으로 등용되는 데 성공.

본인의 우수한 소질을 인정받아 소대장으로 발탁됨.

현재, 현지에는 마왕군이라는 동업자가 존재하며, 본인을 등용한 곳과 전투를 벌이고 있는 듯함.

동업자인 마왕군과 교전, 괴인급 상대를 확인.

현재의 빈약한 장비로는 승리할 수 없어, 간발의 차로 패배.

그런고로 쪼잔한 소리 말고, 최신 장비를 일벌 지급을 원합니다.

보고자 : 릴리스 님 때문에 죽을 뻔했던 전투원 6호.

3장 올바른 탑 공략법

1

로제라는 새로운 장난감……이 아니라, 말단 부하를 억지로 영입한 우리는 그 후로도 몇 번에 걸쳐 출격 명령을 받아 소규모 전투를 치러 오래간만에 승리를 가져다주는 등, 착착 공적을 쌓아나갔다.

그렇게 하루하루를 보내서, 오늘은 쉬는 날인데…….

"이상해."

숙사 내부. 우리에게 배정된 방 안.

내 말을 들은 앨리스가 분해 청소 중인 샷건을 닦던 손을 멈추며 고개를 들었다.

"왜 그러지? 혹시 마왕군의 움직임 중에 신경 쓰이는 점이라도 있느냐?"

"아니, 마왕군 같은 사소한 이야기가 아니라고."

앨리스는 샷건의 부품을 테이블에 놓더니, 진지한 표정으로 내

이야기에 귀를 기울였다.

"……우리는 이제까지 여러 번 출격하고, 거듭 활약했어. 그리고 시간이 꽤 흘렀는데, 아무도 나에게 반할 기미가 없어."

"……뭐?"

앨리스는 안드로이드면서 입을 쩍 벌린다고 하는 꽤 인간미 넘치는 표정을 지었다.

"뭐는 무슨. 잘 들어, 앨리스. 내 부대에는 여자밖에 없어. 게다가 티리스와 기사단의 여기사, 나아가 적인 불꽃의 하이에나 애인이 있기는 하지만 경관 언니와도 만났다고."

"그 경관한테서 경고장이 왔었다. 네가 준 휠체어가 마음에 든 그림이 매일같이 거리를 질주한다더군. 다음에 걸리면 체포할 거란다."

나는 앨리스의 말을 흘리고, 주먹을 쥐고 역설했다.

"하지만! 이만한 만남이 있었는데도, 아직 한 번도 매력적인 이벤트가 발생하지 않았어. 슬슬 스노우가 실수로 내가 있는 목욕탕에 들어온다거나. 잠에 취한 그림이 방을 착각해서 아침에 일어나 보니 내 침대에 누워 있다거나. 배고픈 로제가 비엔나인 줄 알고 실수로 내 거기를…… 한다거나. 이런 이벤트가 한두 개 정도 일어날 법도 하잖아."

"마지막 예는 저질 같지만, 네가 지금 평소보다 더 이상하다는 사실만큼은 이해했다."

앨리스가 신기한 생물이라도 발견한 것처럼 흥미진진한 눈으로 이쪽을 쳐다보는 가운데, 나는 말을 이었다.

"나는 연패하던 이 나라에 첫 승리를 가져왔고, 나아가 소규모 전투라고는 해도 공적을 세웠어! 원래라면 여자들이 반할 요소가 많을 거야. 그래도 나는 복도 모퉁이에서 여자와 부딪혀 쓰러지는 통에 가슴을 만지는 이벤트 등을 기대하며, 복도 모퉁이에서 무릎을 꼭 끌어안고 앉는 노력을 게을리하지 않아!"

"그거, 방해되니까 그만하라는 항의가 사방에서 오고 있다."

일일이 지적하는 앨리스의 머리를 꾹꾹 누르면서 말한다.

"나도 미소녀에게 고백을 받았는데 우연히 돌풍이 불어서 알아듣지 못하거나, 상대의 호의를 눈치 못 채서 둔감남이라는 비난 좀 받아보고 싶다고! 그리고 또, 미소녀들에게 '누굴 고를 거야!?' 소리를 듣는 수라장 전개를…… 어이, 내 손을 잡고 대체 어딜 데려가려는 건데?"

"그래그래. 알았으니까, 의무실에 따라와라. 내가 정밀검사를 해 줄 테니까."

나는 앨리스의 손을 뿌리쳤다.

"나는 제정신이라고! 왜, 이상하잖아?! 이 나라 기사는 여자 비율이 높다고! 이렇게 여자가 많은데, 어째서 운빨 에로 이벤트가 한 번도 없는 건데!"

앨리스는 내 영혼의 외침을 듣고 한숨을 푹 내쉬었다.

가끔 생각하는데, 너무 인간미가 넘칠 때가 있다.

앨리스는 내 오른손을 잡고 자신의 가슴에 댔다.

그 행동의 의미를 몰라 말없이 응시하고 있자.

"앙앙."

무표정한 얼굴로 무덤덤한 투로 교성을 내는 앨리스의 손을 다시 뿌리쳤다.

　"미소녀의 가슴을 만져서 기쁘지? 오늘은 이걸로 참아라."

　"로봇 가슴팍에 붙은 실리콘을 만지는 게 뭐가 기뻐! 그리고 하다못해 감정을 담아서 말해! 애초에 아니야, 그런 게 아니라! 아, 물론 야한 짓도 하고 싶지만……!"

　"이제 됐으니까 좀 진정해. 나와 같이 의무실에 가자. 응?"

　앨리스가 흥분한 나를 달래고 있을 때, 문을 똑똑 두드리는 소리가 났다.

　"문밖에 다 들릴 정도로 큰 소리로, 대체 뭘 떠드는 거냐. 이제부터 회의가 있다고 한다. 네놈도 불렸다. ……야한 짓이 어쩌고 저쩌고 하면 네놈의 부대에 있는 나까지 쪽팔리니까 제발 그만해라!"

　얼굴을 붉힌 스노우가 방문을 열면서 내게 호출 소식을 전했다.

　"——용사님 일행이 다스터의 탑 최상층을 지키는 마물, 힘의 길과 지혜의 리스타에게 지고 부상을 당했다. 현재 치료술사를 총동원해서 긴급 치료 중이지."

　여기는 성 회의실.

　각 부대의 대장이 모인 참에, 장군이라 불리는 아저씨가 입을 열었다.

　용사가 패했다는 소식을 접하고 회의실이 크게 술렁거린다.

　"정숙! 다행히 용사님의 부상은 목숨에 지장이 있을 정도가 아니다. 치료는 어렵지 않을 것이라고 한다."

대장들은 그 말을 듣고 안도의 한숨을 내쉬었다.

"하지만 다들 알다시피 현재 우리 나라는 마왕군에 밀리고 있다. 용사님이 전사하지 않은 건 다행이지만, 이번 패전으로 한 가지 문제가 부각됐다."

회의실 안은 아저씨가 다음에 할 말을 기다리듯 조용해졌다.

"우리에게 시간이 없다는 점이다. 전체 전력에서는 분하게도 마왕군이 우세하다. 전쟁이 길어지면 우리 나라는 머지않아 멸망하고 말겠지. 우리에게 남은 희망은 우리 나라가 멸망하기 전에 용사님이 마왕을 토벌하는 것이다. 즉, 용사님에게는 잔혹한 소리지만, 서둘러 주지 않으면 곤란한 상황이지. 그런데 이번에 부상을 당한 거다."

이 자리에 있는 이들의 얼굴에 그늘이 졌다.

"현재 치료를 받고 있는 용사님에게 왜 다스터의 탑을 공략했는지 물어보니, 마왕의 성을 공략하는 데 필요한 보물이 그 탑에 보관되어 있다고 하더군. 즉, 용사님은 치료가 끝나는 대로 다시 탑을 공략하러 가야 한다. 하지만 우리에게는 시간이 없어……."

다들 조용히 귀를 기울이고 있는 가운데, 아저씨가 테이블을 내려쳤다.

"그래서 말한다! 용사님이 요양하시는 동안, 우리가 다스터의 탑을 물량으로 공략한다! 필요한 보물을 우리 나라에서 총력을 기울여 빼앗는 거다! 용사님께서 한시라도 빨리 마왕을 토벌할 수 있도록!"

회의실 안에서 환성이 들끓었다.

각 부대 부대장이 모두 흥분했다.

그런데 이거, 내가 아는 용사와는 좀 다르단 말이지…….

용사란 왕에게 푼돈이나 받고 이걸로 마왕을 토벌하고 오라는 하드 미션을 강요받는 존재라고 생각했는데, 국가적인 지원을 받는 건가.

아니지. 그리고 보니 그 용사는 이 나라 왕자님이었지.

하긴, 픽션도 아니니까 국가 총동원 정도는 당연히 하려나.

딱히 우리가 나설 일은 아닌 것 같았기에, 회의실 테이블에 엎드려서 멍하니 있을 때였다.

"기다려 주십시오. 장군님. 용사님도 공략하지 못한 다스터의 탑을 공략할 작전은 있으신 겁니까?"

그렇게 말하고, 한쪽 눈에 흉터가 있고 머리숱이 적은 아저씨가 일어섰다.

아마 작전참모를 맡은 아저씨일 것이다. 예전에 이 녀석들이 전쟁에서 졌을 때, 내가 우리 공적을 뺑튀기하기 위해 울상을 지을 때까지 놀렸던 상대이기도 했다.

"다스터의 탑은 천장이 없는 구조이며, 안쪽 벽을 따라 나선계단이 설치되어 있다. 그러니 좁은 계단에서 탑을 지키는 마물들과 싸워야 하지. 다친 병사를 교대시키며, 수적 우세를 이용해 서서히 탑을 공략하는 수밖에 없다. 아침부터 공략을 시작하더라도, 과연 하루 만에 끝낼 수 있을지…… 참모님에게는 뭔가 좋은 작전이 있나?"

작전참모라는 아저씨는 거꾸로 질문을 받자마자 허둥댔다.

딱히 아무런 생각도 없는 것 같았다.

"아, 아니, 저는 딱히……."

아저씨, 힘내라고.

……그때, 아저씨가 어찌 된 영문인지 나를 슬쩍 보았다.

아저씨, 왜 그래. 나는 거들 말이 없고, 있더라도 도와줄 생각은 없어.

"요즘 들어 공적을 척척 쌓고, 더군다나 외국에서 온 6호 경이라면 우리가 생각도 못할 작전을 알지 않을까요? 일전에 전쟁에서 진 저희를 그토록 비난했을 정도니까……."

아저씨는 아무래도 그때 일로 아직 앙심을 품고 있는 것 같았다.

아저씨의 말에 회의실 안에서 시선이 내게 몰렸다.

……다음에는 얼마 남지 않은 머리숱을 더 줄여 주겠어.

장군이 나를 똑바로 보며 말했다.

"6호 경, 귀관에게는 좋은 책략이 있나?"

……있기는 하지만, 이 사람들이 질리지는 않으려나.

이 세계 녀석들은 기사도 정신이 왕성해서, 악의 조직원인 나와는 생각이 맞지 않은데 말이야…….

"불을 지르자고."

테이블에 넙죽 엎드린 껄렁한 자세로 말하는 내게, 이 자리에 있는 이들 전원이 고개를 갸웃거렸다.

"화공 말입니까? 하지만 그 탑은 석조입니다. 불은 효과가 없을 것 같은데요……?"

내 근처에 있던 누님 대장이 그렇게 말했다.

"그 탑은 천장이 없다며? 탑 1층을 제압하면 입구를 활짝 열어 둔 다음에 한복판에서 캠프파이어 하자. 적 보스든, 탑 안의 마물이든, 한꺼번에 연기로 훈제하면 돼. 즐거울 거라고!"

………….

"다, 다들, 어떻게 생각하지? 그야 확실히 효과적이겠지. 효과적이겠지만……."

당황해하는 장군의 말에 사람들의 반응은.

"저기, 그래도 너무 악랄하지 않습니까?! 그게, 아무리 상대가 마물이라도……."

"하지만 피해는 명백하게 적을 텐데……."

"저기, 이건 기사가 해도 되는 작전일까?"

또 회의실 안이 술렁거리는 가운데, 각 대장이 자신의 생각을 말했다.

…………10분 후.

"아 안 되겠다! 6호 경, 애써 제안해 줬지만 그 작전은 없던 걸로 하고 정공법으로 가지!"

각 대장이 동시에 고개를 끄덕였다.

2

그 탑은 넓은 황야의 오지에 덩그러니 서 있었다.

적당한 고층 빌딩만 한 석회색 탑.

그곳에는 이미 수많은 기사가 안에 투입되어, 두 발로 서서 싸울 데가 많은 1층은 이미 제압했다.

그 탑에 앨리스가 다가가 흥미롭다는 듯이 외벽을 더듬고 있다.

"그런고로 우리는 이대로 저녁까지 느긋하게 있자."

""······어?""

스노우와 로제는 내가 한 말의 의미를 이해하지 못한 건지 눈을 깜빡였다.

참고로 내 곁에서는 그림이 여전히 휠체어에 앉아 기분 좋은 듯이 자고 있었다.

"무슨 소리를 하는 거냐! 탑 공략은 이미 시작됐는데?! 게다가 저 탑에는 용사도 물리친 엄청난 마물이 있다! 그걸 해치우면, 우리의 공적이 얼마나 쌓일지 아느냐!!"

주먹을 쥐고 흥분해서 열변을 토하는 스노우.

"야······. 그 용사는 강하다며? 마왕군 사천왕이 일대일로 이길 수 없을 만큼. 그런 용사를 꺾은 녀석을 정정당당하게 잡으러 가게? 싫어, 무섭다고. 그딴 위험을 무릅쓰긴 싫으니 나는 여기서 낮잠이나 자겠어. 이만한 대군이 몰려왔으니까, 그중에 어느 부대가 끝내겠지. 저녁이 되어서 그림이 일어났는데도 아직 탑을 함락하지 못했다면 그때 생각해 보자고."

그 말을 들은 스노우의 관자놀이에 혈관이 불거지더니, 얼굴 또한 점점 새빨개졌다.

애는 왜 이리 쉽게 폭발하는 걸까.

"네, 네놈은 정말······! 요즘 들어 전투에서만은 그럭저럭 도움이 된다고 생각했는데, 내 착각이었나 보구나. 이 겁쟁이! 이제 됐다! 나 혼자서 가마! 공을 세우더라도 나눠주지는 않을 거다!"

스노우는 그렇게 말하더니, 성큼성큼 탑으로 향했다.

"저기, 대장님……. 스노우 씨 혼자 보내도 되나요……?"

스노우의 뒷모습을 걱정스러운 눈으로 보던 로제는 쫓아갈지 말지 망설이고 있는 것 같다.

"괜찮아. 저 녀석은 강하거든. 게다가 저 탑 내부에 아군 병사가 우글우글 있으니까, 당하지는 않을 거야. 아마 곧 지쳐서 돌아올걸?"

——몇 시간 후.

"……하아…… 하아……."

진짜로 지쳐서 돌아왔다.

"하아…… 하아……, 저, 저녁때가 됐다, 6호……. 아, 아직도 그림은 일어나지 않은 거냐?"

"슬슬 일어날 것 같은데, 왠지 재미있는 잠꼬대를 하고 있어서 아까부터 다 같이 구경하고 있었어."

휠체어에 앉아 침을 질질 흘리고 있던 그림이 중얼거렸다.

"아아아…… 스노우가……, 스노우가 얼굴을 붉히고 대장에게…… 내 가슴을 만지든 말든 마음대로 하라고…… 음탕한 애원을……."

"일어나라, 그림! 네놈, 시답잖은 꿈을 꾸지 마라! 어이, 일어나라! 계속 이상한 꿈을 꾼다면 확 베어버릴 거다!"

스노우가 흔들어대자, 그림은 흐리멍덩하게 눈을 떴다.

"헉! ……저, 지금, 멋진 예지몽을……."

"이제 됐다. 너는 좀 더 자라. 네 목을 치고 땅에 묻어 주마."

"겨우 일어났는데 또 재우지 마. 그나저나 앨리스. 어때? 잘될 것 같아?"

나는 무시무시한 눈빛을 띤 스노우를 달랜 후, 탑의 외벽을 조사하고 있던 앨리스에게 물었다.

"음, 탑을 구성하고 있는 건 단단한 석재다. 구멍 좀 났다고 무너지지는 않겠지. 그리고 위로 올라갈수록 바람이 강해지는 건 주의해야 할 거다. 또한, 어둑어둑하니까 주위도 조심해라. 맞다, 무거운 갑옷은 벗고 가라. 다들 움직이기 편한 복장이 좋을 거다."

앨리스가 말하자, 스노우는 괴이쩍은 표정을 지었다.

"무슨 소리지? 이번에는 대체 뭘 꾸미고 있는 거냐?"

"말이 심한데. 저 탑을 공략한다며? 슬슬 때가 된 것 같아서."

스노우는 더욱 괴이쩍게 말했다.

"네놈, 아까는 무서워서 싫다고 칭얼댔지 않느냐. 대체 무슨 바람이 분 거냐?"

"나는 정면승부가 무서우니까 싫다고 한 거야. 하지만 너만큼은 아니더라도 공적이 탐나거든. 그것도 최대한 편하고, 위험하지 않은 상태로 공을 세우고 싶어. 탑을 공략하는 상황을 계속 지켜봤는데, 이미 몇 부대는 최상층에 있는 보스와 싸웠나 본데. 어때? 보스에게 상처를 내기는 한 거야? 좀 약해지긴 했어?"

스노우는 내 질문을 듣더니, 어이없다는 표정을 지으며 말했다.

"……네놈은 정말 후련할 정도로 교활하구나. ……몇 명은 최상층에 도달했지만, 준비하고 대기 중인 보스에게 순식간에 당하는 상태가 계속되고 있다. 2인조 적의 연계공격이 강력하다더군. 현재 뭔가 약점은 없는지 찾으며 쩔쩔매고 있는 중이다."

바로 그때였다.

앨리스가 달라붙어 있던 탑의 외벽에서 콰앙 하고 뭔가가 박히는 소리가 들렸다.

그쪽을 보니 탑 벽에 조그마한 강철 말뚝이 박혀 있었다.

"음, 문제없다. 간단히 박히는구나. 6호, 가져가라."

앨리스는 손에 미니 사이즈 파일 드라이버를 들고 있었다.

원래는 단단한 암반에 쇠말뚝을 박는 도구다.

"……그 연장은 뭐냐? 잠깐. 어이, 설마……."

스노우가 그것을 보고 식은땀을 줄줄 흘렸다.

"좋아, 시작하자. 누가 이런 델 안에서 공략하냐, 귀찮게시리. 마물들도 아래에서 올라오는 병사들을 상대하느라 바쁠 테고, 어두워진 지금이라면 외벽을 타고 올라가도 들키지 않겠지. 적이 외벽을 타고 올 거라고는 생각도 못 할 거야."

3

"어이, 저쪽에 가라! 마법을 쓰는 저 마물을 먼저 처치해! 안 그러면 피해가 심각해진다!"

"밀어붙여라! 숫자로 밀어붙이는 거다!"

우리는 시끌시끌한 탑의 외벽에 강철 말뚝을 박으면서 서서히 올라갔다.

벽에 말뚝을 박는 소리는 탑 안의 전투음에 잘 묻히고 있다.

"이런…… 이런 공략을 용납해도 되나? 이, 이건……."

스노우는 아까부터 혼잣말을 중얼거리며 내 바로 밑에서 따라오고 있었다.

지금은 갑옷을 벗고 검을 등에 메고 있었다.

다른 멤버들도 무거운 장비를 빼고 가벼운 옷차림으로 외벽을 기어 올라가고 있었다.

"어이, 스노우. 전투 중이라 들리지는 않겠지만, 그래도 혹시 모르니 되도록 말하지 마. 이럴 때 적에게 들키면 일망타진될 거라고. 불만이 있으면 작전을 짠 앨리스에게 말해."

전투복을 벗은 지금, 이 높이에서 떨어지면 순식간에 골로 간다.

꽤 높은 데까지 올라온 탓에 거센 바람을 맞는 가운데, 나는 파일 드라이버를 한 손에 꽉 잡고 새로운 말뚝을 벽에 박아 발판을 만든다.

그런 작업을 얼마나 했을까.

슬슬 탑의 최상층이 보이는 곳에 도착했을 즈음, 스노우가 작은 목소리로 말했다.

(……어이. 어이, 6호!)

나도 그 말에 대꾸했다.

(왜 그렇게 목소리가 절박한 건데? 너 설마 화장실에 가고 싶다

는 소리를 하려는 건 아니겠지?)

(아니야! 그, 그게 아니라……)

그럼 대체 뭔가 싶어서 괴이쩍어하자.

(……낮에 검을 막 휘둘러서 그런지 체력이 거의 바닥났다. 어쩌면 좋지? 팔이 후들거려.)

(이 멍청아! 이런 데서 떨어지면 죽는다고! 잠깐만, 네가 떨어지면 순서로 봐서 아래 있는 녀석들도 말려들잖아!)

(아, 알고 있다! 그래서 어쩌면 좋을지 너한테 묻는 거다! 아, 진짜로 위험해, 어, 어, 어쩌지…….)

기가 센 스노우가 당장에라도 울음을 터뜨릴 것 같은 표정을 지으며 나를 올려다보았다.

이건 신선한 느낌이라 좀 더 궁지에 몰아넣고 싶지만, 이 고집센 여자가 이렇게 우는소리를 하는 것을 보면 진짜로 한계인 거겠지.

(아아, 정말! 어쩔 수 없지, 내 손 잡아!)

파일 드라이버를 잠시 입에 물고 한 손으로 강철 말뚝을 꽉 잡은 뒤, 다른 손으로 스노우의 손을 잡았다.

(어, 어이, 뭘 어쩌려는 거냐?! 히익?! 공중에서 한 손으로 매달려 있으니 가슴이 철렁 내려앉아!)

떠들고 있는 스노우를 그대로 내 어깨 위치까지 끌어올렸다.

솔직히 전투복을 입지 않은 상태에서 이런 행동은 진짜 빡세다.

나는 개조인간이지만, 육체 스펙은 인간의 한계 근처까지 끌어올린 수준이다.

검을 짊어진 스노우를 한 손으로 계속 붙들고 있을 수는 없다.

나는 파일 드라이버를 입에 물고 등에 업히라는 의미의 눈짓을 보냈다.

(큭, 미, 미안하다.)

자력으로 벽을 올라가지는 못해도, 두 손 두 발로 내 등에 매달려 있는 건 가능할 것이다.

스노우가 내 목에 팔을 두르며 꼭 매달린 것을 확인한 후, 나는 다시 최상층을 향해 올라가기 시작했다.

하지만, 이건…….

(어이, 좀 더 단단히 붙잡아! 바람의 저항을 안 받게 몸을 밀착해!)

(아, 알았다. 이러면 되겠느냐?)

부드러운 물체가 등에 딱 달라붙었다.

염원했던 에로 이벤트입니다. 정말 감사합니다.

(너, 오늘 처음으로 일 잘했네. 짐짝이면 하다못해 가슴 쫙 펴고 찰싹 달라붙어.)

(네, 네놈은 이럴 때! 역시 너는 인간쓰레기다)

(시, 시끄러워~! 가슴이 크다는 게 네 유일한 장점이잖아! 그걸 활용하게 해 주니까, 오히려 고마워하라고!)

(너, 이 작전이 끝나면 숙사 뒤로 나와라!!)

그렇게 작은 목소리로 말씨름하는 사이, 드디어 최상층에 손이 닿는 위치까지 왔다.

다른 멤버들을 확인해 보니, 별문제 없이 따라오고 있었다.

체력이 좋은 로제는 물론이고, 평소 휠체어 생활을 하는 그림도 밤이라 그런지 기운이 넘치는 것 같았다.

앨리스는 피로와 인연이 없는 안드로이드라 여유가 있는 건지, 때때로 탑의 창문을 통해 내부를 몰래 살피고 있었다.

나는 작은 목소리로 다른 멤버들에게 말했다.

(좋아. 내가 먼저 들어가서 살필 테니까, 너희는 내가 말하면 올라와.)

내 말에 업혀 있는 스노우를 제외한 모두가 고개를 끄덕였다.

마지막 말뚝 박기 작업을 마친 후, 나는 머리를 쏙 내밀어서 내부를 몰래 살폈다.

어둑어둑한 최상층에는 마물 두 마리가 있었다.

거대한 도끼를 가진 소 머리 마물이 커다란 몸으로 계단 앞에서 가로막고 있었으며, 조금 떨어진 곳에는 지팡이를 쥔 염소 머리 마물이 서 있었다.

침입자는 좁고 움직이기 불편한 계단에서 한 사람씩 싸울 수밖에 없고, 적은 넓고 안전한 곳에서 엄호를 받아가며 싸우겠지.

오호라. 적이지만 머리를 잘 썼다.

(좋아. 우리를 눈치채지 못한 지금이 기회야. 이대로 올라가서 모두 끌어올린 다음에 싸우자.)

등에 업힌 스노우가 그렇게 말했지만⋯⋯.

내가 보는 한해서, 두 마물은 무방비하게 등을 보인 채 즐겁게 수다를 떨고 있었다.

"후하하하. 형제, 이걸로 몇 명째지? 내 몸에는 아직 생채기 하나 생기지 않았다고!"

"히힛, 세는 것도 귀찮아서 관둔 지 오래야, 형제. 그야 용사도 꺾은 우리에게, 평범한 기사나 병사가 떼로 몰려들어 봤자 이길 수 있을 리가 없지."

나는 스노우를 업은 채, 몰래 최상층에 들어갔다.

두 마물은 여전히 우리의 침입을 눈치채지 못했는지, 희희낙락하며 이야기를 나누고 있었다.

"그러게. 우리는 용사도 무찔렀으니까, 어쩌면 사천왕급 간부로 발탁되는 거 아냐? 슬슬 마왕님이 그런 이야기를 하셔도 이상하지 않다고."

"맞아. 사천왕도 용사를 해치우진 못했잖아. 우리는 용사의 목숨까지는 빼앗지 못했지만 그만큼 상처를 줬다고. 우리는 사천왕을 뛰어넘었다고 해도 과언이 아닌 거 아냐?"

(좋다. 이제 다른 녀석들을 부르…… 어이, 6호?)

스노우의 말을 무시한 나는 포복전진을 하면서 염소 머리 마물에게 다가갔다.

"후하하하하, 꿈이 커지고 있구나, 형제! 그래, 우리 둘이 힘을 합치면 무적이라고!"

"힛힛힛, 맞아! 우리의 연계 앞에선 용사도, 사천왕도, 마왕님도 버거워할지 몰라."

여전히 눈치를 못 채고 신나서 떠드는 염소 머리

그 녀석은 계단에서 떨어진 장소, 뻥 뚫린 중앙 부분에서 즐거운 듯이 싸움의 상황을 살피고 있었다.

나는 그런 염소 머리의 등 뒤로 다가가서…….

(어, 어이, 6호, 이젠 됐잖아. 빨리 모두를 불러서 이것들을…….)

"후하하하하! 형제, 지금 쳐들어온 녀석들을 격퇴하면 우리의 명성이 더 높아지겠지?!"

소 머리 마물이 호탕하게 웃고 있는 가운데.

(유…… 6호?)

나는 스노우를 업고, 염소 머리의 뒤에서 일어선 후…….

"힛힛히힛! 물론이고말고! 언젠가 전 세계에 떨칠 수 있을 거라고! 우리들, 힘의 길과, 지혜의…….."

──여전히 떠벌이고 있는 지혜의 뭐시기를, 탑 위에서 밀쳤다.

"어어어어어어어이! 6호, 너, 이게 무슨 짓이냐아앗!"

"이제 됐다! 자, 너희 차례야! 빨리 올라와!"

내가 아래에 있는 녀석들을 부르자 등에서 내린 스노우가 검을 뽑으면서 뭔가 할 말이 있는 듯한 얼굴로 공격 태세를 취했다.

"어이, 6호. 인간적으로 이건 너무하지 않느냐?! 이건 나도 동정했다! 보스가 전투 전에 탑 최상층에서 떠밀려 떨어졌다는 이야기는 들은 적도 없단 말이다!"

"억?! 이, 이것들이 대체 어디서 튀어나왔냐?! 어이, 리스타! 그걸 하자! 우리의 필살…….."

나와 스노우의 뒤에서 다른 대원들이 올라오는 가운데, 길이 주위를 두리번두리번 살폈다.

"……리스타? 어이, 리스타. 어디 있냐?"

당연하지만, 길의 시선은 나와 스노우를 향했다.

우리의 시선은 자연스럽게 리스타가 방금 떨어진 곳을 향했다.

길이 계단 앞을 지키는 것도 내팽개치고, 리스타가 떨어진 곳으로 허겁지겁 달려가더니…….

"리, 리스타! 리스타~!"

"도, 도와줘, 길~!"

목소리를 듣고 탑 아래를 살펴보니, 리스타라고 하는 염소 머리 마물이 나선계단 일부에 필사적으로 매달려 있었다.

"쳇, 해치우지 못했나! 어이, 앨리스! 저 자식이 매달려 있는 부분을 저격할 수 있겠어?"

"저격하는 건 간단하지만, 굳이 귀중한 총탄을 안 써도 돌이라도 던지면 알아서 떨어지지 않을까?"

"그것도 그러네. 좋아. 이걸로…….""

내가 적당한 돌을 줍자.

"하, 하지 마! 하지 말라고! 리스타는 못 건드려!"

길은 그렇게 선언하더니, 매달려 있는 리스타를 감싸려는 듯이 앞을 가로막고 섰다.

"저 녀석은 못 건드려! 어디서 튀어나와 이런 상황이 됐는지는 잘 모르겠지만, 형제는 내가 반드시 지킨다!"

"으으…… 싸우기 거북해……."

내 뒤에서 로제가 중얼거렸다.

하지만 이 상황은 유리하다.

"애들아, 저 녀석을 포위하듯 이동하자! 그리고 만약 우리 중 누군가에게 접근해서 공격을 하려고 들면, 다른 사람들은 밑에 매달려 있는 마물을 향해 돌을 던져!"

"역시 6호군. 키사라기 사원의 귀감다운 멋진 작전이다. 그걸 상대에게 들리도록 지시해서, 함부로 우리를 공격하지 못하게 하는 *거군.*"

바로 그거야.

"어이, 길이라고 했지? 헷헷헷, 거기서 움직이든 말든 네 자유지만, 그랬다간 네 소중한 형제는 어떻게 될까? ……다들 잘 들어, 나와 스노우는 돌을 들고 대기! 다른 대원들은 적의 공격이 닿지 않는 위치에서 원거리 공격을 날려!"

"""우, 우와아……."""

나와 앨리스 이외의 동료들이 그 말을 듣고 완전히 질린 가운데, 힘의 길은 비장감이 넘치는 표정으로 도끼를 들고 울부짖었다.

"빌어먹으으으으으을!"

"──길! 길, 무사하냐?!"

지혜의 리스타가 소리치며 계단을 올라왔다.

"뭐, 무사하지는 않아. 살아는 있지만."

예상 이상으로 끈질긴 길이 쓰러졌을 즈음, 계단에 매달려 있던 리스타는 어느새 사라지고 없었다.

그 리스타가 지금 탑의 마물을 데리고 길을 구하러 왔는데…….

"이, 이놈들……! 나를 뒤에서 밀어 떨어뜨린 걸로도 모자라,

저항하지 못하는 길을 가지고 놀다니……! 요, 용서하지 못한다!
너희를 전부 죽여 버리겠다!"

격앙해서 눈이 시뻘게진 리스타에게, 나는 손바닥을 내밀었다.

"어이쿠, 너는 내가 한 말을 못 들었어? 무사하지는 않아. 살아
는 있지만. 그래. 살아는 있다고 했거든?"

쌍방의 동료가 대치 상태에서 더욱 경계하는 가운데, 나는 리스
타에게 웃음을 보였다.

경계심을 풀려고 웃는 내 얼굴을 보고, 어째서인지 리스타가 뒷
걸음질을 친다.

"……여기 네 소중한 단짝이 빈사 상태로 쓰러져 있어. 서둘러
치료하면 살지도 몰라. ……자, 이 상황에서 질문하지."

내가 더욱 진한 미소를 짓자 리스타가 침을 꼴깍 삼켰다.

"너는 단짝을 얼마에 살 거야?"

내가 질문하자 귀에 익은 목소리가 머릿속에 울려 퍼졌다.

《악행 포인트가 가산됩니다.》

4

누군가가 방문을 두드렸다.

"어이, 6호. 있느냐?"

문밖에서 나를 부르는 스노우의 목소리.

……어차피 변변찮은 일로 찾아온 거겠지.

"청렴하고 상냥한 6호 님이라면 강에 쓰레기를 주우러 갔어."

"헛소리 마라! 방에 있지 않느냐!"

내 말을 듣고 스노우가 소리를 지르며 방에 들어왔다.

시각은 이미 밤 열 시가 훌쩍 지나 사람을 찾아오기에는 조금 늦은 시간대다.

"넌 이 시간에 왜 왔어. 밤늦게 남자 방에 오다니. 나를 유혹하는 거냐, 찌찌녀."

"그런 바보 같은 호칭을 쓰지 마라! 남들이 듣고 정착하면 어쩔 거냐!"

"어이, 찌찌녀. 젊은 두 사람을 배려해. 내가 자리를 비켜줄까?"

"이, 이익! 앨리스, 너까지 그렇게 부르는 거냐!!"

스노우는 하아하아 하고 거친 숨을 내쉬더니, 커다란 가죽 주머니를 내밀었다.

"……이게 뭔데?"

나는 그것을 받아 별생각 없이 열고…… 그대로 딱딱하게 굳어버렸다.

"그건 네놈이 받을 급여다. 최근에 세운 공에 대한 포상금도 포함되어 있지. ……하아, 여전히 납득이 안 된다. 탑 공략 방법도 납득이 안 되고, 보스를 밀쳐서 떨어뜨리는 전략도 납득이 안 돼."

딱딱하게 굳은 내가 이상했는지 앨리스도 주머니 안을 보고.

"……와우."

"가장 납득이 안 되는 점은 마물과 거래한 것이다! 확실히 그 덕분에 피해를 보지 않고 탑의 보물을 손에 넣었지만, 그렇게 인질을 잡는 건 기사도에 어긋난다고나 할까……. 어이, 왜 그렇게 굳어버린 거냐?"

스노우의 미심쩍은 목소리를 듣고서야 정신이 번쩍 든 나는 다시 주머니 안을 확인했다.

금화가, 금화가, 빵빵하게 들어 있어요…….

"어이, 스노우. 이 정도 금화는 이 나라에서 어느 정도의 가치가 있는 거야?"

"가치? 아, 그러고 보니 네놈은 제정신이 아니라서 모르는 게 많다고 했지. 화폐 가치도 잊은 기냐. 이 정도면 한 가정이 1년 동안 풍족하게 살 수 있을 거다."

"……진짜냐."

내가 얼이 나간 채 주머니를 움켜쥐자, 스노우는 다른 식으로 해석한 것 같다.

"음……. 그 액수로는 불만인 거냐. 이해한다. 나도 돈에 관해서는 깐깐한 편이니까. 그만한 공을 세웠다고는 해도 네놈은 아직 소대장이다. 계급이 더 올라가면, 이 정도는 푼돈처럼 느껴질 만큼 네 공적에 걸맞은 보수를……."

스노우가 말을 마치기도 전에, 나는 앨리스에게 딱 잘라 말했다.

『앨리스. 나 이제 스파이 관둘래. 그냥 이 나라에 정착할래.』

『어이, 성급한 판단을 내리지 마라. 일본어로 말한 걸 보면 진심인 거지?』

진지하게 딴지를 날리는 앨리스에게 말했다.

『어이, 내 말 잘 들어. 나는 사하라 사막에서 한 달 넘게 전투를 벌인 끝에 겨우 귀환했더니, 노고에 대한 치하나 위로는 고사하고 상사가 먹을 감자칩을 사러 가야 했던 적이 있어. 그리고 월급은 보험이니 뭐니 다 빼고 나면 실수령액이 18만 엔 정도였다고.』

『이쯤 되면 네가 지금까지 관두지 않은 게 신기할 정도군.』

　일본어로 대화하는 우리를 보고 스노우가 괴이쩍은 표정을 지었다.

　"다들 왜 그러냐. 이상한 말을 쓰고."

　"신경 쓰지 마라. 6호가 흥분해서 모국어를 쓴 것뿐이다. 받은 돈이 생각했던 것보다 많아서 말이지."

　납득이 안 되는 듯한 표정을 지으면서도, 스노우는 고개를 갸웃거렸다.

　"그, 그래? 그럼 됐다만……. 앨리스. 이건 네 몫이다."

　"오오, 고맙다. 남에게 뭔가를 받은 건 샷건 이후로 처음이군."

　그러고 보니 당시에 앨리스는 내게 샷건을 선물하라고 말했지만, 앨리스가 내 포인트를 써서 멋대로 전송받은 거니 딱히 그렇게 호들갑을 떨 일은 아니라고 생각하지만…….

　앨리스가 여전히 샷건을 소중히 끌어안은 채, 약간 들뜬 듯한 표정으로 주머니를 건네받는 모습을 보고.

　……뭐, 마음에 든 것 같으니 별로 상관없다는 생각이 들었다.

【중간 보고】

　본인이 있는 국가와 동업자의 전투는 격렬해지고 있는 것으로 추정됨.

　현재 본인의 소속부대는 막대한 공을 세웠고, 그 괄목할 활약 덕분에,
　일본 엔으로 환산하면 수백만 엔에 상당하는 금화를 포상금으로 지급받음.
　일본 엔으로 환산하면 수백만 엔에 상당하는 금화를 포상금으로 지급받음.

　현재 임무에는 문제 및 지장 없음.
　또 연락하겠습니다.

　　　　　　　　보고자 : 수백만 엔에 상당하는 금화를 포상금으로
　　　　　　　　　　　　　지급받은 남자, 전투원 6호.

　추신 : 처우 개선을 희망합니다.

"용사 일행이 다스터의 탑에서 구한 보물을 써서 마왕성으로 통하는 길을 연 것 같아. 이제 적도 전력을 다할 수밖에 없지. 우리는 용사가 마왕을 토벌할 때까지 성에 틀어박혀서 철저하게 방어하면 돼."

"마왕군이 우리를 멸하는 게 먼저일지, 용사가 마왕을 쓰러뜨리는 게 먼저일지."

나와 앨리스가 각자의 무기를 손질하면서 그런 이야기를 하고 있을 때, 갑자기 누군가가 방문을 두드렸다.

"어이, 6호. 방에 있느냐?"

그리고 스노우의 언짢은 듯한 목소리.

"있지만, 네 앞에 나서고 싶지 않아."

"헛소리 하지 마라! 차라리 없는 척하는 게 훨씬 낫다! ……뭐냐. 무기를 손질하고 있었던 것이냐?"

스노우는 내가 책상에서 갈고 있던 나이프를 보더니…….

"……저, 저기, 6호. 그 나이프 좀 봐도 되겠느냐? 전부터 생각했던 건데, 상당한 명품 같구나."

"……상관없는데, 가져가지는 마."

나는 스노우를 향해 나이프의 손잡이를 내밀었다.

"정말 멋지군……! 저기, 이 아이는 이름이 있느냐? 없다면 내가 붙여도 될까? 그것보다 생산지는 어디지? ……뭐, 뭐냐. 이거 놔라! 더 보고 싶단 말이다! 아니, 내가 갈아줄 테니까…… 아앗!"

위험한 표정으로 나이프에 볼을 비비기 시작한 스노우에게서 나이프를 빼앗자, 그녀는 새된 비명을 지르면서 비난 섞인 눈으로 나를 쳐다보았다.

"너는 대체 뭐 하러 온 거야? 내 나이프를 강탈하러 왔어?"

"마, 맞다. 너무 예쁜 아이가 있어서 무심코……! 장군이 부른다. 회의실로 와라. 우리에게 부탁할 일이 있다고 한다."

──스노우를 따라 회의실에 가 보니, 그곳에는 장군과 참모 아저씨만 있었다.

장군은 내게 의자에 앉으라 하고 입을 열었다.

"우선 와 줘서 고맙네, 6호 경. 귀관이 지금까지 세운 공은 대단하지. 그중에서도 특히 대단한 것은 귀관이 몇 번이나 사천왕과 교전하고도 아직 살아 있다는 점이네."

"흐음, 뭘 좀 아네요."

"이, 이놈!"

태연히 그 말을 긍정하자, 참모 아저씨가 다그쳤다. 대체 무슨 일로 부른 걸까.

장군이 왠지 이야기를 언제 꺼내면 좋을지 몰라 망설이고 있을 때, 나를 안내한 스노우가 입을 열었다.

"장군님, 저희에게 특별한 임무를 내리고 싶으신 건가요?"

스노우가 도움의 손길을 내밀자, 장군은 천천히 끄덕였다.

"음, 그렇다네. 자네들 소대에 부탁하고 싶은 일이란……. 앞으로 사천왕 같은 거물이 나타날 때, 그들을 상대해 줬으면 한다."

"기꺼이 하겠습니다!"

"야, 잠깐만! 스노우, 네가 언제부터 대장이었냐!"

기뻐서 흥분한 스노우를 말렸지만…….

"네놈, 이만큼 명예로운 임무는 흔하지 않다! 우리야말로 적의 간부를 상대해야 마땅하다고, 그만큼 실력을 인정받았다는 뜻인데?! 그리고 당연한 소리지만, 이 임무는 공을 가장 많이 세울 수 있지. 그러면 출세와 포상도 마음껏 누릴 수 있다!"

이, 이 녀석, 이만큼 욕망에 충실하면 감탄스러울 지경인데.

내가 스노우를 어떻게 설득할지 고심하고 있을 때, 참모 아저씨가 과장스러운 몸짓을 취하며 입을 열었다.

"스노우 경의 말이 옳습니다. 6호 경은 불꽃의 하이네, 땅의 가다르칸드, 힘의 길과 지혜의 리스타. 이런 자들을 상대로 맞서 싸운 우리 나라의 영웅이오. 귀관이 못 한다면 마왕군 간부에 대항할 자는……."

아저씨는 말끝을 흐리면서 한숨을 내쉬었다.

연기 느낌이 나는 그 말을 듣고, 나는 감을 잡았다.

"……어이, 아저씨. 혹시 장군에게 진언한 사람이 당신이야?"

"어이, 6호! 아저씨라고 부르지 마라! 이분은 장군 다음가는 발언력을 지닌……."

나를 비난하는 스노우의 말을 끊고 아저씨 대신 장군이 대답했다.

"그렇다네. 참모는 6호 경을 높게 평가하고 있지. 마왕군 간부에게 대항할 수 있는 건 용사님을 제외하면 6호 경밖에 없다고⋯⋯."

"호오."

칭찬받아서 기쁘지만, 아저씨의 간사한 웃음이 마음에 걸린다.

키사라기에 있던 시절에 본, 자신의 단물만 지키려 드는 권력자들.

이 아저씨는 왠지 그런 자들과 비슷한 분위기가 느껴졌다.

내가 경계심을 높이는 가운데, 참모 아저씨가 입을 열었다.

"6호 경. 영웅인 당신의 힘을 빌리고 싶소. 인원이 부족하다 하면 귀관의 부대에 마물이 섞인 괴물이나 사교도가 아니라, 좀 더 격이 높은 정규 기사를 넣지. 뭐하면 소대가 아니라 중대를 이끄는 것도 괜찮겠군. ⋯⋯어떻습니까? 이 임무를 맡아 주겠소?"

참모 아저씨는 그렇게 말하고 숱이 줄어든 머리를 꾸벅 숙였다.

──그로부터 며칠이 지난 어느 날.

출격을 명령받은 우리에게, 이상하게 텐션이 높은 스노우가 목청껏 소리쳤다.

"잘 들어라, 이 자식들아! 이번에 우리는 매우 명예로운 임무를 맡았다! 패배는 용납되지 않는다. 다들 명심하도록!!"

"어이, 왜 네가 나대는 건데?"

성에서 떨어진 언덕 위에 기사단이 정렬한다.

우리 부대는 그 기사단의 중심에 배치되어 있었다.

현재, 마왕군의 군세가 이 근처까지 침공했다고 한다.

숫자는 많지 않다고 하지만, 적중에는 마왕군의 사천왕인 불꽃의 하이네가 있다고 한다.

하이네와 맞붙을 상대는 당연히…….

"사천왕, 불꽃의 하이네의 목! 내가 취하겠다!!"

그렇다. 우리 부대 담당이다.

"6호, 텐션이 높은 저 여자를 어떻게 해 봐라. 평소에도 후덥지근한데, 오늘은 특히 성가시군."

평소보다 의욕을 불태우는 스노우를 본 앨리스가 어쩐지 진저리를 내고 있다.

"냅둬, 냅둬. 저건 말해 봐야 손해야. 다들, 적과 마주쳐도 대충 넘기는 정도면 돼. 이딴 임무에서 다치는 건 멍청한 짓이라고."

내 말을 들은 스노우가 이쪽을 확 째려보려더니, 이마에 퍼렇게 핏대를 세우고 악을 썼다.

"네놈, 그게 무슨 소리냐! 이건 장군님과 참모님께서 맡긴 특별 임무란 말이다!!"

"난 그 참모 아저씨가 싫다고. 그 자식은 자기만 챙기는 야비하고 비겁한 놈의 냄새가 나."

내 멱살을 움켜쥔 스노우는 망연자실한 표정을 지었다.

"너, 너……. 이런 소리는 하기 싫다만, 자기 얼굴을 객관적으로 본 적이 있느냐?"

"어이, 6호. 거울이라는 도구를 아느냐? 반질반질하고 자기 얼굴이 비치는 거 말이다."

"대장님, 부메랑이라는 도구도 아세요?"

……그 아저씨만이 아니라, 너희도 진짜 싫어.

집중포화를 맞는 내게, 스노우가 허리에 손을 대면서 말했다.

"아무튼! 의욕이 없으면 강요하지 않겠다! 하다못해 이번만큼은 일전에 그 여자와 싸웠을 때처럼 나를 방해하지 마라!"

아무래도 이 녀석은 일전에 불꽃의 하이네를 놓쳤을 때, 완전히 무시당한 것을 지금껏 마음에 두고 있는 것 같았다.

"음, 6호. 왜 그런 눈으로 보는 거냐. 흐흥, 오늘의 나는 특별하거든? 불꽃의 하이네 대책을 철저하게 세웠다. 이걸 봐라!"

그렇게 말하고 스노우가 자랑한 것은 푸른색 검 한 자루.

냉기라도 두른 건지, 그 검에서는 새하얀 연기가 나고 있었다.

"빙결검 아이스베르그! 3년 대출로 산, 불꽃의 하이네에게 맞설 새로운 애검이다! 그림, 이번에야말로 네 힘을 써먹어 주마! 어이, 일어나라!"

새로운 애검을 빨리 시험해 보고 싶은 건지, 흥분한 스노우가 좁은 휠체어 위에서 무릎을 끌어안고 자는 그림을 흔들어댔다.

"──그것보다 앨리스, 너는 어떻게 생각하지?"

"음? 우리를 버림돌 취급하는 이 임무 말이냐?"

멀리서 나타난 마왕의 군대를 언덕 위에서 살피며.

"눈치챘구나. 그래. 그 아저씨가 우리에게 떠넘긴 이 망할 임무 말이야. 나는 그 아저씨가 전쟁에서 졌을 때 울먹일 만큼 비꼰 것 말고는 딱히 원한을 산 기억이 없다고."

"그건 원한을 살 이유로는 충분할 것 같은데. 뭐, 덧붙이면 단순히 우리가 눈에 거슬리는 거겠지. 원래 이 부대는 언제 죽어도 상관없는 인간을 처리하기 위한 부서라고 하니 말이다. 그런데 우리는 과정과 수단은 좀 그렇다 할지라도 압도적인 공을 세웠다. 게다가 다른 부대에서 멀리하던 녀석들이 말이다. 그게 마음에 안 드는 거겠지."

맙소사, 지금까지는 행실 바르게 지낸 내가 미움받은 거야?

……그런데 그 아저씨는 로제와 그림도 무시했었지.

"어이, 이제 그만 일어나라! 어이, 그림…… 앗!"

"아앗!!"

저쪽에서 스노우와 로제가 시끌벅적하게 떠들고 있는데, 뭘 하고 있는 걸까?

"아무튼, 적 간부를 보면 싸우는 척만 하고 후퇴하는 거다. 그리고 나는 샷건의 왁스칠이 아직 끝나지 않아서 무기조차 들고 오지 않았어."

"무기는 가져오라고, 무기는. 샷건이 망가지면 또 새로운 걸 줄게. 아무튼, 어떻게든 되겠지. 그 글래머 누님은 어느 정도 말도 통하잖아."

나는 그렇게 말하고.

(스노우 씨, 그림이 위험한 느낌으로 휠체어에서 떨어졌어요. 게다가, 모, 목이…….)

(어, 어쩌지……. 일단 다시 휠체어에 태워! 누, 눈까지 허옇게 뒤집혔어…….)

휠체어 옆에서 뭔가 속닥대며 허둥대는 두 사람의 곁으로…….

"어이, 스노우. 그림을 깨워. ……어? 둘이서 왜 그림을 안고 있는 거야?"

"아무것도 아니다!"

"아니에요!"

내가 말을 걸자, 스노우와 로제는 그림을 안은 채 화들짝 놀랐다.

"……? 그럼 우리도 슬슬 가자. 본대도 움직이는 것 같거든."

──눈앞에 위풍당당하게 선 마왕군.

다양한 마물 대군의 한복판.

그곳에 노출이 심한 차림을 한 갈색 피부 글래머 여자가 자신만만한 미소를 짓고 서 있었다.

그 옆에는 예전에 봤던 그리폰. 그리고…….

"……어이, 하이네와 그리폰만이 아니라, 왠지 엄청나 보이는 게 있어. 저게 뭐야?"

"……저, 저건 골렘이라는 거다. 단단한 암석으로 만들어 마법으로 움직이는 꼭두각시 인형이지."

스노우가 약간 질린 듯한 표정으로 설명한 그것은 2미터는 가볍게 넘는 덩치, 중량감 넘치는 바위 피부, 무게가 톤 단위는 될 법한 인형.

말하자면 마왕군 사천왕 땅의 가다르칸드의 마이너카피 같은 게 있었다.

"또 마법인가. 마법으로 못하는 게 없군. 이 별의 물리법칙이 어떤지 알고 싶다. 6호, 적 진영에 부상당해 움직이지 못하는 마법사가 있다면 주워 와라."

"저기, 마법은 나도 궁금한데 말이야. ……어이, 우리는 하이네만 상대하면 되지? 그리폰이나 저 골렘은 다른 부대가 맡는 거지?"

나와 앨리스의 대화를 들은 건지, 우리 주위에 있던 대장급들이 말했다.

"6호 경님! 불꽃의 하이네 주위에 포진한 하이오크 집단은 맡겨 주십시오!"

"그럼 저희 부대는 저 강건한 오거 소대를! 힘겨운 상대지만, 맡겨만 주시죠!"

"좋아, 발이 빠른 우리 부대는 적의 저격병을 봉쇄하러 가자!"

우리 이외의 소대는 재빨리 행동을 개시했다.

"나는 이 나라에서도 이딴 위험 임무 담당이냐! 스노우, 그림을 깨워! 이렇게 됐으니 하이네에게 끝내주게 강력한 저주를 걸게 하자!"

"그, 그림을 깨우는 건 다른 사람에게 시켜라! 나는 이 빙결검으로 저 여자에게 일전의 설욕을 해야 한다!"

그렇게 말하고, 사람 말을 듣질 않는 근육뇌 여자가 하이네를 향해 돌격했다.

"저, 저기, 대장님! 제가 그리폰을 상대해도 될까요? 그리폰 고기의 맛이 궁금하기도 하고, 저 녀석의 고기를 많이 먹어서 하늘을 날아 보고 싶어요! 할아버지의 유언을 지켜야죠!"

여기에도 근육뇌가 있었다!

나는 스노우에 이어 로제마저 보낸 후, 앨리스를 돌아봤다.

"그림을 깨우는 건 내게 맡겨라. 그럼 네 상대는……."

마치 앨리스의 말에 반응한 것처럼, 행동을 개시한 우리에게 맞춰 골렘이 돌이 마찰하는 듯한 소리로 으르렁댔다.

2

"──마왕군 사천왕, 불꽃의 하이네! 내 이름은 스노우! 일전의 빚을 갚으러 왔다! 내 애검 중 하나인 빙결검 아이스베르그의 제물이 되어라!"

"스노우인지 뭔지, 와 보라고! 마왕군 사천왕, 불꽃의 하이네가 상대해 줄게!"

마침내 우리가 진을 친 언덕 중앙에서 전투가 시작됐다.

약간 떨어진 곳에서 하이네와 스노우가 멋들어지게 대치한 가운데…….

"안 통해! 예상은 했지만, 역시 권총은 안 먹혀! 앨리스, 그림을 빨리! 빨리 깨워!!"

골렘은 겉으로는 굼떠 보였지만, 공격을 펼치는 내게 의외로 재빠르게 접근했다.

"어이, 6호. 이건 잠든 게 아니라 기절했는데. 한동안 정신을 못 차리겠군."

"이 녀석은 왜 언제나, 언제나 싸우기 전부터 죽거나 기절하는 건데! 그림이 제대로 도움이 된 적은 한 번도 없잖아! 어떡하냐고!!"

골칫덩이가 모인 부대에 그림이 보내진 것도 왠지 납득이 될 것 같았다.

"어쩔 수 없지. 어이, 6호. 시간을 끌어라. C4 전송을 요청하마."

"서둘러!"

앨리스에게 소리치고, 나는 키사라기에서 만든 전투복의 근력 보조 장치의 출력을 최대한 올렸다.

도움을 청하고자 주위를 둘러보니, 하이네가 날린 불꽃을 피하며 조금씩 거리를 좁히고 있는 스노우가 보였다.

"피갸아아아아아아아!!"

찢어지는 비명이 들려서 시선을 돌리니 하늘을 나는 그리폰의 몸에 두 손의 손톱을 단단히 박고 목을 물어뜯는 로제가 보였다.

다들 바빠 보여 도저히 지원을 받을 수 있는 상황이 아니다.

그렇다면, 남은 건……

"좋아. 저쪽에 전송을 요청했다. 6호, 잠시 버텨라!"

골렘이 묵직한 발소리를 내며 내 눈앞에 섰다.

내 등 뒤에는 눈에 흰자를 드러내고 뻗은 그림과 무기가 없는 앨리스가 있다.

궁지에 몰린 상황이지만, 왠지 오래간만에 불타올랐다.

나는 수많은 히어로와 격전을 펼치고도 지금까지 살아남은 최고참, 6호다!

"덤벼 봐, 짜샤! 키사라기에서 만든 전투복의 힘을 보여주마!!"

끓어오르는 감정에 몸을 맡기고 외치면서, 혼신의 힘을 다해 주먹을 휘둘렀다!

"……아야야야야야야! 앨리스, 이거 진짜로 부러졌어! 부러졌다고! 부러졌던 밀이야!"

내 주먹을 희생한 대가로 골렘의 가슴에 금이 갔다.

내 의욕은 2초 만에 사라졌다.

"부러지면, 부러졌다고 소리칠 여유가 없는 법이지. 그러니 부러지지 않았다."

"이상해! 그 논리는 진짜 이상하다고! 너를 만든 릴리스 님만큼이나 너도 이상해!"

나는 앨리스에게 독설을 퍼부으면서 골렘이 뻗은 팔을 피해 뒤로 돌아간 후, 이번에는 골렘의 등에 발차기를 날렸다.

하지만 골렘은 자세를 무너뜨리는 일 없이 뒤돌아서 두 팔을 벌려 나를 붙잡으려고 들었다.

나는 골렘과 두 손을 맞댄 후, 조금이라도 시간을 끌기 위해 힘겨루기를 시작했다.

"앨리스, 왠지 오늘은 평소보다 전송이 늦지 않아?! 뭐가 어떻게 되고 있는 거야~?!"

앨리스는 내 외침을 듣고 손을 탁 치더니.

"아, 내게 탑재된 체내시계에 따르면 저쪽의 현재 시각은 15시 14분. 티타임이군. 조금만 더 버텨라."

"빌어먹을~!"

울부짖는 내 한쪽 무릎이 바닥에 닿았다.

전투복의 파워로도 이길 수 없다니, 이 골렘은 대체 어떻게 되어 먹은 거야?!

이곳은 지구보다 문명이 뒤처진 미개한 세계 아니었어?

지금부터 내 활약이 시작될 거였잖아.

그리고 내가 지금 가장 하고 싶은 말은, 악의 조직이면서 휴식 시간 좀 칼같이 지키지 마!

이대로 가다간 뭉개진다고 판단한 나는 혼신의 힘을 다해 저항하면서 목이 쉬도록 외쳤다.

"제한 해제――――!"

비명에 가까운 그 외침을 듣자마자 앨리스가 나를 꾸짖었다.

"이 멍청이! 캔슬해라! 적은 골렘만이 아니다. 무방비한 쿨다운 상태 동안에 저 여간부가 너를 태워 죽일 거다!"

앨리스의 목소리와 함께 내 머릿속에서 귀에 익은 안내 음성이 울려 퍼졌다.

《전투복의 안전장치를 해제합니다. 괜찮습니까?》

나는 앨리스의 충고를 무시하고 안내 음성에 답했다.

"괜찮습니다! 빨리빨리!"

《안전장치를 해제하면 1분간 제한 해제 행동 후 약 3분간의 쿨다운이……》

"그딴 건 알고 있어! 다 알고 하니까, 빨리해!!"

《안전장치를 해제합니다. 취소할 경우에는 카운트다운 중 캔슬 워드를 말하십시오. 10…… 9…… 8……》

"아아아아아아, 빨리리이이! 주, 죽는다고~!"

울부짖는 내가 말 그대로 쥐포가 될 뻔한 순간.

하늘에서 떨어진 무언가가 골렘에 격돌해서, 그 틈에 조금이나마 태세를 추슬렀다.

이어서 조금 떨어진 곳에 탄내가 진동하는 그리폰이 추락했다.

아마 로제가 공중에서 매달린 채 그리폰에게 불을 뿜은 것이리라.

그리폰이 고통에 몸부림치고 있을 때, 꽤 높은 곳에서 떨어진 로제가 아무 일도 없었다는 듯이 몸을 일으켰다.

"대, 대장님. 저건 틀렸어요. 맛없어요. 비행 능력을 얻을 때까진 못 먹을 것 같아요! 아니, 생고기라서 안 되는 걸지도요!"

너, 이미 맛을 본 거냐.

──바로 그때였다.

《안전장치를 해제했습니다.》

내 머릿속에서 고대하던 안내 음성이 울려 퍼졌다.

"하아아아아아아아!!"

전투복 본래의 힘을 해방하고, 나를 누르는 골렘을 밀어냈다.

"어…… 저기, 대, 대장님……?!"

어마어마한 무게를 자랑하는 골렘을 서서히 들어 올리는 광경에 로제는 숨을 삼키고 멍하니 있는다.

"왔다, 6호! C4다! 지금 골렘에 붙일 테니까 기다려라!"

공중에 들려 다리를 버둥대고 있는 골렘에게 앨리스가 C4라 불리는 플라스틱 폭탄을 붙인다.

"그, 그게 뭐죠? 점토인가요?"

로제가 물어보는 가운데, 앨리스가 폭탄을 붙인 것을 확인하고.

"우랴아아아아아아아아아압!"

나는 기합을 내지르면서 골렘을 힘껏 내던졌다.

"저건 우리 나라의 폭탄이야. 저렇게 작아도 위력이 엄청나."

"포, 폭탄?! 불을 쓰는 적이 있는데 폭탄을 쓰는 거예요?!"

내가 던진 골렘이 나자빠진 틈에 나는 허둥지둥 거리를 벌렸다.

그걸 지켜보던 앨리스의 손엔 이미 기폭장치가 있었다.

"걱정 마. 이 폭탄은 불이 붙어도 타기만 하고 폭발은 안 해."

"그럼 어떻게 폭발시키는데요?"

로제의 의문에 답하듯, 앨리스가 기폭장치를 눌렀다.

"이렇게."

쓰러져 있던 골렘이 굉음과 함께 터져 날아갔다──.

"──아야, 아파. 골렘의 파편이 얼굴에! 야, 앨리스! 내 몸을 방패로 삼지 마!!"

앨리스는 1분이 지나 쿨다운 중이라 꼼짝도 못하는 나를 방패로 삼아서 쏟아지는 파편을 피하고 있다.

"괴, 굉장해……."

이 매정한 깡통을 나중에 어떻게 해 줄까 생각하고 있을 때, 로제는 파편이 얼굴에 튀는 것을 개의치 않으면서 폭발한 골렘이 있던 곳을 넋 놓고 바라보고 있었다.

"으으…… 조금만 더 살살 깨워……. 왠지 날이 갈수록 나를 험하게 대하는 것 같네……."

골렘 파편이 비처럼 쏟아지는 바람에, 그림이 그제야 잠에서 깨어난 듯하다.

"그림도 일어났나. 어이, 다들. 나는 사정이 좀 생겨서 한동안 움직일 수 없어. 미안하지만 3분만 적으로부터 나를 지켜. 뭐, 졸개들은 다른 부대가 막고 있고, 하이네는 스노우가 맡고 있는 데다, 그리폰도 아까 로제가……."

"그 하이네가 이쪽으로 오는 것 같군. 그리고 그리폰도 일어나서 적의를 드러내며 노려보고 있는걸."

"…………"

"……대, 대장님. 저, 이 싸움이 끝나면 맛있는 밥이 먹고 싶어요."

"계속 잠만 자서 상황을 잘 모르겠지만, 나는 맛난 술이 마시고 싶네."

"젠장, 약점이나 잡고 말이야! 얼마든지 사 줄 테니까 도와주세요! 하지만 그럼, 너는 나중에 나한테 혼날 줄 알아!"

<h1 style="text-align:center">3</h1>

"안녕, 6호! 또 만났네!"

하이네는 타오르는 듯한 붉은 눈을 빛내면서 로제에게 보호받고 있는 내 앞에 나타났다.

하이네는 전투복이 쿨다운 중이라 내가 움직일 수 없다는 사실을 아직 눈치채지 못했다.

"오랜만인걸, 불꽃의 하이네. 오늘은 텐션이 하늘을 찌르잖아. 건강해 보여서 다행이야."

지금은 느긋하게 이야기해서 조금이라도 시간을 끌자.

"암, 텐션이 높지! 전장에 있으니까 말이야!! 자! 싸우자, 6호! 일전에는 방해꾼이 나타났지만, 오늘은 끝까지 즐기자고!"

이야기를 적당히 끊고 전투 개시를 선언한 하이네는 손에 불을 만들더니……!

"기, 기다려, 하이네! 이야기하자! 뭐랄까, 나는 전부터 너한테 물어보고 싶은 게 있어!"

내 말을 듣고 하이네가 움직임을 멈췄다.

조금이라도 시간을 끌어야 해!

"물어보고 싶은 거? 그게 뭔데? 말해 봐."

"대체 뭘 먹으면 그런 가슴이 나오나요?"

하이네가 다짜고짜 날린 불을 로제가 황급히 쳐냈다.

"대장님. 예전부터 생각했던 건데 가끔 멍청하네요. 대체 뭘 생각한 거예요? 아니면 아무 생각도 없는 거예요?"

이 자식, 잘도 독설이 나오네.

"흐음, 내 불꽃을 맨손으로 치다니 제법인걸. 아까 여기사는 솔직히 꽝이었지만, 너는 좀 즐거울 것 같네."

공격이 막힌 하이네는 왠지 즐거운 투로 자신의 불을 쳐낸 로제에게 감탄했다.

좋았어. 이럴 때는 다시 말을 걸어서 시간을 끌자……고 생각한 그때.

스노우가 이쪽을 향해 뛰어오면서 울음을 터뜨렸다.

"으아아아아아아아앙! 6호! 6호~! 빙결검이! 얼마 전에 산 빙결검을 저 여자가 녹여버렸어! 너는 특이한 원거리 무기가 있지?! 그걸로 아이스베르그의 원수를 갚아 줘어어어엇!"

야, 멍청아. 이러지 마.

"그 괴상한 무기 말이구나! 좋아! 덤벼, 6호! 듣자니 다스터의 탑에 있던 보물은 네가 가지고 갔다면서? 하핫, 역시 내 안목은 틀리지 않았어. 인간 주제에 꽤 하잖아! 자, 죽도록 싸워 보자!!"

희한하게도 여자가 내게 호의를 보이고 있지만, 전혀 기쁘지 않아!

그때 하이네는 또 불을 날리고, 로제가 그것을 쳐냈다.

"어이, 6호! 아이스베르그의 원수를 갚아줘! 아직 대출도 남아 있는데, 처음 전장에서 녹아버렸단 말이다! 오랫동안 대기 끝에 겨우 손에 넣은 빙결검! 너무 기쁜 나머지 매일 밤 안고 잤던 빙결검⋯⋯!"

제발. 괜한 소리 좀 그만하라고. 내가 촉촉하게 젖은 눈으로 스노우에게 호소하지만.

"⋯⋯어이, 6호. 왜 쭉 그 여자애에게 보호받고 있는 거지? ⋯⋯⋯⋯잘은 모르겠다만, 너 혹시 움직이지 못하는 거야?"

하이네는 간단히 꿰뚫어 보았다.

"——그리폰, 너는 6호한테서 저 애를 떼어내! 그동안 내가 6호를 구워버리겠어!!"

"젠장! 스노우, 이 무능한 녀석! 이 바보야, 두고 보라고~!"

"뭐, 뭐어?! 그것보다 왜 꼼짝도 못하는 거냐! 젠장, 애검도 녹고 열기 때문에 다가갈 수 없는 나는 할 수 있는 일이⋯⋯."

이 녀석, 이런 상황에서 진짜 뭐 하러 온 거냐고!

스노우가 상황을 파악하지 못해 당황한 가운데, 그리폰이 우리를 향해 돌진했다.

그 전에 가로막은 로제는 크게 숨을 들이쉬고.

"내 업화의 바다에 가라앉아라⋯⋯! 영원히 잠들라, 크림슨 브레스!"

일부러 그런 대사를 외치면서, 다가오는 그리폰에게 불을 토했다.

"젠장, 저 계집애와는 정말 상성이 나쁘네! 이제 됐어! 네가 막을 수 없을 큼지막한 한 방을 보여주겠어!"

불길에 움츠러든 그리폰 때문에 속이 끓는지 하이네가 두 손을 쳐들자 그곳에 모여든 불꽃이 점점 커졌다.

"어이, 로제. 아까 그 대사, 꼭 필요해?! 진짜로 그래야 해?!"

"저도 사실은 말하고 싶지 않아요! 할아버지의 유언이니까 어쩔 수 없잖아요!"

내가 로제와 티격태격하는 동안에도, 하이네의 불꽃은 붉은색에서 더욱 뜨거운 푸른색으로 변하더니……!

어이, 아직 3분 멀었어? 옛날 옛적에 지난 거 아니냐고!!

"로제, 너는 할 때 하는 애지?! 저 정도는 버틸 수 있지?!"

"대, 대장님! 그야 폭염 도마뱀을 먹어서 내성이 생긴 저는 불에 상처를 입지 않지만, 문제가 있어요!!"

로제가 절박한 표정을 짓자, 나는 불안한 나머지 물었다.

"뭐, 뭐가 문제인데?!"

"이렇게 남들 다 보는 앞에서 옷이 타버리면 곤란해요! 게다가 저는 이 옷밖에 없는데…….""

"옷 정도는 내가 사 줄게!"

로제는 나를 안고 도망칠 생각인지, 들어 올리려고 하지만.

"하지만 여자로서 저걸 맞으려면 마음의 준비가……! 대, 대장님, 뭐가 이렇게 무거워요?! 으그극, 저는 일각수귀에 필적할 만큼 힘이 센데. 꾸, 꿈쩍도 안 하잖아요!"

"이 전투복이 무거워서 움직이지 못해! 조금만 더 있으면 냉각에 돌린 동력이 회복될 테니까, 그때까지만 나를 지켜 줘!"

우리가 초조해하든 말든, 하이네의 불꽃은 파란색에서 흰색으로 변했다.

"자, 6호! 각오해! 자비를 베풀어서, 일격에 끝내 주겠어!!"

"앗! 저 녀석, 악당 대사 매뉴얼에 실려 있는, 절대로 입에 담아선 안 되는 결정타 대사를 지껄였어! 로제, 이 위기는 어떻게든 회피할 수 있어! 그래! 분명 기특하고 가련한 내 위기를 감지하고 멋진 히어로가 바람처럼……."

로제는 현실 도피를 시작한 나를 어떻게든 옮기려 하면서도.

"대장님, 현실로 돌아오세요! 이대로 있다간 저는 이 많은 사람들 앞에서 알몸 쇼를 하게 된다고요! 그랬다간 시집도 못 가니까, 그냥 내빼도 될까요?!"

"제발 부탁이야! 그렇게 되면 내가 기꺼이 책임질 테니까, 나를 버리지 마~!!"

바로 그때였다.

"위대하신 제나리스 님, 이 여자에게 재앙을! 몸이 굳어라!"

지금 막 불을 날리려 했던 하이네가 온몸이 돌이 된 것처럼 동작을 딱 멈췄다.

"윽?! 뭐, 뭐야?! 말도 안 돼, 이건 저주야?!"

놀란 얼굴을 한 하이네가 당황한 목소리로 외치는 가운데, 마찬가지로 꼼짝도 못 하는 상태인 나는 구원자에게 고마워했다.

"그럼, 살았어! 왠지 처음으로 네가 제대로 도움이 된 것 같아!"

"맞아, 맞아~. 대장도 이제 제나리스 님의 힘을……. 저기, 잠깐만. 대체 지금까지 나를 어떻게 생각하고 있었던 거야?!"

바로 그때, 내 머릿속에서는 고대했던 안내 음성이 울려 퍼졌다.

《쿨다운이 끝났습니다. 전투복의 기능을 사용할 수 있습니다.》

"이제 괜찮아, 로제. 물러나 있어."

내가 그렇게 속삭이자, 로제는 이 녀석이야말로 자신의 라이벌이라는 듯이 그리폰을 노려보았다.

그걸 본 하이네는 속박에서 풀려난 건지 어깨를 으쓱하면서 될 대로 되라는 어조로 중얼거렸다.

"성가시게 됐네……. 원래 오늘은 골렘의 능력을 테스트하는 게 주된 임무였는데……. 네가 작전에 얽히기만 하면 잘 풀리지를 않아. ……저기, 6호. 너, 진짜로 마왕군으로 올 생각은 없어? 원하는 게 뭐야? 아마 웬만한 소원은 다 들어줄 수——."

"전원, 서둘러 6호의 귀를 막아라! 혹은 저 위험한 여자를 한시라도 빨리 처리해!"

앨리스가 하이네의 말을 막으려는 듯이 큰 소리로 지시했다.

"대장님, 저와 이야기 좀 해요! 절대로 적의 말에 귀를 기울이면 안 돼요!!"

"대, 대장, 저딴 여자 말고, 다음에 나랑 밤에 데이트하자!"

그런 소리를 늘어놓으면서 내 귀를 막으려고 조금씩 다가오는 두 부하.

그때, 수많은 전장에서 키운 내 본능이 위험을 알렸다.

"흐억~!!"

거의 반사적으로 엎드려 그 필살의 일격을 간신히 피했다.

내가 허둥지둥 뒤돌아보니, 단검을 뽑은 스노우가 있었다.

"힉! 네, 네놈, 꼼짝도 못하는 게 아니었던 거냐?! 무슨 짓이지?!"

"너야말로 무슨 짓이야! 미쳤냐! 하다못해 내가 배신하면 베라고!! 니네는 대체 뭐야. 내가 넙죽넙죽 마왕군에 넘어갈 거라고 생각하는 거냐?!"

진짜 너무하네!

대체 나를 뭐로 보고…….

"우선 급료는 지금 받는 금액의 세 배를 줄게. 그리고…… 어이, 6호. 서큐버스라는 마물 이름은 들어본 적 있지?"

"들어본 적 있습니다."

"어이, 6호! 공손히 앉아서 이야기 듣지 마라! 적에게 존댓말을 쓰지 마라! 더 듣지 말고 총을 들어!!"

웬일로 초조해진 투로 앨리스가 말을 쏟아냈다.

"거참, 얼마나 신용하지 않는 거야. 아, 안됐군. 불꽃의 하이네. 나는 그렇게 간단히, 돈과 여자에 낚이는 남자가…….."

내가 일어나면서 허리춤에 찬 총을 잡으려고 하자, 하이네는 미소를 지으며 오른손을 내밀었다.

"자, 6호. 이 손을 잡아. 원한다면 어떤 여자든 시중을 들게 해줄게. 몸매가 발칙한 서큐버스, 미성숙한 어리광쟁이 릴림. 마성의 미모를 지닌 뱀파이어, 귓가에서 달콤하게 속삭여 주는 세이렌……."

"어이, 그림! 저주로 저 여자를 입 닥치게 해라! 이대로 매료(charm) 마법을 쓰게 내버려 뒀다간 6호가 더 버틸 수 없다!"

"저기, 매료 마법이야?! 마력이 전혀 느껴지지 않는데……?!"

『앨리스, 미안해……. 나는 이제 틀렸어…….』

『어이, 6호! 정신 똑바로 차려라! 그리고 진심처럼 느껴지니까 일본어로 말하지 마라!』

앨리스가 절박하게 외치는 가운데, 나와 하이네 사이에 하얀 인영이 끼어들었다.

"잡았다~!!"

상황을 보던 스노우가 하이네가 나를 향해 내민 손을 단검으로 벴다.

내게 손을 내밀고 있었기 때문인지, 하이네는 몸에 두르고 있던 불꽃을 해제했다.

지금이 절호의 기회라고 판단한 것이리라.

날카로운 기합과 함께 은빛 섬광이 생겨나더니, 손을 뺀 하이네의 장갑에서 빠진 무언가가 붉은색 빛을 뿜으며 허공에 떴다.

"아앗! 마, 마도석이!!"

하이네는 눈앞에 있는 나와 스노우는 안중에 없다는 듯이 공중으로 날아간 보석을 눈으로 좇았다.

그 시선은 보석을 잡은 앨리스를 향했다.

"……호오, 이건 뭐지? 반응을 보니 무척 소중한 물건 같은데."

"아, 아냐! 딱히, 소중한 건 아닌데……."

말은 그렇게 하면서도, 하이네는 앨리스의 손에서 눈을 떼지 못했다.

나는 앨리스의 옆에 서서 그 보석을 빤히 봤다.

"소중한 물건이 아니라네. 그럼 전리품으로 챙기자고."

"그러지. 적대관계니까 돌려줄 의리도 없고. 소중한 물건이 아니라면 더더욱."

"저, 저기! 그, 그게…… 그건, 그, 소중한……."

하이네는 나와 앨리스의 대화를 듣더니 말끝을 흐렸다.

"그건 마도석이네. 마법사는 촉매를 통해 마법을 써. 보통은 지팡이나 반지, 팔지를 촉매로 쓰는데, 얘는 그 돌을 촉매로 쓰나봐. 그 돌에서는 엄청난 마력이 느껴져. 아마 오랜 시간을 들여 마력을 주입한 끝에 겨우 완성한 촉매일 거야."

우리에게 다가온 그림이 앨리스가 든 돌을 살피고 그 완성도에 감탄하며 알려주었다.

"이게 없으면, 하이네는 어떻게 돼?"

"마법을 못 쓸 거야. 다른 걸로 대체할 수는 있어도, 마왕군 사천왕이라 불릴 정도의 힘은 앞으로 발휘하지 못할걸."

나와 앨리스는 시선을 마주한 후, 다시 하이네를 돌아보았다.

"……히익! 왜, 왜 그런 얼굴로 보는 거야? 어, 어이, 6호? 너는 그 돌을 가지고 마왕군에 올 거지? 응? 내, 내 말 맞지?"

하이네는 울상을 짓고 떠들었지만.

"""우와아……."""

우리의 표정을 본 동료들은 한목소리로 질겁했다.

4

이미 주위에서는 전투 소리가 완전히 그쳤다.

마물도, 병사도, 느닷없이 시작된 마왕군 간부의 돌발 이벤트에서 눈을 떼지 못했다.

그 이벤트란 바로…….

"아니야! 좀 더 애틋하게 올려다보고 몸을 숙여서 가슴 계곡을 강조해! 오오, 울상도 괜찮은걸!"

《악행 포인트가 가산됩니다.》

《악행 포인트가 가산됩니다.》

아까부터 쉴 새 없이 나오는 안내 음성을 들으면서, 내가 디지털 카메라를 잡은 가운데.

"죽고 싶어…….'

하이네는 내 지시에 따르는 한편으로 이쪽을 매섭게 째려보고, 대중의 시선 앞에서 선정적인 포즈를 취하고 있었다.

"좋아. 다음에는 손을 뒤로 짚고 다리를 쫙 벌려 몸을 낮춰 보실까. 야, 그 손 치워! 뒤로 돌리라고! 오오, 반항적인 그 눈빛도 꽤 괜찮은걸! 이런 걸 좋아하는 일부 마니아가 기뻐 날뛰며 비싸게 살 것 같아!"

"흑…… 흐흑……, 흐흐흐흑~…………!"

드디어 진짜로 울기 시작한 하이네를 멀찍이서 보던 로제가 중얼거렸다.

"부, 불쌍해……."

디지털 카메라의 버튼을 누를 때마다, 내 머릿속에서 울려 퍼지
는 **안내 음성.**

그 소리가 들릴 때마다 단말로 포인트를 확인하던 앨리스가 기
쁘다는 듯이 고개를 연신 끄덕였다.

"잘한다, 6호! 더 해라! 더욱 하이네를 몰아붙여라! 후하하하하
하하, 강적이 타락하는 모습을 보니 정말 기쁘구나! 푸흡……! 봐
라, 6호! 그렇게 강함을 뽐내던 하이네의 울상을……!"

내 옆에서는 스노우가 자신의 몸을 감싸고, 이딴 소리를 늘어놓
으며 부들부들 떨고 있었다.

"내 애검의 원수! 실컷 희롱이나 당해라! 후하하하하하하하! 후
하하하하하하하하하!!"

물욕과 출세욕에 빠진 인간성으로 모자라, 남이 몰락하는 꼴을
보고 기뻐하는 취향이라니, 이 녀석은 얼마나 죄가 많은 걸까.

뭐, 이 위험한 여자는 무시하고. 지금은 눈앞에 있는 하이네에
게 집중하자.

"좋아. 다음은 울상을 지은 채 그 자세로 브이 사인을 날리면
서 웃어 봐! ……좋아, 좋아. 슬슬 다음 스텝으로 넘어가보자고.
……그래, 옷이 방해되는걸."

"히익!"

앞으로 더 무슨 명령을 받을지 겁먹은 하이네를 본 로제가 머뭇
거리며 내게 다가왔다.

"대, 대장님. 아무리 적의 간부라고 해도, 더 이상은 좀 심한 것 같아요……. 이제 그만 돌을 돌려주는 건 어떨까요? 하이네 씨가 다시 마법을 쓸 수 있게 되면, 그때 다시 정정당당하게 싸우면 되잖아요."

로제가 그렇게 말하자…….

"앨리스, 앨리스. 내가 말을 들으면 돌을 돌려주겠다고 했던가?"

"그런 소리는 못 들었는데? 너는 분명 이렇게 말했다. '좋아~. 우선 두 손으로 가슴을 모아서 올려다보라고!' 말이지. 시키는 대로 하면 돌을 돌려주겠다는 말은 한마디도 하지 않았다. 저 녀석이 멋대로 착각해서 네 지시에 따랐을 뿐이야."

"너, 너무해……!"

우리의 대화를 들은 하이네가 벌떡 일어섰다.

"이딴 짓까지 시켜놓고 그건 너무하잖아! 주, 죽여 버리겠어! 너를 반드시 죽여 버릴 거야!!"

"오? 마법을 못 쓰는 상태에서 할 수 있으면 어디 죽여 봐. 자, 빨리빨리!"

"크, 크으으윽, 이이이이이이익!!"

하이네는 분해 죽겠는지, 눈물을 흘리고 이를 악물며 나를 노려보았다.

"어쩔 수 없지. 그렇게 이걸 돌려받고 싶어?"

"도, 돌려줄 거야?! 부, 부탁이야! 그건 소중한……, 뭐뭐뭐뭐, 무슨! 너 지금 뭐 하는 거야?!"

나는 전투복의 지퍼 부분 안에 손을 대고 만지작거렸다.

탈착이 불편한 전투복은 비상시를 대비해 이런 부분이 매우 편리하게 만들어져 있다.

　나의 가장 소중한 것이 수납되어 있는 그곳에 하이네의 소중한 물건도 같이 넣어 줬다.

　신사인 나는 하이네가 조금이라도 꺼내기 쉽도록, 팔짱을 끼고 머리와 다리만으로 브리지 자세를 취하며 말했다.

　"자아～ 가져가 봐."

　"……6호, 너, 두고 봐아아아아아아아!!"

　하이네는 그리폰에 올라타고 울면서 돌아갔다.

5

　시내에 있는 작은 술집에서 잔이 부딪치는 소리가 퍼진다.

　"""""건배!!"""""

　싸움을 끝낸 우리는 부대원들과 함께 뒤풀이를 하고 있었다.

　"그나저나 엄청난 공을 세웠구나, 6호! 그 거대한 골렘을 파괴하고, 수단은 좀 그랬어도 마왕군 사천왕을 약화시켜 쫓아냈지. 지휘관을 잃은 마왕군이 패퇴하는 모습은 너도 봤지? 우리 소대가 단독으로 이긴 거나 다름없다!!"

　스노우는 콧노래를 흥얼거리면서 기분 좋게 잔을 기울였다.

　"요새는 마왕군 상대로 선전하고 있는 것 같아! 대장이 오기 전만

해도 나는 전투 때마다 죽었다니깐! 위대하신 제나리스 님, 오늘은 부활의 제단이 아닌 곳에서 눈뜨게 해 주셔서 감사하옵니다!"

좁은 술집 안을 휠체어로 넓게 점령한 그림이 그렇게 말하면서 감사의 기도를 올렸다.

"마씨써……. 마씨써……! 때짱님이 오고 부떠 마씨는 걸 빼 떠찌께 머거서 행뽁해요!"

그 옆에서는 로제가 술보다 밥이 더 좋은지, 울먹거리면서 음식을 먹어치우고 있었다.

"그렇지?! 그렇지?! 나를 더 칭찬해도 된다고! ……그건 그렇고, 우리도 슬슬 이 나라 주민들 사이에서 입소문이 돌아도 이상하지 않겠지? 어이어이, 길 가다가 사인 요청을 받으면 어쩔까? 응? 어쩔까~?"

내가 흥겹게 잔을 기울여 술을 단숨에 들이켜자, 술을 홀짝이고 있던 스노우가 입을 열었다.

"뭐, 최연소로 기사 서훈을 받을 정도로 우수한 내가 있으니까 말이다. 이 정도는 당연하겠지. 이대로 계속 공을 세워서, 다시 기사단장의 자리로 올라서고 말겠다!"

너는 평소 별로 도움이 안 되잖아 하고 말하려던 나는 문득 다른 점이 신경 쓰였다.

"최연소로 기사가 됐다고? 그게 몇 년 전 일인데? 그 이전에 넌 지금 몇 살이야?"

"어, 내 나이 말이냐? 열일곱 살이다. 기사 서훈은 열두 살 때 받았지."

내 질문에 태연한 얼굴로 대답한 스노우는 천천히 잔을 기울이는데…….

"야 이 겉늙은이야! 나보다 나이가 많은 거 아니었어?! 네 몸매와 잘난 척하는 태도와 말투 때문에, 나보다 연상이 틀림없다고 생각했다고!!"

"푸웁!!"

스노우는 내 말을 듣고 술을 뿜었다.

"끄악~! 누, 눈이~!!"

스노우가 뿜은 술이 눈에 들어간 그림이 휠체어에서 굴러 떨어지더니, 바닥에서 버둥거렸다.

술이 기도로 들어간 건지 눈물이 찔끔 난 것 같은 스노우가 입가를 닦으면서 고함을 질렀다.

"네놈, 기사라고는 해도 나 또한 여자다! 겉늙은이라는 말은 너무 심하지 않느냐!"

"시끄러워, 이 연하야! 너는 나이든 지위든 나한테 꿀리는 주제에 반말을 지껄인 거냐!"

나는 의자에서 몸을 뒤로 젖히고, 스노우에게 잔돈을 던졌다.

"야, 너. 빵 좀 사와."

"갈 것 같으냐? 그런 일은 점원한테 시켜라! ……하아, 네놈이 나이가 더 많다면, 좀 똑 부러지게 행동하는 게 어떻겠느냐? 슬슬 대장으로서 자각을 가지고……."

스노우가 불만을 늘어놓자 로제가 눈을 빛내고 식사를 멈췄다.

"드디어 스노우 씨가 대장님을 대장님으로 인정했어요!"

"아, 아니다! 나는 대장의 각오와 책임을 설파한 거지……!"

"누가 수건 좀 가져와아아!"

우리의 민폐 소동도, 술집 안의 소란에는 대적할 수 없다.

왕국 주민들에게도 오늘의 승리가 전해져 이 자리에 있는 모두가 들뜬 상태였다.

이렇게 시끌벅적한 밤에, 우리는 한때의 연회를 즐겼다.

"──휴우……. 그런데 앨리스는 오늘 안 왔어?"

그림이 몇 잔째인지 모를 잔을 비우고 약간 발그레해진 얼굴로 내게 물었다.

음식을 먹을 수 없는 안드로이드이기 때문에 술집에 올 수 없다고는 말할 수 없었기에…….

"앨리스 말인가. 아무래도 이 시간의 술집은 애들 교육에 좋지 않잖아. 내 방에 먼저 보냈어."

내 말을 듣던 스노우가 약간 감탄한 표정을 짓더니, 술을 홀짝이면서 입을 열었다.

"전장에도 데려가고 이제 와서 교육을 따지는 것도 이상하지만……. 그 애는 입이 험하기는 해도 엄청난 재능을 지녔지. 뭐랄까, 지능 수준이 장난이 아니다. 성의 서고에 보관된 모든 책을 하루 만에 다 읽었다는 농담 같은 이야기도 들었거든."

"저는 상점가에서 상인과 교섭하는 앨리스 씨를 본 적 있어요."

"꿀꺽, 꿀꺽…… 푸하~! 나는 치료술사 대기소에 뭔가를 가지고 가는 앨리스를 본 적이 있어!"

그 녀석, 나 몰래 이런저런 일을 하고 있구나.

"상인에, 치료술사? 어이, 6호. 요즘 무기와 방어구 질이 좋아지고, 상인들의 인심이 좋아졌다든지, 이런저런 신약이 발매됐다는 이야기를 들었는데……. 혹시 앨리스와 관계가 있는 것이냐?"

"몰라."

모른다고 해도, 틀림없이 관계가 있을 것 같지만.

스노우가 미심쩍은 눈으로 나를 보고 술로 입술을 축이더니.

"……흥. 뭐, 네놈들의 정체는 아무래도 상관없다. 현재 너와 앨리스는 우리 부대에 꼭 필요한 존재거든. 하지만 착각하지 마라. 나는 아직 네놈을 인정하지 않았으니까!"

"어이. 로제, 봤지? 이게 바로 츤데레라는 거야. 이 녀석, 입으로는 이딴 소리를 하지만, 내가 좋아 죽는 게 분명하다고."

"아하~! 스노우 씨가 대장님에게 시비를 거는 것도 다 애정 표현인가요! 하나 배웠어요!"

"헛소리 하지 마라! 확 베어버린다! 애초에 네놈은 처음 만났을 때부터……."

"거기 미남 오빠, 술 더 줘~!"

즐거운 시간은 순식간에 지나가는 법이다.

이날은 내가 이 세계에 와서, 가장 시간이 빠르게 흐른 밤이었다.

6

──완전히 곯아떨어진 6호를 부축해 가게 밖으로 끌어냈다.

마찬가지로 가게에서 나온 동료들이 얼굴이 새빨개진 6호를 향해 웃으며 말했다.

"대장님, 오늘 잘 먹었어요! 저, 이렇게 배부르게 먹은 건 정말 오래간만이에요!"

"나도 잘 먹었어! 자, 로제. 너는 나와 더 있자! 오늘 밤에는 최고 기록을 낼 수 있을 것 같아!"

그림이 왠지 불온한 말을 입에 담자, 휠체어를 밀어 주던 로제가 말했다.

"관두자. 나는 배부르니까 이제 자고 싶어. 할 거면 혼자서 해. 그리고 할아버지가 일찍 자고 일찍 일어나라는 말을 남겼단 말이야~."

"너 말고는 내 기록을 증명해 줄 사람이 없어! 자, 가자!! 전쟁에서 승리해서 들떠 있는 커플들에게 지옥을 보여주는 거야!"

"아————……."

그림에게 팔을 잡혀 끌려가는 로제를 배웅한 후, 6호와 함께 성으로 향했다.

"흐아아아아아아, 잘 마셨다~! 어이, 그 가게 언니는 진짜 귀엽지 않았어?! 엉덩이 좀 만졌다고 그런 반응을 보이다니, 진짜 신선하더라고!"

유쾌해 보이는 6호…… 아니, 바보 멍청이가 쓰레기 같은 소리를 지껄였다.

"……네놈은 자기가 우리 나라의 기사임을 자각하는 게 어떠냐? 죽었다 깨도 너는 바보겠지만, 같은 기사인 나까지 너와 동급으로 인식된단 말이다."

"이 바보야! 나는 전투원의 예의에 따랐을 뿐이라고! 매뉴얼에 있는 것도 모르는 거냐~? 귀여운 웨이트리스를 칭찬해 주는 방법은 『헷헷헷, 언니는 엉덩이가 참 끝내주네~! 술 한잔 따라 봐!』라고!"

술에 완전히 취한 탓인지 이 바보는 평소보다 더 알아먹지 못할 소리를 했다.

"거참…… 어이, 그쪽이 아니다. 이쪽이다, 이쪽! 이, 인마! 이런 데서 볼일 보려고 하지 마라!!"

비틀거리는 6호를 억지로 성의 숙사로 끌고서 방 앞까지 데려갔다.

"여어, 6호. 돌아왔느냐. 거참 심하게 취했군. 이 바보는 대체 얼마나 마신 거지?"

6호가 돌아올 때까지 기다린 건지, 문을 두드리자마자 앨리스가 맞이해 주었다.

"정말 지독했다. 술통을 가져오라고 떠들질 않나, 자기가 오늘은 부자라고 외치며 술집에 있는 녀석들 돈을 대신 내질 않나……."

"이 녀석은 돈을 모을 줄 모르거든. 돈이 생기면 탕진하는 남자니까 어쩔 수 없지. 수고했다."

이런 어린애한테 이런 소리를 들을 줄이야.

이런데도 이 바보는 자기가 연상이라고 으스대니까…….

"수고했어, 스노우짱! 상관을 수행하느라 수고했어! 자아, 굿나잇 쪽쪽을 하라고!!"

"그렇게 부르지 마라, 이 주정뱅이야! 멍청한 소리 그만하고 빨리 잠이나 자라!"

헛소리를 늘어놓는 주정뱅이를 방 안으로 걷어찬 후, 그대로 자신의 방으로 향했다.

정말……. 저딴 녀석이 용케도 지금까지 살아남았다는 생각이 들었다.

그리고 보니 처음 만났을 때부터 무례한 녀석이었다.

뭐, 이제 와서는 실력 하나만큼은 인정하지만…….

하지만 뭐? 스노우 양?

"6호 자식, 사람을 끝까지 바보 취급 하다니……. 언젠가 내 손으로 베고 말겠다!"

뭐, 지금까지 같은 부대에서 함께 싸운 만큼 이제는 그럴 수도 없다는 것을 알지만.

인정하고 싶지 않지만, 그 남자는 나보다…….

"호오, 6호 경을 베겠다고요? 농담으로 흘려 넘길 수 없는 소리를 하는군요."

느닷없이 그런 말이 들려오자, 화들짝 놀라며 돌아보았다.

"참모님……."

그곳에는 대머리나 다름없는 머리를 모자로 숨겼으며, 한쪽 눈에 흉터가 있는 남자가 있었다.

"오, 오해하지 마십시오, 참모님. 방금 그 말은……. 딱히 진심으로 6호를 베겠다는 게 아니라 말이죠…….”

뭐, 항상 사람들 앞에서 그 남자를 베겠느니 죽이겠느니 소리를 당당히 했으니, 이제 와서 당황할 필요도 없지만…….

그러자 참모는 한 손을 내밀어서 내 말을 가로막았다.

“괜찮아요. 괜찮고말고요. 심정은 이해하니까요. 불쑥 나타난 정체불명의 무례한 남자가 멍청한 짓을 저질렀고, 그 책임을 지게 되었죠. 게다가 강등을 당한 당신과 달리 그 남자는 대장으로 발탁되더니, 비겁한 수단으로 공적을 쌓고 있습니다. 원한이 안 생길 리가 없지요.”

참모는 멋대로 납득하며 고개를 끄덕였다.

아니, 딱히 원한은 없는데…….

하지만 무례한 남자라는 부분만은 매우 공감했다.

“맞습니다! 그 남자는 바보에, 무례하고, 품위가 없는 데다, 항상 제 심기를 건드리고……. 그 녀석은 남을 놀리는 것을 삶의 낙으로 삼고 있는 것 같다니까요!”

술에 센 편이 아니라서 그런지, 취한 상태로 평소의 분노를 토해냈다.

“그 마음을 이해합니다! 저한테도 사사건건 아저씨니 뭐니…….
이야, 스노우 경과는 마음이 잘 맞군요.”

그렇게 말하고 옆에 선 참모는 내 어깨에 은근슬쩍 손을 올렸다.

마음이 맞아? 뻔뻔하긴.

내가 아직 하급 기사였던 시절, 출신을 가지고 나를 실컷 멸시한 것은 아직도 기억하고 있다.

그런 생각을 하면서 참모의 손을 신경 쓰고 있을 때였다.

"음, 스노우 경은 슬슬 원래 지위로 돌아가도 될 정도의 공적을 쌓았죠. 어떻습니까? 이제 근위기사단으로 돌아가고 싶지 않습니까?"

"도, 돌아갈 수만 있다면 그러고 싶습니다!"

빈민가의 고아 출신인 내가 얼마나 고생해서 그 지위까지 올라갔는지.

신분 차이 때문에 시기받고, 괴롭힘을 당한 적은 셀 수도 없을 만큼 많다.

그런데 다시 대장의 자리로 되돌아갈 수 있다!

……하지만 지금 내가 속한 부대는 어떻게 될까.

생각해 보니, 그 공적은 자신이 개인적으로 쌓은 것이 아니라 부대 전체의 공적이다.

그렇다면 내 기사단에 부대원들을 편입시키면 된다.

내 부대인 만큼, 그림과 로제도 평등하게 대해 주자.

그리고 앨리스는 똑똑하니 작전 입안을 맡기도록 할까.

그리고 그 바보는…….

말버릇도, 머리도, 성격도 나쁜 남자지만, 전투 면에서는 나보다 낫다.

뭐, 혼자 따돌리는 것도 좀 그러니 그 녀석도 받아 줘야지!

──그때, 내가 어떤 표정을 짓고 있었는지는 알 수 없다.

하지만 참모는 내 표정을 보더니 만족한 듯 고개를 끄덕였다.

아까부터 내 어깨에 올린 손이 거슬렸지만, 그것을 지적해 상대방이 불쾌해하면 곤란하다.

이 불쾌감은 나중에 그 남자에게······.

"음, 스노우 경도 기뻐하는 것 같군요. 그래요. 마물의 피가 섞인 괴이한 계집이나 사신 숭배자와 같이 있고 싶지는 않겠죠. 압니다. 잘 알고말고요."

그 말을 듣고 머리에 열이 올랐지만, 어찌어찌 마음을 진정시켰다.

이러니까 그 남자에게 성미가 급하다고 놀림받는 것이다.

"그건 그렇고······. 스노우 경, 6호 경 말입니다만. 일전에 당신은 알현실에서 폐하께 이렇게 말했지요. 그 남자가 외국의 스파이라고."

그러고 보니, 처음 만났을 때 그런 소리를 했던 것이 생각났다.

"아, 그건 저의 착각입니다. 뭐랄까, 그 남자는 스파이처럼 잘 처신하지 못할 겁니다. 오히려 살기 편하면 임무를 포기하고 그대로 적국에 안주할지도 모릅니다."

그렇다. 그 멍청이가 스파이 활동 같은 고도의 임무를 수행할 수 있을 리가 없다.

솔직히 딱 봐도 너무 수상하잖아.

······하지만 참모는 고개를 저었다.

"그건 모를 일입니다. 그 남자는 지금까지 수많은 공을 세웠지요. 그렇다면 본성을 숨겼을지도 모를 일. ······당신은 총명하고, 항상 이 나라를 걱정한 분입니다. 그런 당신에게 부탁할 것이 있습니다. 6호 경을 은밀히 감시해 주지 않겠습니까? 스파이라는 증거를 찾아줬으면 하는 겁니다. 진위에 상관없이——."

——터벅터벅 숙사의 복도를 걸으며 아까 참모가 한 말을 떠올린 나는 한숨을 내쉬었다.

근위기사단으로 돌아가는 대신, 6호가 스파이라는 증거를 찾아야 한다.

진위는 상관없다고 말한 것을 보면, 그 바보를 실추할 무언가를 가지고 오라는 소리이리라.

……나라가 멸망에 위기에 빠졌는데, 그 참모는 자신의 출세에만 관심이 있는 것이다.

『난 그 참모 아저씨가 싫다고. 그 자식은 자기만 챙기는 야비하고 비겁한 놈의 냄새가 나.』

6호가 했던 말이 이제 와서 생각났다.

네가 할 소리는 아니라고 말해 주고 싶은 말이지만, 지금 생각해 보면 왠지 그 바보가 훨씬 낫다는 생각이 들었다.

나는 또 한숨을 쉰 후, 맥없이 6호의 방을 향해 걸음을 옮겼다.

내 손에는 6호에게 전해 달라고 부탁받은 이번 특별 포상금 주머니가 쥐어져 있었다.

"6호 경을 만나러 갈 구실이 생겼군요……는 무슨! 젠장, 이런 시간에 방에 찾아가면 그 바보가 또 뭐라고 떠들어댈지……."

……어쩔 수 없다. 기사단 복귀는 포기하자.

그 녀석들과 함께 공적을 쌓다 보면, 다시 예전 지위로 돌아가는 날이 올 것이다.

6호의 방 앞에 선 나는 마음을 진정시켰다.

그 남자라면 우선 비아냥거리고, 음담패설을 늘어놓은 후, 사람을 놀려댈 게 틀림없다.

심호흡해서 마음을 가라앉히고 임전태세를 취했을 때, 방 안에서 목소리가 들려왔다.

"그건 그렇고, 나 너무 활약하는 거 아냐? 이러다 국왕이 자기 딸인 티리스와 결혼해서 이 나라를 다스려 달라고 말하면 어쩌지? 이 나라는 일부다처제가 허용할까?"

이 녀석은 대체 머릿속이 어떻게 되어먹은 걸까.

"내가 알까 보냐. 그리고 티리스는 미소녀라고 생각하는데, 아내 한 명으로는 만족하지 못하는 거냐?"

"아, 불만이 있는 건 아냐. 그래도 우리 부대는 여자밖에 없잖아. 그 녀석들이 나와 티리스의 결혼식 전날 밤에, 나…… 실은 대장을…… 같은 난처한 상황이 벌어질지도 모르거든."

……지, 진짜로 이 녀석은 머릿속이 어떻게 되어먹은 걸까.

"……나는 꽤 다양한 지식을 습득해서 웬만한 것은 예상이 가능하고, 이해하지 못할 일도 없을 줄 알았다. 그런데 아직 갈 길이 먼 것 같군."

"그래? 잘은 모르겠지만, 너는 하면 할 수 있는 애야. 힘내."

저 녀석을 돌보는 앨리스가 왠지 안되었다는 생각이 들었다.

"하지만 스노우를 아내로 삼는다면, 매일 다른 의미에서 자극을 받을 수 있겠네."

그냥 넘길 수 없는 말을 들은 순간, 머리끝까지 피가 치솟는 것이 느껴졌다.

독설을 퍼부어 줄 생각으로 문손잡이를 움켜쥔 순간……!

"……맞아. 키사라기의 간부 루트도 확립해 둬야지. 슬슬 스파이 임무를 본격적으로 끝내 볼까. 이번 공적은 상당하잖아. 포상금으로 아지트라도……."

"어이, 6호. 기분이 좋은 건 알겠지만, 목소리가 너무 크다. 그런 이야기는 일본어로……."

참모에게 받은 가죽 주머니가 바닥에 떨어지며 묵직한 소리를 냈다——.

【중간 보고】

이 별의 조사는 거의 완료.

이제부터 앨리스와 함께, 침략의 발판이 될 아지트 확보를 우선하겠습니다.

앨리스가 현지에서 행한 자금 운용 덕분에, 아지트 구입에 충분한 비용은 확보 완료.

조건에 걸맞은 아지트를 얻는 즉시, 다시 연락하겠습니다.

……현재까지는, 임무 수행에 지장 없음.

보고자 : 전투원 6호

5장 히어로가 되기 위해

1

"──그게 무슨 소리냐."

느닷없이 문을 열어젖힌 스노우가 주먹을 쥐고 떨리는 목소리로 그렇게 말했다.

"……스파이라는 게, 대체 무슨 소리지?"

……가장 듣지 않았으면 하는 녀석이, 가장 들어선 안 되는 이야기를 듣고 만 것 같다.

어쩌지? 어떻게 얼버무릴까?

바보인 척하면 어떻게든 되려나?

하지만 전투 때문에 머리에 병이 생겼다는 설정인데, 더 문제가 있다는 오해를 사는 건 사양하고 싶다.

이렇게 되면 적반하장이다! 적반하장으로 나가는 수밖에 없다!

"인마, 노크도 안 하고 문을 열어? 대체 교육을 어떻게 받은 거야? 내가 특수한 짓을 하고 있었다면 끔찍했을 거라고! 혹시 문을 열었을 때 내가 옷을 갈아입고 있다거나 같은 에로 이벤트를 기대한 거냐?! 이 찌찌녀야!"

"그 이전에 이딴 주정뱅이의 헛소리를 철석같이 믿고 방에 난입하는 녀석이 어디 있냐. 넌 언젠가 나쁜 남자한테 걸릴 거다. 그러니까 평소에도 6호에게……."

내 의도를 눈치챈 앨리스가 연이어 그렇게 말했지만, 몸을 부르르 떨며 고개를 숙이고 있는 스노우를 보자…….

"……어이, 6호. 이건 틀렸다. 포기해."

진짜냐. 지금 포기했다간 적국의 스파이로서 목이 달아가는 거 아니냐.

이대로 처형당할 수는 없기에, 스노우를 어떻게든 속이려고 머리를 굴리고 있을 때…….

"너희의 정체는 묻지 않겠다. 그것이 지금까지 이 나라를 지킨 너희에게 줄 최소한의 보답이다."

이를 악물고, 주먹을 쥐고.

"여기서 나가라. 그리고 내 앞에 나타나지 마라……."

끝까지 우리 얼굴을 안 보고, 스노우가 힘없이 중얼거렸다──.

"──예이~! 1등~! 나는 이 방이 좋아! 히얏호~! 침대 무지 커어어어어~!"

"어이! 치사하다, 6호! 그럼 나는 2층 화장실과 1층 화장실을 점령하겠다!"

나와 앨리스는 일시적인 거점으로 쓸 집을 빌렸다.

변두리에 있는 조그마한 집이지만, 악의 조직의 비밀 아지트로는 괜찮아 보인다.

"너, 너! 너는 화장실 안 쓰잖아! 2층 화장실은 나한테 넘겨!"

"그럼 화장실 대신 가장 큰 이 방을 내게 넘겨라."

나와 앨리스는 집 안을 탐색해 나가면서 방을 정했다.

"여기는 내 방에 금방 놀러 갈 수 있는 위치로군. 좋아. 아스타로트 님의 방은 여기면 되겠지. 멋대로 방문에 이름을 적어 두자. 방이 가까우면 목욕 직후의 아스타로트 님을 감상할 수 있겠어."

"……그래? 뭐, 좋을 대로 해라. 참, 6호. 네가 매일 기사 흉내를 하며 노는 동안, 이 주변의 유용한 자원과 생태계 조사를 얼추 마쳐 뒀다."

이 녀석은 내가 안 보는 데서 뭘 하다 싶었더니, 그런 걸 하고 있었던 건가.

애초에 그런 임무를 받았다는 것을 까맣게 잊고 있었다.

"너 의외로, 진짜 고성능이야?"

"당연하지. 이제 와서 무슨 소리를 하는 거냐. 그리고 과도하지 않게 새로운 소재와 신약을 제공하면서 인맥도 만들었고, 선물거래로 활동자금도 늘렸다."

진짜냐.

"앨리스 님, 용돈 주세요. 매일 돈을 펑펑 써댔더니, 이 집을 빌리면서 빈털터리가 됐어."

"……안드로이드에게 용돈을 달라고 조르는 거냐? 그것보다,

좀 옆길로 새기는 했지만, 슬슬 마지막 임무를 완수하도록 할까."

우리에게 남은 마지막 임무.

"……그래. 지구와 이곳을 이을 전송기는 이 집 지하에 설치하면 되는 거지?"

"그래. 다소 시간이 걸리겠지만, 클린룸으로 개조하면 소형 장치는 충분히 설치할 수 있을 거다. 그럼 오늘부터 바로 장치의 부품을 전송받도록 하지."

왠지 임무의 중요도에 비해 손쉽게 완수한 것 같네.

전송기가 완성되는 대로 지구의 전투원을 불러서 이 나라를 내부에서부터 침략할 것이다.

우리의 힘이라면 마왕군 따위는 적수가 아니리라.

키사라기의 현대 병기와 물량에 이 별은 금방 유린당할 것이다.

"이번 임무는 간단했군. 서바이벌도 안 했고, 총알이 빗발치듯 쏟아지지도 않았어. 대신 불덩어리가 날아왔지만……."

응. 뭐…….

다 끝나고 보니, 꽤 즐거운 임무였다.

"왜 그러지? 혹시 고민이 있다면 말해 봐라. 나는 너를 서포트하기 위해 만들어졌다. 이야기 정도는 들어주마."

앨리스는 침대에 털썩 드러눕더니, 나를 향해 얼굴을 돌리며 그렇게 말했다.

"……딱히 고민 같은 건 없어. 나는 악의 조직에 속한 전투원이야. 지금까지도 실컷 악행을 저질러 왔으면서, 여기만 침략하지 않는다는 것도 이상하잖아. 그것보다, 지구에 돌아가면 시원한

맥주를 실컷 마셔야겠어. 여기 술은 미지근하거든. 그리고 이번 만큼은 간부들이 돈을 쓰게 할 거야. 이렇게 가스도, 전기도 없는 미개한 별에는 아무 미련 없다고~! 이 정도 공적이면, 나는 당당히 대간부가 될 수 있어!"

앞으로의 밝은 미래를 상상하며 큰소리치는 내게, 앨리스는 천장을 올려다보며 말했다.

"……그래. 그럼 됐다. 6호, 나는 방 개조 및 전송기 조립에 착수하겠다. 이제부터 한 달 동안, 방해가 되지 않도록 다른 데서 대충 놀고 있어라."

……한 달?

"왜 그렇게 오래 걸리는 거야? 조립은 후다닥 끝날 거 같은데."

"……너는 정말 사람 말에 귀를 기울이지 않는군. 이곳에 오자마자 가르쳐 줬을 텐데? 전송기를 조립하더라도, 이송 공간을 안정시키는 데 한 달가량 걸린다고 말이다."

그러고 보니 그런 말을 들었던 것도 같았다.

"……그동안 엄청 한가해지는데."

"그러니까 나를 방해하지 말고 다른 데 가서 놀아라. ……그러고 보니, 요즘 마왕군이 묘한 움직임을 보인다더군. 용사님이라는 녀석이 마왕군 간부 하나를 어떤 동굴로 몰아넣었는데, 다른 간부가 용사가 왕도를 벗어난 틈을 노려 병력을 모으고 있다는 것 같다. 용사가 자리를 비운 사이, 이 나라를 유린할 작정이겠지."

이 녀석은 대체 어디에서 이런 정보를 가져오는 걸까.

그건 그렇고, 그렇군…… 마왕의 군대가……!

"꼴좋다! 그 망할 여자, 나를 쫓아낸 걸 뒤늦게 후회하라고! 스파이인 나한테도 조금은 잘못이 있지만, 나는 엄청난 공적을 쌓았으니까 사정 정도는 들어줘도 될 거 아냐!"

"대부분의 나라에서 스파이는 사형이지만, 뭐, 따지지 않고 쫓아내기만 한 것은 어쩌면 그 녀석 나름대로의 답례일지도 모른다. 그것보다, 용사님이라는 녀석이 만일 지기라도 한다면, 이 나라의 패색이 짙을 텐데 말이야. ……그래도 괜찮겠느냐?"

앨리스가 의미심장한 투로 말하자, 나는 속내를 들킨 듯한 느낌이 들었다.

"……뭐, 뭐야. 나는 히어로가 아니니까, 안 도와줄 거야."

그렇다. 나는 악의 조직에 속한 전투원이다.

아무런 이득도 없는데, 위험을 무릅쓰고 남을 돕는 건 미학에 어긋난다.

뭐, 그 여자가 도와달라고 엉엉 울며 애원하면 한 번쯤은 생각해보겠지만.

게다가 반항적인 그 녀석은 그렇다 쳐도, 로제와 그림은 내 부하이기도 했잖아.

하지만 그것만으로는 도와줄 이유가 너무 부족하다.

갈등하는 내게.

"어이, 6호."

자칭 고성능 파트너가.

"우리가 노리고 있는 침략지를 다른 동업자가 들쑤시는 건 불쾌하지 않겠느냐?"

안드로이드 주제에 능글맞게 웃으며 말했다.

2

"──마왕군에서 불온한 움직임?"

"예, 대장님. 감시병의 말에 따르면, 며칠 안에 쳐들어올 우려가 있다고 해요."

"……그래. 수고했다, 로제. ……아, 그리고 나는 대장이 아니라 예전처럼 이름으로 불러도 된다."

내가 그렇게 말하자, 로제는 순진무구한 미소를 지었다.

"……예! 알았어요, 스노우 씨!"

……나도 로제처럼 솔직하게, 그리고 유연하게 생각할 수 있었다면, 그 남자를 쫓아내기 전에 이야기 정도는 들어 줬을까.

그런 자조 섞인 생각을 떨쳐내려는 듯이, 나는 기사단의 대원들을 향해 말했다.

"지금부터 두 조로 나눠서 모의전을 실시하겠다! 가상의 적은 마왕군 정예부대!"

내 말을 들은 대원들은 힘차게 대답하고 훈련을 시작했다.

이런 형태로, 이 부대에 돌아오게 될 줄이야…….

이 부대에 돌아온 경위를 떠올리고, 무심코 인상을 찡그렸다.

그 남자가 나간 후, 멋대로 착각한 참모가 희희낙락하면서 나를 근위기사단 대장 자리로 되돌려 놓았다.

나는 그러려고 그 남자를 쫓아낸 것이 아니다.

나 자신은 돈과 출세에 남들보다 욕심이 있음을 알지만, 이런 식으로 원래 지위로 돌아온 것을 솔직하게 기뻐할 수는 없었다.

……내가 생각해도 복잡한 성격이다.

그런 짜증이 표정에 드러난 것일까.

로제가 머뭇거리면서 내게 말을 건넸다.

"저기, 스노우 씨에게 보고할 일이 하나 더 있는데요……."

"뭐지? 좋은 소식이냐? 나쁜 소식이냐?"

더는 나쁜 소식을 듣고 싶지 않은데…….

"그, 글쎄요……. 그게, 그러니까……. 요즘 거리에 밤이면 밤마다 변태가 나타난다고 해요."

"……그래? 하지만 그건 경찰이 처리할 일일 텐데?"

하지만 로제는 내 의문에 난처한 표정을 짓고 말했다.

"목격자의 정보에 따르면, 그 변태는 이상야릇한 검은색 갑옷을 입은 사람이라고 하는데요……."

3

"어이, 아가씨. 이제부터 이 오빠가 마술을 보여줄게! 어째, 손도 안 댔는데 바지의 지퍼가 내려간다고~!"

"꺄아, 변태! 누, 누가 좀 도와줘어어어어어어!!"

이런 시간에 여자애가 혼자서 돌아다니다니, 부모에게 교육을 대체 어떻게 받은 걸까.

나는 도망치는 소녀를 지켜본 후, 귀에 익은 포인트 가산 안내 음성을 들으면서 바지의 지퍼를 올렸다.

　"아이고 망측해라. 이 나라의 앞날이 정말 걱정되는걸. ……휴우, 오늘 밤은 이걸로 여섯 명. ……다음은 저 뒷골목을 쏘다니는 애를 노려볼까?"

　시간으로는 어느새 밤이 깊어, 날짜가 바뀔 무렵.

　나는 뒷골목을 혼자서 걷고 있는 소녀를 쫓아갔다. 주위에는 아무도 없다! 지금이 기회다!

　"오오오오오, 나를 봐라아아아아아아아아!!"

　"꺄아아아아아!!"

　나는 두 손을 펼치며 그 소녀를 막아섰다.

　"자아, 아가씨! 용기를 내서 내 바지의 지퍼를 내려 보렴~!"

　"꺄아아아아아, 더럽혀지겠어~!!"

　그 소녀는 느닷없이 나타난 나를 보고 놀란 건지, 지면에 털썩 주저앉아서 꼼짝도 하지 않았다.

　"후헤헤헤헤, 딱히 건드리진 않을 거니까 안심하라고! 비명을 지르며 도망쳐 주기만 하면 돼! 자아, 빨리 도망치지 않으면, 이 지퍼가 저절로 내려갈 거야!!"

　"꺄아아아아아! 건드리지 않는다는 말은 거짓일 거야! 달콤한 말에 내가 안심한 순간, 어둑어둑한 곳으로 끌고 가 능욕해서 나를 성노예로 만들 속셈이지?!"

　나는 꺄아꺄아~ 하고 울고불고 난리를 치는 소녀를 조금 안심시키기 위해…….

"안심해. 나도 피치 못할 이유가 있어서 너를 건드릴 수는 없어! 자, 빨리 일어나서 도망치지 않으면, 뭘 볼지 모른다고~."

그렇게 말한 후, 지퍼를 한 손으로 잡은 채 살금살금 그 소녀에게 다가갔다.

"거짓말! 거짓말이야! 분명 이대로 나를 납치해서, 그 끓어오르는 욕망을 나한테 풀려는 거지?! 아얏, 어쩌면 좋아?! 당신에게 쫓기다 넘어지면서 다리를 삔 탓에 움직일 수가 없어! 꺄아아아아아아앗!!"

"너, 너, 넘어지지 않았잖아……. 그리고 납치할 생각은 없고, 일반인을 건드리지도 않아. 그저 나를 보며 불쾌감이 들기만 하면……."

"싫어어어엇! 거짓말! 이런 미소녀가 한밤중에 무방비하게 돌아다니는데, 가만히 둘 리가 없어! 분명 아름다운 바다 근처의 인적 드문 새하얀 집에 끌려가서, 성노예가 된 끝에 아이를 세 명 정도는 낳게 될 거야! 첫째는 물론 남자애! 둘째는 여자애! 셋째는 어느 쪽이 좋아?!"

이 아이는 뭐야. 진짜로 뭐냐고.

"아, 아니, 저기……. 어, 어라, 이상하네. 악행 포인트가 가산되지 않아……. 어이, 너. 진짜로 싫어하는 거 아니지? 그냥 좀 봐주기만 하면 된다고!"

내가 필사적으로 설득했지만, 소녀는 귀를 막은 채 싫다는 소리만 반복하며 고개를 저어댔다.

"싫어어어어어! 보기만 하는 건 싫단 말이야아아아아아아아!!"

"좀 보라고ㅇㅇㅇㅇㅇㅇㅇㅇㅇㅇㅇ!!"

"──그럼 내가 봐 주지."

골치 아픈 소녀를 어쩌면 좋을지 곤란할 때, 등 뒤에서 들린 목소리에 안심하고 돌아봤다.
"뭐야, 그렇게 보고 싶어?! 그럼 보여주지! 나의……."

그 사람은 바로 스노우였습니다.

"나의…… 뭐? 계속해 봐라. 대체 뭘 보여줄 거지?"
내게 붙잡혔던 소녀를 도망가게 하고 불쌍한 사람 보듯 내게 시선을 주는 로제 옆에서 스노우가 냉랭한 얼굴로 팔짱을 끼고 있었다.
"……잘못했습니다."
나는 기어들어가는 목소리로 그렇게 말했다.
"사과할 필요는 없다. 이제부터 뭔가를 보여줄 거지? 봐 준다지 않느냐. 어이, 로제. 저기 술집에 가서 구경꾼을 많이 불러와라. 이제부터 이 녀석이 뭔가를 보여준다는구나. 자, 보여라! 그 변변치 않은 물건을 내가 뚫어져라 쳐다봐주마!"
"사과할 테니까 용서해 주세요! 그리고 변변치 않은 물건이라는 말은 취소해!!"

"——그래서? 네가 인간쓰레기에, 바보에 변태라는 건 잘 알고 있지만, 대체 뭐가 어떻게 된 거지? 납득할 수 있게 설명해 봐라."

나는 인적이 없는 뒷골목에서, 스노우 앞에서 무릎을 꿇고 있었다.

"저, 저기⋯⋯. 이건 마왕군에 대항하는 준비라고 할까⋯⋯."

"⋯⋯넌 혹시 나를 진짜 바보라고 생각하는 거냐? 좀 그럴듯한 변명을 생각하는 노력이라도 해 봐."

그렇게 말하고 스노우가 허리에 찬 검을 잡고⋯⋯.

"아냐! 진짜로 거짓말이 아니라고! 이건 필요한 일이야! 뭐하면 집에 있는 앨리스에게 물어봐!"

"네놈은 바보냐?! 뭘 어떻게 미쳐야 네놈의 변태행위가 마왕군과 관련성이 생기는 것이냐?!"

젠장, 정론을 늘어놓는 거냐!

하지만 이걸 정말 어떻게 설명하면 될지⋯⋯.

"진짜인데! 난 거짓말 안 했는데, 진짠데!!"

"그만 닥쳐라! 그렇게 시리어스하게 헤어졌는데, 이래저래 고민한 시간을 돌려내! 진짜로 우울했던 내가 한심하지 않느냐!"

"대, 대장님, 스노우 씨, 좀 진정하세요! 그, 그것보다! 대장님은 왜 대장을 관둔 건가요? 스노우 씨는 물어봐도 가르쳐 주지 않아요⋯⋯."

당황한 로제가 검을 뽑으려는 스노우를 허둥지둥 말렸다.

그나저나 이 녀석, 우리가 부대를 나간 이유를 아무한테도 말하지 않은 건가.

"날이 갈수록 심해지는 스노우의 성희롱을 견딜 수가 없더라고. 이 녀석, 복도에서 마주칠 때마다 내 엉덩이를 만졌어. 성에 있는 녀석들에게 이렇게 소문을 퍼뜨려 줘."

"내가 뭐가 되냐! 멍청한 뜬소문을 퍼뜨리지 마라! 이제 됐다! 이 남자와 이야기하다간 나까지 머리가 나빠진다. 이번만은 못 본 척해 주겠지만, 만약 또 변태 소문을 접하면 그때는 봐주지 않을 거다!"

스노우는 그렇게 말하며 돌아서고…….

나는 그런 스노우의 등에 대고 말했다.

"머지않아 마왕군이 쳐들어올 거라고 들었어. 무지 강한 이 몸의 도움이 필요해지면, 지금까지 건방지게 굴어서 죄송합니다 하고 굽실대면서 애원하라고!"

"누가 네놈에게 도움을 청할 것 같으냐?! 여전히 사람 성질을 긁는 것만큼은 천재적인 녀석이구나! 이 자리에서 베어 줄까?!"

발끈하면서 돌아선 스노우가 무심코 허리에 찬 검에 손댔다.

"애초에 내 앞에 나타나지 말라고 했을 텐데, 왜 불쑥 나타난 거냐! 이 바보야!"

"네, 네가 멋대로 내 앞에 튀어나온 거잖아! 바보~ 바보~!"

"애도 아니고, 좀 진정하세요! 자, 대장님도! 스노우 씨도!"

로제가 다투고 있는 우리를 필사적으로 말렸지만…….

"로제, 이 녀석은 이제 대장이 아니니까 그렇게 부르지 마라! 이제 됐다! 돌아가자!"

스노우는 그렇게 외치고 다시 뒤돌아섰다.

"너 같은 녀석은 화를 너무 내서 뇌 혈관이나 터져 버려라."

"뭐어?!"

"두 분 다 제발 그만하세요! 안 그러면 물어뜯을 거예요!!"

4

며칠 후.

"저기 있다! 지퍼맨이다!"

"어이, 지퍼맨! 구경 좀 하게 지퍼 내려 봐!"

아이들이 거리를 걷고 있는 내 등을 향해 돌을 던지며 떠들었다.

"저것 봐. 저 사람이 바로 그……."

"……저기, 말 걸어볼까? 어쩌면 지퍼를 내릴지도 모르잖아?!"

학생으로 보이는 여자애들이 멀찍이서 조용히 수군거리고 있었다.

"저, 저기……. 이것과, 이걸……."

가까스로 그걸 다 무시하고, 꼬치구이집 아가씨에게 주문한다.

"예. 도마뱀 고기와 쥐 고기 숯불구이군요. 다 해서 동화(銅貨) 여섯 닢입니다."

내가 그 아가씨에게 돈을 건네주기 위해 손을 내밀자…….

"꺄악!"

…………………….

내가 동전을 잡고 딱딱하게 굳어버리자, 그 아가씨는 미안해하면서도 반쯤 웃음기가 섞인 듯한 표정을 지었다.

"죄, 죄송해요. 저기……. 지퍼를 내리고, 거기서 돈을 꺼내나
싶어서……."

"──우에에에에에에에엥! 앨리스, 내 말 좀 들어봐~! 동네
녀석들이 진짜 너무해!"
　나는 울면서 앨리스의 방에 뛰어 들어갔다.
　"지퍼맨, 무슨 일이지? 지퍼에 살이 끼었냐?"
　"지퍼맨이라고 부르지 마!"
　스노우가 뿌린 인상착의서 때문에 나는 이 인근에서 유명한 변
태로 놀림당했다.
　창밖에서 목소리가 들려왔다.

"지퍼맨~! 어이, 밖으로 나와! 지퍼를 이용한 마술을 보여줘~!!"

"이 망할 꼬맹이가~! 사람들 앞에서 팬티를 벗겨서 노팬티맨으
로 데뷔시켜 주마!!"
　뛰쳐나가려고 하는 나를 앨리스는 종이에 뭔가 쓰면서 말렸다.
　"관둬, 지퍼맨. 지금 문제를 일으켰다간 진짜로 잡혀갈 거다."
　"지퍼맨이라고 부르지 마!! 젠장, 마왕군과 싸우기 위해 하는 일
인데!"
　그렇다. 그것은 악행 포인트를 모으기 위해 어쩔 수 없이 하는
짓이다.
　"너한테 악행 포인트를 모으라고 말한 건 나지만, 설마 그런 행

위로 모을 줄은 몰랐다. 지퍼맨."

"지퍼맨이라고 부르지 마!! 이 동네 녀석들, 두고 보자! 다 끝나고 나면 내가 평범한 변태가 아니라는 걸 똑똑히 가르쳐 주겠어!"

"일단 자기가 변태인 건 아나 보군. ……좋아, 얼추 끝났다."

앨리스는 지도와 책을 책상에 두고 다시 나를 보았다.

나는 방금 사 온 꼬치구이를 먹으면서 앨리스의 맞은편 자리에 앉았다.

"기본적으로 대인지뢰를 대량으로. 대형 마물용으로 대전차지뢰도 몇 개 확보할까."

최근 며칠 동안 번 포인트를 어떻게 쓸지는 앨리스에게 맡겼다.

내가 정해도 되겠지만, 자칭 고성능의 판단을 믿어 본 것이다.

"현재 포인트는 500 정도군. 비장의 카드로 200포인트 정도는 남기고 싶군. 일단 대전차지뢰 세 개, 나머지 포인트로 대인지뢰를 전송해 달라고 하자."

"지뢰에 포인트를 쓰는 날이 올 줄이야. 귀중한 포인트가 아까워……."

원래 악행 포인트는 통상적으로는 손에 넣을 수 없는 강력한 무기를 지급받는 데 쓰는 법이다.

대인지뢰는 매우 싸서, 물건에 따라선 수백 엔이다.

"이쪽의 금화를 보낼 테니까, 그걸로 지뢰를 사서 보내달라고 하는 건 무리겠지?"

"그렇겠지. 간부들은 너한테 지원해 주는 게 아깝다기보다, 악행을 쌓게 하고 싶을 테니. 작은 일부터 차근차근, 이윽고 커다란 악행을 저지르고, 어엿한 간부 후보가 되라는 거다."

뭐, 내가 지구에 있을 때부터 그런 느낌이기는 했다.

"그 사람들은 내가 엄청난 악행을 저지를 만큼 간이 큰 인간이라고 생각하는 걸까?"

나는 최고 간부 세 사람의 얼굴을 떠올리면서 가볍게 한숨을 내쉬었다.

"소심한 것치고는 요즘 열심히 포인트를 모으고 있지 않느냐. 인상착의서가 도는 데다 스노우에게 그런 소리까지 들었으니, 더는 이 방법으로 포인트를 벌 수 없겠지만……. 그래도 이 단시간에 그렇게 쪼잔한 악행으로 용케 포인트를 벌었군."

"저기, 너 지금 나를 칭찬하는 거야? 욕하는 거야? 대체 어느 쪽인데?"

앨리스는 전송받을 장비를 메모에 적으면서 말했다.

"좋아. 그럼 우리가 앞으로 할 일을 확인하겠다. 용사가 자리를 비운 이 상황에서 마왕군이 이곳에 쳐들어온다면, 마왕군이 유리할 거다. 그건 우리에게 있어 최악의 상황이지. 이 아지트를 포기해야 하고, 이 주변에서 가장 크다고 하는 이 나라가 무너지면 마왕군의 기세는 가라앉지 않을 거다. 그대로 다른 나라까지 공격한다면, 어디로 이동하더라도 느긋하게 장비를 조립해서 안정시킬 여유가 없겠지."

용사라는 녀석은 어딜 싸돌아다니고 있는 걸까.

"장비 조립과 안정에는 한 달 걸린댔지?"

"그래. 최대한 서두르면 3주면 되겠지만, 최대한 안정시키고 싶거든. 불안정한 상태에서의 전송은 두 번 다시 경험하고 싶지 않다. 그러니 한 달은 안정시키고 싶군."

어라?

"저기, 두 번 다시 경험하고 싶지 않아? 설마 그 첫 번째가 나와 네가 여기에 왔을 때를 말하는 건 아니겠지? 대체 내가 이곳에 무사히 전송될 확률은 진짜 얼마였던 거야?"

"그런고로 왕국군은 이번 침공을 어떻게든 막아서 앞으로도 우리가 안전하게 전송장치를 조립할 환경을 제공해 줘야만 한다. 하지만 지금 상황에서는 우리가 어떤 식으로든 개입하지 않으면 지고 말겠지. 희망은 그 용사라는 녀석이지만, 그 녀석이 올 때까지 시간을 끌어야 한다. ……따라서 우리는 지뢰와 함정을 설치해서 그 녀석들의 발을 묶기 위한 게릴라 작전을 펼칠 거다."

"어이, 대답해. 실은 꽤 위험했던 거 아냐? 대답하라고. ……그나저나 게릴라 작전이라. 오래간만이네. 내가 참전한 게릴라전에서는 함정이나 열심히 깔았지. 삼림전에서 활약했던 괴인 타이거맨 씨와 카멜레온맨 씨는 잘 지내고 있으려나……."

그 두 사람이 있다면, 이번 전투도 쉽게 이길 텐데…….

"키사라기에 현재 상황을 설명해서, 한가한 녀석들을 몇 명이라도 보내주면 좋을 텐데 말이지. 하지만 간부들은 부하를 버리는 패로 쓰는 걸 좋아하지 않으니까, 저쪽으로 귀환이 확실해질 때까지는 지원군을 보내주지 않을 거다."

"나는 안전을 확인하지 않았으면서 이곳으로 보냈는데."

앨리스는 내 말을 못 들은 척하면서 지도를 펼쳤다.

"자, 적의 침공 루트를 예상해 보자. 뭐, 이 인근의 지형과 적의 규모를 생각해 보면, 고민할 필요도 없지만……."

"……어이, 앨리스. 나 혹시 간부들에게 찍힌 건 아니겠지? 응? 소중한 사람 맞지? 간부 후보잖아?"

앨리스는 내 말을 싹 무시하고 몸을 일으켰다.

"흠, 인간의 사냥꾼이 실수로 들어오지 않을 법한 이곳에 지뢰를 매설하러 가야겠군. 우리가 할 수 있는 일은 별로 없지만, 용사가 귀환할 때까지 마왕군 선봉부대를 최대한 줄이는 거다!"

"어이, 앨리스! 말 좀 해 봐! 어이! 어이!! 어이~!!"

5

다음 날.

"——음, 이걸로 됐다. 위장은 완벽하군. 어이, 6호. 여기는 끝났다. 빨리 다음 구멍을 파라."

콧노래를 흥얼대며 지뢰를 묻은 앨리스가 한 말에.

"하악…… 하악…… 하악…………."

작업 때문에 녹초가 된 나는 대꾸도 못 했다.

급기야 삽을 내던지고 지면에 주저앉았다.

"야, 인마……. 나는 너와 다르게 쉬지 않고 움직일 수는 없단 말이야. 좀…… 쉬자……."

대낮에 가까운 시간.

작업을 시작한 것은 일출 전.

나는 그동안 쉬지도 않고 열심히 구멍을 팠다.

"하지만 이곳은 이미 마왕군의 활동 범위다. 게다가 지금은 낮이지. 언제 그 녀석들에게 들켜도 이상하지 않다. 조금만 더 묻으면 되니까 힘내라."

나는 앨리스의 말을 듣고 무거워진 몸을 억지로 일으킨 후, 삽을 손에 잡고 다시 작업을 시작했다.

"애초에, 지치지 않는 네가…… 구멍을 파면…… 되잖아…….
그리고 내가 지뢰를 묻는 게…… 더 효율적이라고…….."

숨을 헐떡이고 투덜대며 구멍을 파는 나를, 앨리스는 그 자리에서 무릎을 끌어안고 앉은 채로 구경했다.

"만약의 사태에 대비하기 위해서다. 마왕군에는 코가 좋은 마물도 있을 테니까 말이야. 인간인 네가 지뢰를 만지면, 네 체취 때문에 지뢰가 발각될지도 모른다. 하지만 구멍만 판다면, 이 일대에 네 냄새가 남아 있더라도 지뢰의 위치까지는 찾아내지 못하겠지. 그리고 왕국에 가려면 이곳을 꼭 통과해야 한다. 우회할 수도 없으니 이곳을 지나갈 수밖에 없거든. ……그리고 너는 지뢰의 위치를 전부 외우긴 한 거냐? 전쟁이 끝나고 지뢰를 철거하는 건 기본 중의 기본이지 않느냐."

"왠지 강제노동을 당하는 기분이야……."

문득 어떤 생각이 든 나는 앨리스에게 말을 걸었다.

"어이, 앨리스. 지뢰를 딱 하나만 남겨 줘. 좋은 생각이 있어."

앨리스가 의아한 표정으로 쳐다보자, 나는 호주머니에서 꺼낸 물건을 보여줬다.

그것은 일전에 불꽃의 하이네에게서 빼앗은 마도석.

"이것에 무게추 같은 걸 달고 지뢰의 신관 위에 두자. 팔지 부술지 고민했는데, 마침 잘됐어."

"아무리 그래도 이런 뻔한 함정에 걸릴 만큼 바보는 아닐 텐데. 부하에게 가져오라고 할지도 모르지 않느냐. 하이네가 가장 먼저 이걸 발견할 가능성도 매우 낮고, 만에 하나라도 이 마도석이 적에게 넘어갈 경우를 고려해 본다면 그냥 부수는 게 좋지 않을까?"

그렇게 말하면서 힐끗힐끗 돌을 보는 앨리스.

"괜찮아. 다른 마물이 대신 주우려고 한다면 적어도 한 마리는 해치울 수 있고, 돌은 그 순간에 날아갈 거잖아. 게다가 만에 하나라도 하이네가 이 돌을 발견하고 신나서 주우려다가 마도석이 눈앞에서 폭발했을 때의 얼굴을 상상하면, 진짜 끝내줄 것 같은데?"

"……너는 여전히 성격 하나는 끝내주는구나."

──우리가 작업을 마치고 돌아가 보니, 거리가 어제와 다른 분위기에 휩싸여 있었다.

길을 오가는 사람들의 얼굴은 모두 새파랗게 질려 있었고, 표정은 어두웠으며, 고개를 푹 숙이고 있는 이들도 많았다.

"무슨 일이 생겼나 보군. 정체불명의 변태가 세상을 떠들썩하게 했을 때도 거리 분위기가 이렇게 나쁘지는 않았어."

"어이. 이제 그건 잊고 싶으니까 그만 말하지?"

나는 앨리스에게 딴지를 날렸지만, 확실히 이 분위기가 신경 쓰이기는 했다.

나는 이 근처를 걷고 있던 누님에게 말을 걸었다.

"저기, 실례합니다. 뭐 좀 물어봐도 될까요?"

"아, 예. 무슨 일…… 히익! 지, 지퍼……."

…………

나를 보며 화들짝 놀라 뒷걸음질 친 누님이 무슨 말을 하려다 입을 다물었다.

"언니, 제 일행이 변태라서 미안해요. 저기, 동네 분위기가 이상한 것 같은데, 무슨 일 있나요?"

나한테서 시선을 떼지 못한 채 흠칫흠칫하던 누님이 순진무구한 소녀로 위장한 앨리스의 말을 듣고 약간 경계심을 풀었다.

"으, 응……. 그게, 용사님이……. 마왕군 사천왕, 바람의 파우스트레스와 싸우다 행방불명된 것 같아……. 그래서 사기가 치솟은 마왕군이 이 도시로 오고 있대……."

6

"내가 입수한 정보에 따르면, 용사는 마왕군의 사천왕 중 하나와의 싸움에서 적을 완전히 궁지에 몰아넣었다고 한다. 하지만 사천왕 바람의 파우스트레스인지 뭐시기가 용사를 끌어들여 이동 장소를 지정하지 않는 랜덤 텔레포트라는 마법을 썼다고 하더군."

집에 돌아온 우리는 바로 긴급회의를 시작했다.

"그 텔레포트는 공간만 이어져 있다면 어디든 갈 수 있다고 한다. 현재 이동 장소는 확인 불가. 우리가 처음 이곳에 왔을 때처럼, 이 별 어딘가의 상공일지도 모르고, 바닷속일지도 모르며, 마의 대삼림 한가운데일지도 모른다. 뭐, 확률적으로 본다면 생존은 절망적이지."

"생판 모르는 용사지만, 그래도 안됐네. 나도 전송에 실패했으면 비슷한 일을 겪었을지도 모르잖아. 뭐, 그래도 나는 높은 성공률이 보장되어 있기는 했지만……."

남 일이지만, 자신도 비슷한 일을 겪었을지도 모른다고 생각한 나는 무심코 용사를 동정했다.

"…………………그렇지."

"어이, 방금 그 침묵은 뭐야?"

진짜로 남 일이 맞긴 한 거냐.

"그것보다, 전설이나 전설에 따르면 용사가 마왕을 쓰러뜨리는 것으로 알고 있었는데 말이다. 나는 그런 비과학적인 것은 믿지 않지만, 지금까지는 그 전설대로 일이 진행됐다고 들었다. 그런데 왜 이렇게 된 거지?"

"어이, 말 돌리지 마. 똑바로 대답해. ……그건 그렇고, 확실히 용사가 도중에 퇴장하는 건 말이 안 되기는 해. 마왕이 나타나고, 용사한테 문장이니 뭐니가 생기는 것까지는 수상한 전설 그대로인데 말이야."

앨리스는 잠시 생각에 잠긴 후, 입을 열었다.

"……어이, 6호. 너는 용사가 나오는 게임이나 소설을 좋아하지? 나는 오락에 관련 데이터를 입력에서 제외해서 잘 모른다만, 그런 이야기는 원래 어떤 식으로 진행되느냐? 느닷없이 나타난 용사가 초인과 같은 힘을 발휘해서 아무 고생도 없이 무쌍하는 거냐?"

"으응? 보통 한 번 정도는 패배 이벤트가 있지. 강적에게 당한 뒤에 약해진 자신을 돌이켜 보며 수행하고, 강해진 후에 다시 도전한다든지. 뭐, 기승전결의 전 같은 건데. 한 번 정도는 위기에 처하지. 그리고 그 위기가 이번 랜덤 텔레포트인 걸려나? 용사는 텔레포트로 도착한 어딘가에서 수행하고 있으며, 이 나라가 위기에 처했을 때 더욱 강해져서 돌아온다던가 말이야."

날아간 곳에서 수수께끼의 할아버지를 만나서 필살기를 전수받고 돌아온다.

텔레포트 운운은 무시하더라도, 만화든 뭐든 패배를 경험하고 강해지는 것은 이야기의 기본이다.

하지만 앨리스는 내 말을 듣고 고개를 저었다.

"……아마 아닐 거다. 용사는 이미 패배를 한 번 경험했지. 다스터의 탑에 있던 2인조 보스를 상대로 말이야. 원래라면 그 녀석들에게 진 용사가 설욕을 위해 수행하고, 그 바람의 뭐시기라는 보스 또한 수행 과정에서 습득한 필살기 같은 걸로 압승했을 거다. 만약 우리가 없었다면, 그때 탑을 공략하러 갔던 이 왕국의 병력만으로 그곳을 공략할 수 없었을 테지. 왕국군조차 이기지 못한 강적에게 용사 일행이 승리해서, 사람들에게 희망을 주는 거다. 하지만……."

"……혹시, 원래 용사가 다시 도전해서 탑을 공략했어야 하는데, 우리가 공략하는 바람에 용사의 전설이라는 게 어긋났다는 거야? 그런 소리 마. 마치 내 탓처럼 들리잖아. 겨, 겨우 그 정도로 전설이라는 게 어긋날 리가 없잖아? ……어이, 너는 고성능이지? 뭔가 방법이 없냐고!"

왠지 엄청난 사고를 친 듯한 기분이 든 나는 앨리스를 흔들어대면서 호소했다.

"……방법이라면 얼마든지 있다. 수단과 방법을 가리지 않는다는 가정하에서 말이지."

"어디 한번 말해 봐."

앨리스는 손가락 하나를 세우며 말했다.

"너는 단시간에 대량의 포인트를 얻을 수 있는 흉악한 악행을 저지르고 와라. 나는 원래 지급이 금지되어 있는 세균병기나 화학병기를 전송해 달라고 부탁하지."

…………

"다, 다른 방법은 없어?"

앨리스는 내 눈앞에서 손가락 하나를 더 세웠다.

"내가 단독으로 마왕의 성에 침입한 후, 적당한 녀석을 도발해 공격을 맞고 조금 위험한 내장 동력원을 폭주시키는 거다. 그리고 마왕성과 적을 전부 소멸하는 거지."

"기각한다, 이 멍청아! 좀 더 온건한 방법은 없냐고?!"

하지만 앨리스는 세 번째 손가락을 세우지 않았다.

"없다. 슬슬 준비를 마치고 쳐들어올 마왕군을 어찌어찌 막아냈다고 치자. 하지만 이쪽은 애초부터 병력 면에서 밀리고 있는 상태지. 비장의 카드인 용사가 없는 이 상황에서는 침공을 몇 번 막아낸들, 그것은 밑 빠진 독에 물 붓기나 다름없다."

"그렇다면, 우리에게 남겨진 수단은……."

나와 앨리스는 동시에 고개를 끄덕이고.

""내빼야겠지.""

깔끔하게 포기하기로 했다.

7

"어이, 내가 아끼는 베개를 왜 두고 가려는 건데! 네가 챙긴 그 대량의 짐은 또 뭐야?! 내 베개를 챙기고 그걸 두고 가!"

"이 멍청아. 내 짐은 하나같이 큰 가치를 지니고 있다. 너의 더러운 베개 같은 건 산더미처럼 살 수 있는 것들이란 말이다."

나와 앨리스는 짐을 챙기면서 이 도시를 탈출할 준비에 착수했다.

이 나라는 이제 끝났다.

여러모로 생각하는 바가 있기는 하지만, 역시 인간에게 가장 소중한 것은 자기 목숨이다.

뭐, 내 관계자는 모두 강하니까, 아마 살아남겠지.

"어이, 앨리스. 조립한 전송기는 어떻게 할 거야? 그건 아직 못쓰지?"

"일단 지구와 연결되어 있기는 하지만, 아직 이송 공간이 안정되지 않았다. 약간의 오차만 발생해도 이 별과 지구 사이의 거리를 생각할 때 엄청난 참사가 일어날 수 있거든. 우리는 운이 좋아서 공중으로 전송된 거다. 전송된 곳이 해저였다면 큰일이 났겠지."

왠지 들으면 들을수록 내가 이 별에 도착한 것이 기적이라는 생각이 들었다.

"……걱정하지 마라. 이 별로의 전송 좌표는 키사라기의 천재들이 오랜 시간을 들여 도출한 것이다. 그때도 내가 낙하산을 장비하고 있었지? 이런 건 첫 전송만 어려운 거다. 다음부터는 나만 있으면 어떻게든 되지. 아무튼, 전송기는 두고 가자. 다른 아지트를 확보해서, 거기로 새 부품을 보내달라고 하는 거다."

"내 생각을 읽지 마! 그딴 말에 안 속는다고! 네 말이 사실이라면, 좀 더 낮은 고도로 전송할 수도 있었을 거 아냐!"

그렇게 우리가 도망을 준비하고 있을 때였다.

현관문에서 노크 소리가 들리더니, 누군가가 부르는 소리가 들려왔다.

하지만 우리에게는 이 집에 찾아올 지인이 없다.

그렇다면 당연히……!

"망할 꼬맹이, 이렇게 바쁠 때 또 찾아온 거냐! 홀라당 벗겨서 알몸으로 여자 화장실에 처넣어 주마!"

내가 계단을 쿵쿵 내려가 힘차게 문을 열어 보니——!

"오랜만이에요, 6호 님. 드릴 말씀이 있어서 찾아왔답니다."

다수의 병사를 대동하고 온 티리스가 빙긋 웃고 있었다.

──성 최상층에 있는 티리스의 방.

"거절합니다."

반강제적으로 끌려온 우리는 티리스의 부탁을 바로 거절했다.

"아직 아무 말도 안 했는데요⋯⋯."

티리스는 난처한 표정을 짓고 나를 올려다보았다.

그렇게 애틋한 눈으로 쳐다봐도 소용없다.

나는 스노우에게 들었다. 앨리스의 예상대로, 이 나라의 정치를 틀어쥐고 있는 사람은 바로 티리스였다.

"어차피 마왕군과 싸우라거나, 마왕군을 막으라거나, 자기 남첩이 되라는 소리를 하려는 거지? 안됐지만 내게는 지금 그럴 여유가 없어. 미안하지만, 딴 사람을 찾아봐."

"저, 저기⋯⋯. 마지막 하나는 이해가 안 되는데요⋯⋯."

이곳에 도착한 순간, 우리를 포위했던 병사들은 해산했다.

지금 이 방에는 티리스, 나, 앨리스밖에 없다.

대체 무슨 일로 우리를 부른 건가 싶어 경계하고 있을 때였다.

"6호 님. 이게 뭔지 아시나요?"

티리스가 그렇게 말하며 꺼낸 것은 바로 배낭이었다.

아니, 그건──.

"낙하산이네."

"어이, 멍청아."

"아하, 이건 낙하산이라고 하는 거군요."

내가 무심코 한 말에 티리스는 재빨리 반응했다.

참고로 앨리스는 인상을 썼다. 이 녀석은 대체 왜 이러는 걸까.

이건 우리가 이 별에 도착할 때 무용지물이 되고 짐으로 챙기자니 거치적거려서 그 자리에 방치하고 왔을 텐데.

"이것은 정체불명의 비행 물체가 목격된 날에 현장 근처에 떨어져 있던 것이에요. ……저는 이것이 어디에 쓰는 물건인지 모르지만, 6호 님은 명칭까지 아시는군요."

티리스가 싱긋 웃으면서 말하자 나는 왠지 소름이 끼쳤다.

뭐야. 대체 뭘 말하고 싶은데?

"솔직하게 묻겠어요. 6호 님은 다른 나라에서 온 스파이, 공작원이죠?"

티리스는 돌직구를 던졌다.

"저기, 무슨 말인지 잘 모르겠는데요."

"그런가요. 그럼 고문할 수밖에 없겠네요."

"뻥입니다 잘못했어요. 스파이라고 인정할 테니, 고문만은 봐 주세요."

"너무 빨라! 좀 근성이라는 걸 보여 봐라!"

내가 순식간에 함락되자, 앨리스는 무심코 딴지를 날렸다.

하지만 티리스는 우리를 타박하지 않고, 왠지 즐거운 듯 웃고 있었다.

"……저기, 우리를 체포하지 않는 거야?"

그런 티리스의 태도가 이상해서 물어보니.

"체포하지 않을 건데요? 그저 한 가지 부탁할 게 있어요."

티리스는 그렇게 말하더니, 우리를 가만히 쳐다보았다.

"당신들은 마의 대삼림 밖에서 왔다고 했죠?"

정확하게는 별 밖에서 왔지만, 마의 대삼림 밖에서 온 것은 사실이기에 고개를 끄덕였다.

"정체불명의 비행 물체가 목격된 후, 당신들은 이 땅에 나타났어요. 즉, 당신들에겐 하늘을 나는 모종의 방법이 있다는 뜻이죠. 그렇다면 마의 대삼림을 돌파한 것도 납득이 돼요."

티리스는 의기양양한 표정을 지었지만, 그 추측이 거의 틀렸다고 말하기도 좀 그랬다.

내가 무슨 생각을 하든 말든, 티리스는 진지한 눈으로.

"이 나라는······. 아마 내일, 멸망하겠죠. 그렇게 되면 마왕군은 인근의 다른 나라에도 침략의 손길을 뻗을 거예요. ······그러니 당신들에게 부탁할 게 있어요."

"······어디 한번 말해 봐."

티리스는 내 눈을 똑바로 보며 말했다.

"이 나라의 기사들과 병사들의 삶을, 최후를 맞이하는 순간까지 지켜봐 주지 않겠어요? 그리고 이 나라가 존재했다는 사실을 당신의 나라에 알려주세요. 마왕군과 싸운 그들을 위해, 이 땅에 마왕군에게 용감히 맞서 싸운 사람들이 있었다는 것을 전해 주세요. 그리고 다른 나라들에 마왕군에 맞서 단결하라고 말해 주세요. ······모자란 내가 할 수 있는 일이라고는, 그들의 활약을 후세에 남기는 것뿐이랍니다."

그렇게 말하고, 티리스는 자세를 바로 하더니.

"꼭, 부탁해도 될까요?"

왕족인데도, 어디서 구르던 개똥인지도 모르는 내게, 고개를 깊이 숙였다.

8

창밖이 이미 어둡고, 주위에서는 벌레 울음 소리가 조용히 울려 퍼진다.

어느새 오후 여덟 시가 지났다.

"난처하네……. 저렇게 진지한 표정으로 부탁하면 싫다고 할 수 없잖아……. 확 이대로 도망칠까? 아니, 도망칠 거면 마왕군이 쳐들어와서 혼란스러울 때가 낫겠지……."

숙사 목욕탕에서 목욕을 마친 나는 혼잣말을 중얼거리면서 티리스의 방으로 향했다.

"뭐……. 여차할 때는 티리스가 어떻게든 도망치게 해 주겠다고 했으니까……."

티리스는 도시 외벽이 부서져서 마물이 안으로 침입하기 시작했을 때 하늘을 날아서 도망쳐 달라고 우리에게 부탁했다.

솔직히 말해 내 포인트로는 항공기를 전송해 달라고 요청하는 것은 완전 불가능한데 말이다.

……바로 그때였다.

"앗, 대장님이다!"

목욕을 마치고 나온 나를 재빨리 발견한 로제가 외쳤다.

나를 향해 고개를 꾸벅 숙인 로제가 미는 휠체어를 탄 그림이 눈을 반짝이며 말했다.

"대장은 스노우의 성희롱을 견디다 못해 관뒀다고 들었는데, 이런 곳에서 뭘 하고 있는 거야?"

"그림! 그딴 소문을 곧이곧대로 믿지 마라! 그건 이 녀석이 퍼뜨린 헛소문이다!"

게다가 스노우마저 자기가 얼마나 성질이 급한지 선보이며 모습을 드러냈다.

"티리스의 부탁으로 내일까지 이 성에 머물기로 했어. 여차할 때는 탈출해도 된다는 조건으로 말이야."

"그렇군요! 대장님이 티리스 님을 호위한다니 안심이 되네요!"

아무래도 이 녀석들은 내가 호위로 고용됐다고 생각하는 것 같았다.

순진하게 웃는 로제에게 내가 그토록 암울한 부탁을 받았다고는 차마 말하지 못해, 그대로 부정하지 않고 있으니까.

"……티리스 님께서 직접 요청한 거라면 나는 아무 말도 하지 않겠다만, 다른 의미에서 불안해지는걸……. 잘 들어라, 6호. 내가 없는 사이에 티리스 님에게 바보 같은 소리를 하거나 성희롱을 하지 마라. 알았지?"

"네가 그렇게 당부하니까, 마치 꼭 하라는 말처럼 들리네."

"하지 마라! 어이, 농담으로 하는 말이 아니거든? 알았지?!"

나는 이 세 사람에게 질문을 던졌다.

"너희는 내일 어디를 지킬 예정이야?"

지금까지 우리 소대가 받은 대우를 생각하면 최전선 선봉이라는 소리를 들을 거 같은데.

"흥, 걱정하지 마라. 그림과 로제는 이제 근위기사단 대원이다. 근위기사는 말 그대로 폐하와 공주님처럼 신분이 고귀하신 분들을 지키는 자. 내일은 도시 정문 앞에 진을 치고, 최후의 보루 역할을 할 거다."

아는 멤버들이 위험한 곳에 가지 않는다는 사실을 알고 일단 안심했다.

"너희는 내일 죽지 마. 위험해지면 이딴 나라는 아무래도 좋으니까 냉큼 버리고 도망치라고."

내 말을 듣고.

"멍청하긴! 우리는 명예로운 근위기사단! 도망칠 바에는 차라리 다 같이 죽을 때까지 싸울 거다! 안 그러냐?!"

""어?""

·······················.

"내일은 저희도 열심히 싸울게요! 대장님도 위험해지면 티리스님을 데리고 탈출해 주세요!"

"나도 내일은 최선을 다할 거니까 걱정하지 마! 남자도 모르는 채로 죽고 싶지는 않거든! 반드시 살아남아서 멋진 서방님을 붙잡을 거야!"

"어이, 다들! '어?' 는 뭐냐! 나, 남을 거지? 나랑 최후의 순간까지 남아 줄 거지?"

분위기를 보니, 이 녀석들은 괜찮을 것 같다.

"……기분 나쁘게 히죽히죽 웃지 마라. 미리 말해 두겠는데, 티리스 님에게 뭔가 부탁받은 것 같아서 눈감아주고 있는 거다. 그일을 용서했다고 생각하지는 마라."

나는 그저 흐뭇하게 봤을 뿐인데, 스노우는 내가 웃는 걸 보고 기분 나쁘다고 지껄여댔다.

"뭐어? 진짜로 속이 좁은 녀석일세. 그러니까 너는 맨날 불꽃의 하이네에게 무시나 당하는 거야."

"이, 이 자식……! 네놈을 이 성에서 쫓아냈을 때, 이 두 사람이 얼마나 걱정했는지 알기나 하냐?!"

스노우가 또 불같이 화를 내자, 나는 새끼손가락으로 귀를 파면서 말했다.

"예~ 예~, 반성합니다~."

"…………."

스노우가 아무 말 없이 검을 뽑자, 나는 상대방을 위협하는 자세를 취하며 살금살금 물러섰다.

"아하하하하! 대장님은 여전하네요. 당장 내일이 있을지 모르는 이런 때도 스노우 씨와 다투기만 하고……. 저는 이제 알겠어요. 싸울 정도로 사이가 좋다는 말도 있으니까, 앞으로는 두 사람을 안 말릴래요!"

로제는 웃음을 터뜨리며 즐거운 듯이 손뼉을 쳤다.

"얘네가 꽁냥꽁냥대는 걸 보니 짜증이 치솟네. ……아아, 짜증나. 저주라도 걸어 줄까 봐. 스노우도 대장이 나간 후에 그토록 침울해했으면서. 오늘은 정말 기운이 넘치네."

"듣고 보니 그러네요. 스노우 씨, 왠지 생기가 넘치는 것 같아요."

"좋다. 너희 모두 한꺼번에 상대해 주지. 내일 전투의 전초전 삼아 말이다. 너희 같은 골칫덩이는 내가 길들여 주마!"

성미가 급한 여자가 그렇게 말하고, 첫 제물이라는 듯이 나를 향해 검을 휘둘렀다.

로제는 그런 스노우를 말리는 건 고사하고, 뭐가 그렇게 즐거운지 싱글벙글 웃으면서 이렇게 말했다.

"저는 역시 대장님이 대장을 맡은 부대가 가장 좋은 것 같아요. 왠지 마음이 편해요."

"뭐, 나도 싫지는 않아. 대장은 성희롱을 심하게 하지만, 대신 자주 한 턱 쏘잖아!"

그런 느긋한 목소리를 들으며…….

"그딴 건 아무래도 상관없으니까 이 녀석 좀 말려! 적이 코앞까지 와 있는데, 같은 편끼리 싸우면 어떻게 하냐고!"

평온한 밤은 그렇게 깊어갔다——.

전투원, 파견합니다!

1

성을 중심으로 펼쳐져 있는 그레이스의 왕도 시가지.

그곳을 지키기 위해 정문에 진을 치고 있는 기사단에게, 장군이 큰 소리로 호소하듯 외쳤다.

"제군! 용사님이 실종된 사실은 이미 알고 있을 것이다. 실의의 나락에 빠진 자, 혹은 절망의 심연에 빠진 자도 많겠지. 하지만 용사님은 죽지 않았다. 우리가 나라를 지키고, 국민을 지키고, 우직하게 버티고 기다리면, 우리의 마지막 희망인 용사님이 귀환하실 것이다! 이 문을 지키고, 나라를, 가족을 지켜라! 긍지를 지켜라! 자, 지금이 우리가 나설 때다! 마왕군에, 너희가 두려워해야 할 상대는 용사님만이 아니라는 것을 똑똑히 알려주는 거다!!"

장군이 연설하자, 기사와 병사들은 조금이나마 사기를 끌어올려 환성을 질렀다.

그 모습을 자신의 방 발코니에서 걱정스러운 표정으로 지켜보던 티리스가 중얼거렸다.

"6호 님. 과연 적은 어떤 식으로 쳐들어올까요……?"

티리스가 물어보는 나는…….

"진짜야! 나, 진짜로 봤어! 유니콘이 이마의 뿔로 여자애의 치마를 들추는 걸 봤다고! 돌보던 기사가 피해를 봤단 말이야! 유니콘은 정상이 아니야! 분명 아저씨가 그 안에 들어가 있는 거라고!"

"알았다, 알았어. 그 이야기는 나중에 다시 들어주마. 나는 지금 이 상황을 저쪽에 전해서 조금이라도 편의를 봐달라는 내용의 편지를 쓰고 있다. 그러니 방해하지 마라."

아까 마구간에서 목격한 충격적인 장면을 설명하느라 바빴다.

"저, 저기, 6호 님……."

"어차피 그 냉혈 간부들은 특례를 인정할 리 없어. 그것보다 잘 들어 보라고. 이건 꽤 엄청난 일인데?! 유니콘이 있는 걸 보면, 이 나라에는 그냥 말도 있을 거 아냐! 그럼 그냥 말에 타면 되겠네! 음탕하고 성질 까다로운 유니콘은 안 써도 되잖아!"

"그걸 나한테 말해서 쓰나. 생태계를 여러모로 조사해 봤지만, 이곳에는 진화 과정이 불명확하거나 해서 이해할 수 없는 케이스가 많다. 어째서 신화나 전설 속 생물이 다수 존재하는지 의문을 가지기 시작하면 한도 끝도 없지. 애초에 마법이나 저주 같은 부조리하기 짝이 없는 현상에 관해서도……."

내가 보기에는 네 존재도 꽤 부조리하다고 말하고 싶은데.

"…………마법에 흥미가 있으신 것 같은데, 간단한 마법이라면 나도 쓸 수 있답니다."

"정말이야? 볼래! 보여줘!"

"오, 그건 나도 보고 싶군."

무시당한 게 섭섭했는지, 티리스가 우리의 흥미를 끌려고 하는 것과는 관계없이.

왕국 기사들은 마왕군이 오는 것을 가만히 기다리고 있었다.

2

"──자! 다들, 기합 바짝 넣고 간다! 오늘이야말로 저 나라를 지배하는 날이야! 용사는 없어! 이제 우리를 방해할 자는…….""

마물들을 격려하고 있던 불꽃의 하이네가 갑자기 말을 멈췄다.

그 남자의 얼굴이 머릿속을 스쳤기 때문이다.

하지만 하이네는 머리를 흔들어 머릿속에 들러붙는 듯한 그 남자의 얼굴을 떨쳐냈다.

"우리를 방해할 자는 이제 없어! 얘들아, 가자! 인간들에게 마왕군의 두려움을 똑똑히 알려줘라!!"

그 말에 지금은 전력이 왕국군의 곱절로 불어난 마왕군이 발을 굴러서 땅을 뒤흔들고 속도를 높였다.

"어이, 하이네. 마물이 이만큼 있으면 내 비장의 무기인 골렘들은 필요 없는 거 아냐? 이제 용사도 없고, 너만으로도 충분하잖아. 저렇게 조그마한 왕국 정도는. ……네가 마력이 적은 촉매밖에 없어서 원래 힘을 낼 수 없는 상태라도 말이야."

하이네를 무시하듯 말을 거는 자는 마왕군 사천왕인 땅의 가다르칸드다.

용사라는 인류의 희망이 사라진 상황, 인간을 두려워할 필요가 없다는 것이 마왕군의 현재 생각이다.

　사기가 떨어져서 산 송장이나 다름없어진 왕국군 정도는 약해진 하이네와 용맹과감한 대량의 마물만으로도 충분하다고 여기는 것이다.

　"방심하지 마, 가다르칸드. 내 허를 찌른 녀석이 있다고 말했지? 솔직히 말해 나는 용사보다 그 녀석이 더 성가셔. 강하기만 한 용사와는 다르게, 무슨 짓을 벌일지 모르거든. 돌다리도 두들겨 보고 건너자는 거야. 그 녀석도 골렘 하나를 해치우느라 꽤 고생했거든. 뭐, 그런 골렘이 열 대나 있으니 아무것도 못하겠지만 말이야."

　"……내 골렘을 부순 녀석 말이냐. 어이, 하이네. 그 녀석은 내가 죽여 버리겠어. 내 골렘이 당한 것처럼, 그 인간을 가루로 만들어 주지."

　하이네는 가다르칸드의 말을 듣고 작게 한숨을 내쉬었다.

　이토록 무식한 녀석을 의지해야 할 줄이야.

　……그때, 이변이 일어났다.

　선두를 걷던 골렘 하나가 갑자기 굉음과 함께 산산조각 났다.

　""아니?!""

　하이네와 가다르칸드는 갑작스러운 일에 경악했다.

　"아, 아니……, 무슨 일이야! 어이, 하이네! 그 녀석이냐?! 골렘을 해치웠다는 그 자식이 나온 거냐고?! 여기는 아직 마왕군의 영역이란 말이다!"

항상 여유가 넘치고 어떤 일에도 동요하지 않던 가다르칸드가 허둥대고 있었다.

그걸 본 하이네는 오히려 침착함을 되찾고 말했다.

"전원 멈추지 마! 표적이 된다! 골렘을 파괴할 정도의 고등 마법이야! 그런 걸 원거리에서 쏠 수 있을 리가 없어! 마법은 거리와 위력이 반비례해. 위력이 강하면 거리가, 거리가 늘어나면 위력이 반감될 수밖에 없거든! 저 정도 위력이면, 적은 분명 근처에 있을 거야. 찾아내!"

혼란에 빠질 뻔했던 마왕군도 하이네의 재빠른 지시 덕분에 금세 동요에서 벗어났다.

이윽고 마물들이 주위로 흩어져서 적을 찾기 시작하지만…….

사방팔방에서 폭발이 연달아 일어나자, 이번에는 하이네와 가다르칸드가 당황했다.

"어이어이, 이게 뭔 일이야?! 언제부터 고등마법이 이렇게 간단히 다룰 수 있게 된 건데? 사방팔방에서 마물들이 날아가고 있잖아! 적이 얼마나 많은 거냐고!!"

"케르베로스! 케르베로스를 몇 마리 데려와! 냄새로 적을 찾는 거야!"

가다르칸드가 소리치는 가운데, 하이네가 또 지시를 내렸다.

"……하이네 님! 케르베로스에게 적을 찾게 했지만, 주위의 냄새만 가볍게 맡아보고 꼼짝도 하지 않습니다!"

"가다르칸드 님~! 골렘이! 골렘이 하나 더 당했습니다!!"

"대체 뭐가 어떻게 된 거야?! 빌어먹을! 이 자식들아, 경계 태세를 취해! 항시 주위를 살피면서 서서히 진군해라! 적은 어딘가에서 우리를 노리고 있다. 주의를 게을리하지 마! 골렘은 후방으로 물러나라! 이래선 소중한 골렘이 단순한 표적에 지나지 않아!"

초조함이 밴 가다르칸드의 질타에, 하이네는 보이지 않는 적을 찾으려고 마력을 감지하는 데 정신을 집중했다.

……근처에서 강력한 마력이 느껴졌다.

그것은 강력하지만 왠지 그리운…….

"……이건, 내 마도석의 파장이야!"

그렇다면 자신에게서 마도석을 빼앗은 그 녀석이 이 근처에 있다는 뜻이다.

그것으로 모든 것을 이해한 하이네는 마물들을 내버려 두고 마도석이 있는 곳으로 내달렸다.

그곳에는 돌과 함께 그 남자가 있을 것이다.

"……어?"

하지만 하이네가 간 곳에는 사람 그림자도 없었으며, 그저 마도석만 덩그러니 놓여 있었다.

주위를 경계하면서 인기척을 살폈지만, 아무것도 느껴지지 않는다.

조심조심 마도석에 다가가면서도, 주변을 계속 살폈다.

"……거기 있지, 6호? 이건 대체 무슨 수작이지?"

울려 퍼지는 폭음과 마물들의 비명.

그것이 멀리서 들려올 뿐, 인간의 목소리는 없었다.

눈앞에는 마도석.

역시 아무리 찾아도 인기척은 전혀 없다.

어쩌면 이건 사죄의 뜻으로 6호가 자신에게 남긴 걸까?

용사가 실종되어서, 이번에는 정말로 마왕군에 투항하고 싶다거나?

아무튼, 진상은 본인을 만나면 알 수 있을 것이다.

"나…… 나의…… 나의, 소중한 마도석……!"

하이네는 오랫동안 마력을 주입해서 만든 소중한 마도석을, 매우 기뻐하면서 주웠다……!

3

"자, 갑니다! 제 힘으로는 한 번밖에 못 쓰니, 잘 보세요! 물의 여신의 이름으로, 현현하라, 아쿠안즈!"

《악행 포인트가 가산됩니다.》

"……어?"

"뭐냐, 6호. 무슨 일이지?"

내가 느닷없이 들려온 안내 음성 때문에 고개를 갸웃거리자, 앨리스가 반응했다.

"아, 방금 갑자기 악행 포인트가 늘어났거든. 나를 지퍼맨이라 부르던 꼬맹이 집에, 부모님 눈에 띄도록 던져 둔 야한 책 덕분인가?"

"너도 참, 애한테……."

바로 그때 촤악 하고 물소리가 들렸다.

"봤나요? 방금 그게 물의 정령을 소환하는 마법이에요……!"

그쪽을 쳐다보니, 하아하아 하고 거친 숨을 내쉬는 티리스가 물 웅덩이 앞에서 만족스러운 듯한 미소를 짓고 있었다.

"미안, 안 봤어."

"나도 안 봤다. 미안하지만 한 번만 더 해 봐라."

"어……."

어째서인지 티리스가 표정을 어둡게 흐리고 그 자리에 멍하니 섰다.

발코니에서 시가지 밖을 봤지만, 적은 보이지 않았다.

마왕군의 예상 도착 시각은 이미 지났으며, 어느새 오후 3시가 다 되어 가고 있었다.

"늦는걸. 오늘은 안 오는 거 아냐?"

"아마 지뢰 때문에 발이 묶인 거겠지."

그러고 보니 그런 것도 설치했었지.

……아무튼, 이대로 진군이 늦어진다면 좋다.

내 구속시간은 오후 8시까지니까, 그 시간이 지나면 내가 도망 쳐도 뭐라 할 사람이 없다.

……그대로 계속 기다리고, 도시 앞에 정렬한 기사단도 긴장이

풀리기 시작했을 무렵.

　저 멀리, 가도 저편에서.

　가라앉기 시작한 석양을 등지고, 눈에 핏발이 선 마물 무리가 모습을 드러냈다——.

　"——6호 님, 보세요! 제6기사단의 대장이 과감하게 혼자 적진에 돌격했어요!"

　전장에서는 아까부터 접전이 계속되고 있었다.

　마물이 대량으로 밀려들지만, 수적으로 열세인 기사들은 절묘하게 연계해 뿔뿔이 흩어져 공격을 해오는 마물을 각개격파하고 있었다.

　그렇게나 위기에 처했다고 호들갑을 떤 것치고는, 마왕군과 대등하게 싸우고 있었다.

　"뭐야. 이러면 도망치지 않아도 되겠네. 하지만 티리스. 이번에 무사히 위기를 넘겼다고 손바닥 뒤집듯이 우리를 스파이 혐의로 처형하려고 하지 마."

　"그렇게 야비한 소리는 안 해요! 경비 삭감을 위해 두 사람이 같은 방을 쓰게 했지만, 신뢰를 저버리는 짓만큼은 하지 않아요!"

　"…………."

　"어이, 잠깐만. 나와 앨리스가 같은 방을 쓴 건 절약 때문이었던 거냐?!"

　"어차피 6호 님은 내일이면 이 성에 없을 사람이니까, 지나간 일은 상관없잖아요."

"상관있거든! 이 녀석, 얼굴은 예쁘장하게 생겼으면서 실은 보통내기가 아니잖아~!"

나와 티리스가 실랑이를 벌이고 있을 때, 전장을 지켜보던 앨리스가 입을 열었다.

"……최전선의 병사가 무너졌군."

"아앗! 이, 이럴 수가……!"

발코니에 기대고 서 있던 나를 밀쳐내고, 티리스가 전장을 뚫어져라 보았다.

진지한 눈으로 용감하게 싸우는 병사들.

그들에게 기도하는 티리스는 무시하고, 한가한 우리는…….

"어이, 앨리스. OX오목이나 두자."

"OX오목이 뭐지?"

융단 위에 종이를 펼친 우리에게, 티리스는 뭔가 할 말이 있는 듯한 표정을 지으며 입가를 오물거렸다.

"너, 모르는 게 없는 거 아니었냐? 눈금을 그린 종이에 동그라미와 가위를 번갈아 그리다, 먼저 다섯 개를 일직선으로 배치한 사람이 이기는 게임이야. 할래? 판돈은 금화 한 닢 어때?"

"넌 진심으로 말하는 거냐? 인간의 뇌로 내게 이길 수 있다고 생각하는 건가?"

앨리스는 어이없다는 투로 말했지만…….

"너는 고성능이니까, 나는 내 차례 때 그리는 동그라미 말고도 5턴 마다 동그라미를 하나씩 더 그리는 거야."

"어이, 헛소리 하지 마라."

──그 후로 시간이 얼마나 흘렀을까.

"아아……! 결국 제4기사단까지……!"

"좋아, 내가 이겼다."

앨리스는 눈앞에 펼쳐진 종이에 가위를 그렸다.

"어이어이, 7전 5선승제라는 건 OX오목의 기본 룰이라고. 너는 아직 한 번밖에 못 이겼잖아."

"어이, 헛소리 하지 마라."

──서서히 주위가 어두워지고, 전투 중인데도 곳곳에서 모닥불이 나타났다.

밤은 마물들에게 유리한 시간대다.

하다못해 시야만이라도 확보하려는 것이리라.

"──6호 님. 탈출 준비를 해 주세요. 드디어 정문 앞까지 적들이 몰려왔어요."

각오가 어린 티리스의 목소리에, 나는 불쑥 고개를 들었다.

"때가 왔나. ……알았어. 우리도 준비하지."

"어이, 6호. 네 차례다. 이렇게 불리한 핸디캡을 감수해 주고 있지 않느냐. 빨리해라."

티리스는 몸을 일으킨 나를 보더니, 난처한 듯하면서도 울음과 웃음이 뒤섞인 표정을 지었다.

"정말이지, 당신은……. 그들의 싸움을 조금도 보려고 하지 않는군요."

그 얼굴로 한심하다는 듯이 말하는 티리스에게.

"믿고 있으니까. 아직 스노우와 로제, 그림이 대기하고 있어. 그 녀석들은 약하지 않아. 왜냐면……."

나는 씨익 웃으며…….

"그 녀석들은, 내 부하거든."

자신감 있게, 딱 잘라 말했다.

"어이, 6호. 이제 어디에 그려도 너는 이길 수 없다. 포기하고 금화를 내놔라."

4

"로제, 그림! 적은 아직 떨어진 곳에 있지만, 긴장을 풀지 마라! 강적이 나타나면 너희밖에 믿을 수 없으니까 말이야!"

곳곳에서 비명이 들려오고, 전투음이 울려 퍼지는 가운데…….

"괜찮아요, 맡겨 주세요!"

"졸려……. 히, 힘내라, 나……! 이 싸움이 끝나면, 스노우가 술을 왕창 사 줄 거야……. 그러니까 힘내……. 힘내, 나……. 고, 곧 해가 완전히 질 테니까, 힘내는 거야, 나……."

믿음직하게 대꾸하는 로제와 영 신통찮은 그림.

이 싸움이 끝나면, 밥이든 술이든 얼마든지 사 주마.

도시 정문, 기사단의 최후미를 지키고 있는 내게 한 병사가 뛰어왔다.

"스노우 님! 스노우 님은 어디 계신가?!"

허둥대는 병사가 나를 발견하더니, 새파랗게 질린 얼굴로 소리쳤다.

"골렘이! 장시간 싸워 피폐해진 상황에서, 스톤 골렘 일곱 대가 기사단 중앙을 강행 돌파해 이곳으로 쭉 오고 있습니다!!"

골렘이 일곱 대?!

"어이, 그림! 저주로 어떻게 할 수 있겠느냐?!"

휠체어 소리를 내며 내 옆에 온 그림이 서서히 우리 쪽으로 다가오는 골렘들을 가만히 보고 열었다.

"슬슬 제나리스 님께서 활발해지실 시간대야. 파괴하긴 어렵지만 발을 묶는 거라면 어떻게든 돼! 그리고 도시 방어를 핑계로, 제나리스 님께 바칠 제물로 커플 반지를 모조리 징발했거든!"

평소에는 전혀 도움이 안 되는 그림이 오늘만큼은 누구보다도 믿음직했다.

후반의 징발 이야기는 못 들은 척하자.

"좋아. 다들 그림을 지키는 진형을 짜라! 해머와 메이스를 든 자는 발이 묶인 골렘을 두들겨라!!"

그렇게 부하들에게 지시를 내리고 있을 때였다.

"그렇게는 안 돼! 너희는 꺼져!"

문 앞까지 쇄도한 스톤 골렘 일곱 대.

그중 하나의 어깨에, 마왕군 사천왕의 일원 불꽃의 하이네가 서 있었다.

"안녕, 또 만났네. 하지만 오늘은 너희에게 볼일이 없어. 6호를 내놔! 나는 그 남자에게 볼일이 있어."

하이네는 온몸에 상처가 나 참으로 안쓰러운 몰골이었지만, 그 표정에는 고통이 아니라 미칠 듯한 분노만이 있었다.

"6호는 여기 없다! 그리고 네 녀석의 상대는 바로 나다!!"

소리치는 내게, 하이네의 붉은 눈이 격노로 일렁이고.

"너론 부족해! 그 남자! 이토록 나를 무시한 그 남자는 절대로 살려 둘 수 없어! 소중한 마도석을 미끼로, 잘도 그런 짓을 했겠다?!"

무슨 소리인지 알 수 없지만, 그 바보가 또 사고를 쳤나 보지.

그 말을 들으니 아주 약간 가슴이 후련해졌다.

"부족하든 말든, 너를 6호가 있는 곳으로 보낼 수는 없다. 그 녀석은 티리스 님으로부터 중요한 일을 부탁받은 것 같거든. 그림! 시작해라!"

"위대하신 제나리스 님, 이 돌 인형에 재앙을! 발바닥이 지면에 찰싹 붙어버려!"

내가 말을 마치자기도 전에 그림이 저주를 날렸다.

그림이 움켜쥔 커플 반지가 사신에게 바치는 제물로서 빛에 휩싸이며 사라졌다.

저주를 받은 골렘이 그 자리에서 딱 멈추고, 앞으로 엎어진다.

그걸 본 주위 병사들이 각자의 무기로 뭇매질해서 파괴했다.

"위대하신 제나리스 님, 이 돌 인형에게……."

"더는 안 당해! 일등급 마도석은 부서졌지만, 오늘은 예비도 가져왔거든! 너희 정도는 이걸로 충분해!"

하이네가 팔에서 불을 꺼내 그림에게 집어던졌다.

그때, 조그마한 누군가가 그 불꽃을 막아섰다.

"위대하신 제나리스 님, 이 여자에게 재앙을! 불의 마술을 영원 토록 봉인당해라!"

로제가 불꽃을 막은 사이, 커다란 꾸러미를 자신의 무릎에 올려 놓은 그림이 하이네를 손가락으로 가리켰다.

사신에게 바칠 제물인, 무릎에 놓인 대량의 커플 반지가 빛에 감 싸이며 사라졌다.

저주의 말을 들은 하이네가 경악에 찬 표정을 짓고 무심코 눈을 감으며 몸을 지키려는 듯이 교차시킨 두 팔로 머리를 감쌌다.

"…………부, 불발인가……? 제길, 놀라게 하긴!"

하이네가 손끝에 불꽃을 만들고 안심한 얼굴로 악을 쓴다.

"너처럼 가만히 있기만 해도 남자의 눈길을 끄는 걸레가 나는 세 상에서 가장 싫어! 나한테 조금만 더 용기가 있었다면, 반동을 각 오하고 네 가슴이 떨어지는 저주를 걸었을 거야!"

"무, 무슨 소리를 하는 건지 모르겠네! 남을 걸레라고 부르지 마!"

하지만 방금 한 저주의 말이 큰 압박을 준 건지, 골렘의 어깨에 서 내려온 하이네가 그림을 경계하며 물러났다.

그림은 저주의 반동으로 불 마법이 봉인되더라도 손해 볼 것이 없다.

수중에 대량의 제물이 있는 지금, 그것이 바닥날 때까지 하이네 의 불꽃을 봉인하려 할 것이다.

그것을 깨달은 하이네가 새파랗게 질린 얼굴로 경계하는 가운데.

"뭐야~? 하이네, 뭘 노닥거리고 있는 거냐고! 빨리 그 여자를 죽여 버려!"

갑자기 끼어든 가다르칸드가.

"……어? 너, 지난번에 내가 죽였던 여자와 닮은 것 같네? …… 뭐, 좋아. 다시 한번 죽여 버리면 되겠지."

귀찮다는 투로 말하고, 손에 든 쇠방망이를 쳐들었다.

일전에 봤던, 머리가 날아간 그림의 모습이 뇌리를 스쳤다.

"우, 우랴앗~!"

패기가 없는 기합을 지르고 로제가 가다르칸드의 머리에 발차 기를 날렸다.

"……어이. 이 새끼가 지금 나한테 무슨 짓을 한 거냐?"

공격을 당한 가다르칸드는 걷어차인 부위를 벅벅 긁고, 그 덩치 에 어울리지 않는 속도로 달려가 맨손으로 로제의 머리에 일격을 날렸다.

자신의 공격을 맞고 날아간 로제에게는 눈길도 주지 않은 가다 르칸드가 그림의 앞에 서 있는 나를 보더니.

"……비켜."

짤막하게, 아무 감흥도 없이 말을 내뱉었다.

이 마물은.

이, 마왕군 사천왕은 나를 적으로도 여기지 않는 것이다.

그때, 뭔가가 타오르는 소리가 들리면서 가다르칸드의 몸이 불 길에 휩싸였다.

"커억! 이 꼬맹이, 그러고 보니 네놈한테는 이게 있었지!! 어이, 졸개! 네놈이 나한테 이길 수 없다는 건 마물의 본능을 통해 알 수 있을 거다. 잡종인 네놈은 어차피 여기서 냉대를 당했을 테지? 다 끝나면 동료로 받아 줄 수도 있다. 알아들었으면 나를 방해하지 말라고!"

불을 털어내고 뒤돌아보는 가다르칸드.

그 앞에선 머리에서 피를 흘리는 로제가 주먹을 꽉 쥐고 소매로 입가에 묻은 검댕을 닦고 있었다.

"에, 에헤헤……. 이, 이길 수 없다는 건 알고 있고, 잡종인 것도 사실이지만……. 나는, 견습 전투원이라는 거라서, 아무리 무서워도 싸워야 한다고. 그리고……."

약간의 두려움을 드러내며…….

"할아버지가 유언으로, 만약 나한테 동료가 생기면 절대로 버려서는 안 된다는 말을 남겼거든……!"

그렇게 말하고, 로제는 가다르칸드에 맞설 자세를 취했다.

"그래. 그럼 됐다. 후딱 죽어라!"

가다르칸드의 선고와 함께 떨어지는 쇠몽둥이가 로제가 있던 지면에 처박혔다.

거리를 벌리는 게 아니라, 일부러 상대의 지척까지 파고든 로제는 혼신의 힘을 다해 주먹을 날렸다.

단단한 물건을 치는 소리가 주변에 울려 퍼지고, 가다르칸드는 인상을 찡그렸다.

화염 브레스는 숨을 모으는 데 시간이 걸리니, 이런 상황에서는 쓸 수 없을 것이다.

가다르칸드가 날리는 일격필살의 공격을 아슬아슬하게 피하며, 로제는 몇 번이나 주먹을 날렸다.

인간을 초월한 싸움을, 병사와 기사는 엄호조차 하지 못하며 멀찍이서 지켜보고 있을 수밖에 없었다.

──그것은 나도 마찬가지다.

나보다 어리고, 몸집도 작고, 항상 부당한 대접을 받은 소녀.

그런 아이가, 그림을 지키기 위해 최선을 다해 싸우고 있다.

가다르칸드를 상대로 내가 끼어들어도, 오히려 로제에게 방해만 될 뿐이다.

내 검으로는 상처도 내지 못할 것이다.

그렇다면…….

가장 어린 나이에 기사가 된 엘리트라 불리지만, 지금은 아무것도 할 수 없는 자기 자신의 무력함이 한심했다.

또 한 명의 사천왕, 하이네는 그림의 저주를 경계하면서도 6호를 찾는지 자꾸만 주위를 둘러보고 있었다.

병사들이 계속해서 날리는 화살도 주위에서 뜨겁게 타오르는 불길에 막혔다.

"위대하신 제나리스 님, 저 여자에게 재앙을!"

그림이 그렇게 말하며 손가락으로 가리키자, 하이네는 허둥지둥 골렘 뒤편에 숨었다.

"나를 찍지 마, 이 사신 숭배자야! 골렘, 내 방패가 돼!"

"제, 제나리스 님을 사신이라고 부르지 마! 오크에게 사랑받는 저주를 걸어버릴 거야!"

……각오하자.

열기가 몸을 태워도, 한 방 정도는 먹일 수 있다.

출세와 돈밖에 모르던 내가 이런 마지막 상황에서 기사답게 죽을 거라니, 정말 아이러니하다.

검을 쥔 손이 떨렸지만, 이것은 싸움을 앞둔 흥분이라고 자기 자신을 타이른다.

바로 그때였다.

"무슨 생각을 하는지는 모르겠지만, 그만둬. 불사를 관장하는 대주교의 충고야. 죽는 건 정말 괴롭거든."

각오를 마친 내게, 하이네를 견제하던 그림이 평소답지 않게 진지한 투로 말을 걸었다.

이어서 내게 등을 보이고 있던 로제가 가다르칸드와 대치한 상황에서 외쳤다.

"이대로는 밀리고 말 거예요! 스노우 씨는 티리스 님에게 가서 피신하시라고 전해 주세요!!"

절박한 목소리를 듣고서야, 내가 뭘 해야 할지 떠올렸다.

근위기사는 왕족을 지키는 것이 본래의 임무다.

그렇다면 근위기사인 내가 티리스 님을 피신시키러 가는 것은 앞뒤가 맞았다.

하지만 굳이 대장인 자신이 말하러 갈 필요는 없다.

즉…….

"우리는 괜찮으니까 빨리 가렴! 티리스 님을 데리고 다른 나라로 망명하더라도, 대장만으론 불안하잖아? 스노우가 감시하러 따라가!"

즉, 두 사람은 내게 도망치라고 말하는 것이다.

어쩜 이렇게 한심할 수가.

어쩜 이렇게 무력할 수가.

과거에는 다른 자들과 함께 이들을 골칫덩이로 무시했던 내가, 지금은 이렇게 보호를 받고 도망치라는 소리를 듣는다.

……타개책이 하나 있다.

이런 상황을 어떻게든 할 수 있을 녀석이 있다.

하지만 그 녀석을 쫓아낸 내가, 이제 와서 무슨 낯으로 부탁하지?

그 남자가 한 말이 머릿속을 스쳤다.

『무지 강한 이 몸의 도움이 필요해지면, 지금까지 건방지게 굴어서 죄송합니다 하고 굽실대면서 애원하라고!』

두 사람을 구할 수만 있다면, 얼마든 사과할 수 있다.

원한다면 아부도 떨 수 있다.

하지만 이렇게 위기적 상황에서, 그 남자가 우리를 도와줄까?

그리고 관계도 없는 외국인을, 우리의 싸움에 끌어들여도 될까?

갈등하는 내 앞에서, 네발짐승 자세를 취한 로제가 꼬리를 딱 세우고 가다르칸드를 위협했다.

자신을 지키려 하는 작은 소녀의 등을 본 보고, 나는 뭘 해야 할지를 결의하고 발걸음을 돌렸다.

"내 업화의 바다에 가라앉아라……!"

그런 목소리를 등 너머로 들으면서…….

"영원히 잠들라, 크림슨 브레스!"

나는 성을 향해 내달렸다.

5

"──시, 싫어요! 저는 여기서 꼼짝도 하지 않을 거예요! 죽을 때는 다 같이 죽을 거라고요!"

성의 최상층에 있는 티리스의 방.

"잔말 말고 따라와! 내가 왜 여태까지 여기에 남아 있었던 진짜 이유를 가르쳐 주지! 너는 이 나라가 존재했다는 사실을 알려서 다른 나라들을 단결하게 해 달라고 말했지. 그건 네가 직접 해! 이 나라가 망해도 왕족의 혈통을 남길 수 있다면 네가 이긴 거야! 혈통을 남길 행위라면 내가 얼마든지 협력해 주겠어!"

"방금 당치도 않은 소리를 입에 담지 않았나요?! 나는 당신의 고용주예요! 멍청한 소리 하지 말고 빨리 내려 주세요! 누, 누구 없나요! 누가 좀 도와줘요~!"

짐짝처럼 내 어깨에 놓인 티리스가 외치지만, 아래층에 있는 녀석들은 오지 않는다.

그럴 수밖에. 사실 이 성의 왕이 내게 티리스를 도주시키라고 부탁했던 것이다.

그래서 티리스의 외침이 들릴 텐데도 달려오는 사람이 없는 것이다.

그나저나 거참. 설마 저 녀석들이 저렇게 고전할 줄은 몰랐다.

그 녀석들은 내 부하거든 하고 으스대면서 말했잖아.

이건 못 이겨. 어쩔 수 없다고.

"좋아. 가자, 앨리스!"

"알았다!!"

"기다려 주세요! 지, 진짜로 내려달란 말이에요, 6호 님! 그것보다, 진짜 이래도 괜찮겠어요? 이 성이 함락된다는 건, 어제까지 얼굴을 보고 말을 주고받았던 사람들이 전부 죽을지도 모른다는 뜻이에요!"

내가 어깨에 들쳐 멘 티리스가 버둥거리면서 호소했다.

"멍청아, 이럴 때는 이렇게 말해! 괜찮아⋯⋯. 그 녀석들은, 영원히 살아 있을 거야⋯⋯. 우리의 마음속에⋯⋯."

"이걸로 하나 해결! 자, 이제 됐겠지! 진짜 위험하다. 6호! 서둘러라!"

"당신들은 대체 어떻게 되어 먹은 거죠~?!"

나는 울부짖는 티리스를 한 손으로 안고서, 탈출하기 위해 복도로 나갔다.

그리고 아래로 이어지는 계단을 내려가려고 한 그때였다.

"전투원, 6호!!"

계단을 뛰어 올라온 자는 머리카락이 흐트러진 채 거친 숨을 헐떡이고는 스노우였다.

 스노우는 내 이름을 부른 후, 그대로 계단 앞에서 멈춰 섰다.

 "무슨 일이야?! 지금 바쁘거든?! 용건이 있으면 빨리 말해!"

 "스노우, 이 사람을 막아 주세요! 나를 내리라고 말하세요!"

 스노우는 나와 티리스의 말을 듣더니, 고개를 숙인 채 숨을 헐떡이면서 말했다.

 "유, 6호, 문밖에는 현재 골렘 여섯 대와 불꽃의 하이네, 땅의 가다르칸드가 있다."

 "나도 알아! 발코니에서 보고 있었거든! 비켜, 진짜로 위험하다고! 도망칠 거라면 도시 사람들 속에 섞여야 마물들의 표적이 분산되어서 목숨을 부지할 확률이 높아진다고!"

 "대놓고 그런 소리를 하니, 네가 정말 대단하게 보이는군."

 서두르는 나와는 대조적으로, 스노우는 중얼거리듯 말했다.

 "그 녀석들은 우리 힘에 부친다. 로제와 그림이 시간을 끌고 있지만, 그것도 오래 버티지는 못하겠지."

 아는 이름이 나와서, 나는 무심코 멈춰 섰다.

 "나 따위는 그 녀석들을 어떻게 할 수 없다. 나 같은 건 안중에도 없어."

 스노우는 고개를 숙이고, 희미하게 목소리를 떨면서.

 "……나는 평생 검을 휘두르며 살아왔다. 태생과 성장, 남녀의 벽. 그 어떤 장애물에도, 누구에게도 지지 않도록, 지금껏 노력해서 여기까지 왔는데."

스노우의 독백을 막지 못하고 듣고 있자.

"예전 일이라면 얼마든지 사과하겠다. 마음이 풀릴 때까지, 나한테 무슨 짓이든 해도 된다. 그러니까……."

스노우가 고개를 들고 애원하는 눈으로 나를 보더니, 머리를 숙였다.

"부탁이다! 네 힘을 빌려다오! 내가 할 수 있는 일이라면 뭐든 하마! 돈도 주지! 내 입으로 말하긴 뭐하지만, 돈을 탐하는 내가 가진 전 재산이다! 애검 컬렉션도 포함하면 금액이 상당할 거다!"

"어이, 6호! 듣지 마라! 빨리 가자! 남은 포인트는 탈출할 때 대량의 스턴 그레이드와 바이크에 써야 한다. 도와줄 여유는 없어!"

스노우의 말에 약간 마음에 흔들렸던 나는 앨리스의 고함을 듣고 정신을 차렸다.

"이런 상황에선 돈 같은 건 필요 없다고! 뭐든 하겠다는 게 어떤 의미인지 알긴 하는 거냐?! 나는 이미 일반인이니까, 내 알 바가 아니라고! 그것도 너 때문에 그렇게 된 거고! 애초에 이제 와서 애걸복걸해도 이미 늦었어! 대체 얼마나 옹고집인 거냐고! 이 고집쟁이 여자야!"

"스노우가 이렇게까지 말했는데! 당신이라는 사람에게는 정말 실망했어요!"

내 말을 듣고 어깨에 멘 티리스가 악을 썼다.

티리스의 비난을 무시하며 스노우의 옆을 지나친 내가 계단을 내려가려고 한 바로 그때.

스노우가, 내 팔을 잡았다.

"분해……. 그 녀석들에게 당하기만 하는 게, 너무 분해……."

분하다는 감정이라면 나도 실컷 느껴봤다.

강력한 힘을 지닌 히어로들에게 몇 번이나 졌는지 셀 수도 없다.

괴인처럼 파격적인 힘을 지니지도 않았고, 내가 받은 개조수술 또한 어중간한 구식이다.

너 혼자 칭얼대지 말라고 외칠 생각으로 나를 올려다보고 있는 스노우의 얼굴을 보자.

──지금까지 약한 모습은 보이지 않았던 이 여자가.

두 눈에 눈물을 글썽이고.

"…………부탁이에요. ……대장님."

나를, 처음으로 대장이라 불렀다.

그리고, 마치 부모에게 혼날까봐 두려워하는 아이처럼, 떨리는 목소리로…….

"……대장님. ……로제와 그림을, 구해 주세요……!"

6

"너라는 녀석은 정말, 끝까지 악에 물들지 못하는 어중간한 놈이구나. 이러니까 조직에서의 근속연수가 최고 간부 다음인데도 여전히 평사원인 거다."

"시, 시끄러워~! 그건 나도 알아! 내가 물러 터진 겁쟁이라는 건 내가 가장 잘 안다고! 그러니까 잔말 말고 대물(對物) 라이플이나 보내라고 해!"

티리스의 방 발코니.

이곳으로 돌아온 나는 주위가 어두워지고 있는 가운데, 발코니의 난간을 걷어차고 있었다.

"대, 대장! 문으로는 안 갈 거냐? 여기서 대체 뭘 하려고?"

나는 새끼 오리처럼 졸졸 따라온 스노우를 향해, 될 대로 되라는 식으로 외쳤다.

"이제 와서 문까지 뛰어갈 여유는 없어! 그냥 여기서 공격할 거야! ……언제까지 팔을 잡고 있을 건데? 도망 안 갈 테니까 이제 그만 놔!"

"아……!"

스노우는 그 말을 듣고 허둥지둥 내 손을 놓더니, 나의 파괴 행위를 지켜보기 시작했다.

"6호 님! 뭘 하려는 건지 모르겠지만, 하고 싶은 대로 하세요! 지금의 당신은 정말 멋져요!"

내 파괴 행위를 구경하면서, 어째서인지 티리스가 기쁜 눈치로 소리쳤다.

저격하기 편하게 차폐물을 부수는 내게 앨리스가 외쳤다.

"……어이, 뭐가 어떻게 된 거냐?! 포인트가 부족하지 않느냐! 200 넘게 남겼는데, 이래선 포인트가 아주 조금 모자라서 라이플을 전송받을 수 없다. 너, 포인트를 어디 쓴 거냐!"

아…….

"으음, 저기, 그게 말이지……. 여기는 오락거리가 거의 없잖아? 그래서 어젯, 밤에…… 그, 그러니까…….”

“너, 쓴 거냐! 소중한 포인트를 써서 설마 야한 책을 전송받은 거냐?! 전쟁을 앞둔 비상시에, 그딴 걸 부탁한 거냐?!”

거참 미안하네요!

“어, 어쩔 수 없잖아! 밤중에 갑자기 생각났는걸……! 이곳에는 편의점도 없으니까, 어쩔 수 없이……!”

“왜, 왜 그러느냐?! 무슨 문제라도 있는 거냐?”

스노우가 묻자, 앨리스는 인간미가 나는 한숨을 내쉬었다.

“이 녀석은 이런 위급한 순간에도 웃기는 놈이라는 거다. …… 어쩔 수 없지. 긴급사태니까. 어이, 6호.”

“응.”

앨리스는 아래층을 가리키면서 말했다.

“아래층에 가서, 아무짝에도 쓸모없으면서 거드름만 부리는 국왕이라는 작자를 한 대 때리고 와라.”

“다녀오지.”

“가지 마라!”

“안 돼요! 아버님이 뭘 했다고 그래요?! 스노우, 이들을 말려요!”

나는 한사코 말리는 두 사람을 향해 말했다.

“어이, 이거 놔! 이건 꼭 필요한 일이야! 장난삼아 이딴 짓을 하려는 게 아니라고!”

내 말을 들은 스노우가 내 몸에서 손을 떼더니.

“……그럼 누군가를 때리기만 하면 되는 거냐?”

그렇게 말하고 가만히 내 얼굴을 봤다.

"응? 뭐, 때린다고 할까, 상대방이 싫어하는 짓을 한다고 할까……."

"……알았다."

스노우는 그렇게 말하고 눈을 감는다.

"나를 때려라."

"……………………뭐어?!"

이 녀석은 대체 무슨 소리를 하는 걸까.

"나, 나를 때려라! ……잘 모르겠지만, 그건 너에게 필요한 짓이지?! 나를 때려라! 아, 아니면…… 싫어하는 짓을 해야 한다면, 내, 내 가슴을 만져도 된다!"

스노우가 얼굴을 새빨갛게 붉히며 말하자, 이 자리에 있는 모두가 침묵했다.

"저, 저기…… 너, 느닷없이 무슨 소리를……."

황당해하는 내게, 앨리스가 속삭인다.

"빨리해라, 6호! 시간이 없다! 때리기 거북하다면, 가슴이든 입술이든 마음대로 해라!"

"하, 하지만, 너……."

앨리스에게 등을 떠밀린 내가 스노우의 앞에 섰다.

얼굴이 새빨개진 스노우는 눈을 꼭 감은 채 꼼짝도 하지 않았다.

내가 어깨에 손을 얹자, 눈을 감고 있는 스노우가 몸을 움찔 떨었다.

얼굴이 빨개진 티리스가 숨을 삼키며 그 광경을 빤히 본다.

"……하, 하는 건가요?! 혹시, 키스 같은 걸 하는 건가요?!"

더는 못 보겠다는 듯이 두 손으로 얼굴을 가리는 티리스. 하지만 손가락 사이로 잘 보고 있다.

이게 뭐야. 목숨이 걸린 긴급 상황에서, 왜 이런 급전개가.

"해라, 6호! 화끈하게! 후딱 뽀뽀한 다음에 그대로 딥한 단계로 넘어가! 빨리하란 말이다, 얼간이! 서둘러라!"

뒤편에 있는 앨리스가 시끄러웠다. 그리고 내 심장 소리도 시끄러웠다. 아아, 어쩌지. 어쩌면 좋냐고. 그건 그렇고 티리스 넌 왜 빤히 보는 건데, 공주님이잖아. 이 발랑 까진 꼬맹이야. 스노우 너도 좀 움직이라고. 진짜 어쩌다 이렇게 된 거지. 그래도 서둘러야 해. 중학생도 아니니까 키스 정도로. 아, 그런데 이런데도 포인트가 가산되려나. 서로 합의하고 하는 거잖아. 으아아, 정말 뭐가 뭔지도 모르겠네. 아무튼, 뽀뽀해 봤자 포인트가 가산되지 않을 테고, 가슴을 만져서 스노우가 나지막하게 '아흥…….' 해도, 아아아아아아아 진짜 어쩌라고ㅇㅇㅇㅇㅇㅇㅇㅇㅇㅇㅇㅇㅇㅇㅇㅇㅇㅇㅇㅇㅇㅇㅇㅇㅇㅇㅇㅇㅇㅇㅇ.

"ㅇㅇㅇㅇㅇㅇㅇㅇㅇㅇㅇㅇㅇㅇㅇㅇㅇㅇㅇㅇㅇㅇㅇ~!!"

내 안에서 무언가가 끊기고, 나는 바로 단숨에 끌어내렸다.

스노우의 팬티를.

스노우의 치마 안에 손을 넣고, 팬티를 발목까지 내렸다.

이 자리에 있는 인간들이…….

아니, 인간만이 아니라 표정을 바꿀 필요가 없는 앨리스조차도 입을 쩍 벌린 채 꼼짝도 하지 않았다.

　나는 이 순간에 모두가 지은 표정을 평생 잊지 못하리라.

《악행 포인트가 가산됩니다.》

7

　"이제 좀 떨어지라고, 이 자식아! 젠장, 되게 성가시네! 어이, 하이네. 이것 좀 떼어내 봐! 어깨를 물고 떨어지지를 않는다고!!"

　가다르칸드는 두 손 두 발로 팔을 단단히 붙들고 어깨를 물고 늘어지는 로제를 휘둘러 지면에 내리치면서 언성을 높였다.

　"조금만 더 참아! 이쪽은 곧 정리될 거야. 어이, 사신 숭배자! 너의 저주에는 대가가 필요하지? 아까부터 저주를 발동할 때마다 반지가 줄어들고 있네! 이제 얼마 안 남았는걸. 너는 내 상대가 못 돼. 그러니까 빨리 6호를……."

　하이네가 뭔가 말하려고 내게 손바닥을 내민 순간.

　갑자기 골렘의 상반신이 분쇄되더니, 그 어깨에 타고 있던 하이네가 지면에 굴러떨어졌다.

　이 자리에 있는 모두가 무슨 일이 일어났지 이해하지 못하고 있을 때, 한참 떨어진 곳에서 뒤늦게 소리가 들려왔다.

　"이…… 이게 무슨……."

　엉덩방아를 찧은 하이네가 망연자실한 표정을 짓고 있을 때, 다른 골렘 하나의 상반신이 부서졌다.

"이건 또 뭐야?! 하이네, 뭐가 어떻게 된 거냐고! ……어이, 넌 이제 그만 떨어져라!"

가다르칸드가 팔에서 로제를 떼어내면서 하이네에게 물었다.

"몰라. 진짜로 모르겠어. 이…… 이건…….""

또 골렘이 부서지고, 잠시 후에 소리가 들렸다.

그것은 먼 곳에서 들려온 소리였다.

소리가 뒤늦게 들릴 만큼, 엄청나게 멀리 떨어진 곳에서 공격한 것이리라.

"아무튼 여기는 위험해! 이 자식들아, 일단 하늘로 날아올라라! 그리고 최대한 빨리 날아다녀!"

가다르칸드가 지시를 내리며 날아오르자, 하이네도 하늘을 날고 있던 그리폰을 부르더니 허둥지둥 등에 올라탔다.

그와 동시에 골렘이 하나 더 부서지고, 또 한 박자 늦게 소리가 들렸다.

"가다르칸드, 성이야! 성 꼭대기에서 공격하고 있어!"

"……뭐어?! 저렇게 먼 곳에서 대체 뭘 한다고?!"

가다르칸드가 외친 순간, 다섯 번째 골렘이 부서졌다.

그걸 본 가다르칸드가 할 말을 잃었다.

"……가다르칸드, 네 부하는 날 수도 있고 실력도 좋아. 센 녀석을 몇 마리 불러! 성에 강적이 있으니까, 이대로 공중에서 쳐들어가자!!"

"……어이, 네놈들은 나를 따라와라! 성에 직접 쳐들어간다. 마구 날뛰는 거다!!"

하이네와 가다르칸드가 하늘로 날아오르더니, 그대로 성으로 향했다.

그 순간에 여섯 번째 골렘이 부서지고, 골렘이 하나만 남았다.

"……가버렸네."

"……가버렸어. 그래도 뭐, 대장이라면 어떻게든 해 줄 기야."

중얼거리는 로제에게 내가 미소를 짓자.

"……진짜? 진짜로, 대장님이 도망치지 않고 저 녀석들을 어떻게든 해 줄까?"

"…………아, 아마도?"

이윽고 마지막 골렘이 부서지자, 주위 병사들도 환성을 질렀다.

"대단하네……. 이건 대장님이 한 거지? 키메라인 내가 이런 말을 하는 것도 좀 그렇지만, 대장님은 대체 정체가 뭘까?"

"정말이지, 신비한 사람. 뭐, 그것보다 지금은……."

나는 우리를 포위한 수많은 마물을 둘러보았다.

골렘과 사천왕이 사라졌다고는 해도, 숫자는 적이 압도적으로 더 많다.

나를 지키려는 병사들과 마물들 사이의 거리가 서서히 좁혀졌다.

그걸 본 로제가 마물들을 위협했다.

"크앙~!"

마물들은 약간 움츠러들었지만, 그대로 계속 다가왔고…….

"우후후후후후후……."

나는 음침한 미소를 짓고, 휠체어를 꾹꾹 밀면서 마물들 앞으로 나섰다.

"아하하하하하하! 이 세상의 모든 생명은 언젠가 무로 돌아갈 운명. ……하지만 나는 죽음과 멸망을 초월한 자. 위대하신 제나리스 님의 신도이자 대주교! 내 이름은 그림 그리무아르. 자, 죽음이 두렵지 않은 자만 오렴. 내 저주의 진수를 그 눈에 똑똑해 새겨 주겠어!"

갑작스러운 내 말에 옆에 있던 로제가 화들짝 놀랐다.

"느닷없이 왜 그래?! 그것보다 방금 그 말은 뭐야?"

"밤에 혼자 심심할 때마다, 이럴 때를 대비해서 생각해 뒀어."

"뭐야, 약았어! 나, 나도…… 이럴 때야말로 할아버지가 안쓰러운 유언이 아니라, 좀 더 멋진 말을……! 으음, 내 이름은 로제! ……으음…… 으으음……."

입을 우물거리고 있는 로제의 옆에서, 나는 얼마 남지 않은 제물을 마물들 앞에 드러냈다.

"자, 불사와 재앙의 신께서 지닌 힘을 마음껏 맛보아라!"

"으에엥~!"

8

"후하하하하하하하! 내가 무쌍! 내가 무쌍! 마왕군 놈들, 식은 죽 먹기네!"

총성이 울려 퍼진 순간, 먼 곳에 있는 골렘이 분쇄됐다.

아니, 제대로 파괴됐는지는 어두워서 보이지 않지만…….

"어이, 웃지 말고 몸에서 힘을 빼라. 조준을 맞출 수가 없다."

내가 그 말을 듣고 몸에서 힘을 빼자, 앨리스가 총부리를 움직여 조준해 줬다.

"됐다. 쏴라."

또 총성이 울려 퍼졌다.

그와 동시에 또 골렘 하나가 분쇄됐다.

나는 이런 어둠 속에서, 그것도 이렇게 멀리 떨어진 곳에서 골렘을 맞히는 저격기술이 없다.

그래서 야간 투시 기능도 딸렸다고 하는 고성능 안드로이드 앨리스에게 조준을 맡긴 후, 나는 라이플을 쏘는 것만 담당했다.

"대, 대단해요……. 그런데, 왜 이제까지는 이걸 안 썼죠? 이것만 있었으면 이제까지의 전투에서도 손쉽게 승리할 수 있었을 거잖아요."

티리스가 그렇게 말하자,

"나는 게임에서 좋은 아이템과 교환할 수 있는 메달 같은 것을 모아도 좀처럼 경품으로 교환하지 않고 모아두는 타입이거든."

"그래서 너는 기회를 못 살리고, 출세하지도 못하는 거다. 좋아. 쏴라."

울려 퍼지는 총성.

대물 라이플의 묵직한 충격이 몸에 전해졌다.

"……한 발 쏠 때마다, 두들겨 맞은 것처럼 아픈데."

내가 불쑥 중얼거리자.

"시끄럽다. 죽어."

고개를 돌리고 무릎을 끌어안고 앉아 있던 스노우가 말했다.

"……네가 무슨 짓이든 해도 된다고 말했잖아."

"시끄럽다. 죽어."

"……좋아, 쏴라."

총성이 울려 퍼지고, 마지막 골렘이 파괴됐다.

"좋아. 이걸로 좀 편해지겠지?"

"시끄럽다. 죽어."

"아직 사천왕 놈들이 남아 있을 텐데, 모습이……. 잠깐만. 혹시 하늘에 떠 있는 저거 아니냐? 내가 직접 쏜다면 몰라도, 불규칙하게 비행하는 적을 네가 쏘게 하면서 맞힐 순 없다."

"그렇다고 빈약한 네가 대물 라이플을 썼다간 어딘가 부품이 망가질 것 같은데."

"시끄럽다. 죽어."

발코니에서 사천왕을 보던 앨리스가 소리쳤다.

"……어이. ……어이! 저 녀석들이 여기로 온다. 이곳을 향해 곧장 오고 있다! 다들 서둘러 방에 들어가라!"

그리폰에 탄 하이네, 가다르칸드와 여러 마물이 바람을 가르며 이곳을 향해 활공하고 있었다.

나는 라이플을 어깨에 짊어진 후, 아직 무릎을 끌어안은 채 꼼짝도 하지 않는 스노우의 손을 잡아 방에 뛰어들었다.

"인마, 이제 좀 그만해! 거길 본 것도 아니라고! 잠깐 팬티를 내렸을 뿐이잖아!"

"시끄럽다. 죽어."

유리가 깨지는 격렬한 소리가 들리더니, 그리폰과 마물들이 방

안으로 침입했다!

"──여기 있었구나, 6호! 너를 죽이겠어! 나를 이렇게 가지고 놀며 바보 취급한 녀석은 네가 처음이야! 이 도시로 오는 동안에 수많은 마물을 터뜨린 것도 너지?! 그리고 마도석을 내가 보는 앞에서 파괴한 것도!"

내부로 돌입한 열 마리 남짓한 마물이 기분 나쁜 괴성을 지르는 가운데, 분노에 사로잡힌 하이네가 울부짖었다.

"어디선가 본 적 있는 얼굴이다 했더니, 여자 시체를 소중히 끌어안고 질질 짜던 자식이잖아! 그 시체는 잘 묻어 줬나? 아니면 미련이 남아서 시체랑 했나? 그리고 네가 내 골렘을 부쉈지? 이제부터 너는 칼로 거꾸로 물고 자살하는 게 차라리 나을 짓을 당할 거다. 마음씨 착한 나는 자살해도 말리지는 않겠어. 2초 기다려 줄 테니까, 죽어도 돼! 자, 그럼 센다! 1초! 2……."

가다르칸드가 일방적으로 선언하고 숫자를 세려는 순간, 나는 어깨에 걸치고 있던 라이플로 그 자식을 쏴버렸다.

총구가 자신을 향한 것만으로 위험을 감지한 가다르칸드가 몸을 피하자, 뒤에 있던 마물이 산산조각 났다.

마물을 깨부순 총탄은 그대로 방 벽에 커다란 구멍을 냈다.

괴성을 질러대던 마물들은 그걸 보고 조용해졌다.

내 오른쪽 뒤에는 샷건을 든 앨리스가, 왼쪽 뒤에는 검을 뽑아 든 스노우가 서 있었다.

그런 우리의 뒤에는 티리스가 도망치지도 않고 당당히 상황을 지켜보고 있었다.

"무슨 일입니까?!"

아래층에서 마물들이 침입하는 소리를 듣고 온 것이리라. 문밖에서 들려오는 병사의 물음에 스노우가 마물에게서 눈을 떼지 않으며 소리쳤다.

"마물이 왔다! 너희는 폐하를 지켜라!!"

그 대화를 듣던 가다르칸드가 놀리는 듯이 휘파람을 불었다.

"……어이어이, 꽤 살벌한 무기를 가지고 있는걸? 그게 나를 향한 순간, 왠지 오싹하더군. 그건 대체 뭐야?"

나는 가다르칸드에게서 눈을 떼지 않고 단발식 라이플을 장전한 뒤.

"……이건 대물 라이플이라고 하는 건데, 너처럼 딱딱한 녀석을 멀리서 죽일 수 있는 멋진 무기지. ……참고로 돌머리인 네가 아까 말한 여자 말인데, 멀쩡하게 살아 있다고. 아까 마주쳤잖아, 이 새대가리야! 죽였다고 착각해서 자신만만하게 도발하네? 이거 삼류 냄새가 풀풀 나는걸!"

내가 도발하자, 히죽히죽 웃고 있던 가다르칸드의 얼굴에서 표정이 사라졌다.

"너, 그렇게 죽고 싶냐? 좋아. 바……."

"바라는 대로 죽여 주마! ……같은 소리를 하려는 거지? 그딴 식상한 대사에는 이미 질렸다고! 네가 그림에게 그랬던 것처럼 이 녀석으로 네놈의 대갈통을 날려버리기 전에, 밖에서 우글거리는 마물들을 데리고 썩 꺼져!"

그렇게 말하면서 총구를 흔들자, 가다르칸드는 자세를 낮추며 전투태세를 취했다.

"……어이, 얘들아. 저 무기는 연속으로 쓸 수 없을 거다. 공격한 후에 빈틈이 생기겠지. 안 그렇다면 진즉에 우리를 다진 고기로 만들었을 거다. 잘 들어라. 거리를 좁히고 일제히 달려들어. 누가 죽든 신경 쓰지 말고 가라. 그리고 저 녀석의 숨통을 끊어."

이 자식, 생긴 낯짝과 몸집과 다르게 머리도 잘 돌아가잖아!

"6호, 졸개는 내가 상대하마. 너는 사천왕을 맡아라."

"너, 이젠 대장이라고 부르지 않는 거야? 팬티 가지고 언제까지 속에 담고 살 건데? 그리고 물러나 있어. 이제부터 이 대장님의 멋진 모습을 보여줄 테니까 말이야. 어이, 앨리스! R배소를 전송해 줘!"

"뭐? 너는 무슨 소리를 하는 거냐. 알기는 하냐? 너는 이미……."

앨리스가 뭔가 말하려던 순간, 마물들이 일제히 움직였다.

"6호, 나도 다른 마물 정도는 상대할 수 있다! 조금은 너에게 도움이 될 거다!"

고집을 부리고 내 옆에 서는 스노우.

좀 솔직해졌나 싶었더니, 이럴 때도 옹고집인 여자다.

나와 스노우를 둘러싼 마물들은 포위망을 좁혔고, 하이네는 불꽃을 만들어냈다.

그리폰만은 몸집이 크기 때문인지 방에 들어오지 못하고 발코니에서 대기하고 있다.

"앨리스! 빨리! 빨리해!"

내가 필사적으로 외치자, 앨리스는 샷건을 내려놓고 메모에 뭔가 휘갈겨 적었다.

"너, 나중에 어떻게 되든 나는 모른다!!"

앨리스가 그렇게 말한 순간, 마물들이 일제히 달려들었다.

가다르칸드에게 총구를 겨누지만, 그 녀석은 다른 마물처럼 내게 돌진하지 않고 옆으로 몸을 날렸다.

나는 근처에 있는 다른 마물을 쏴서 해치웠다.

그 틈을 노리듯 나를 향해 불덩어리가 날아왔다.

마물의 손톱이 전투복의 표면을 스치면서 불똥이 튀었다.

달려드는 마물 한 마리를 걷어차 그 반동을 이용해 또다시 날아온 불을 피하자, 마물 한 마리가 대물 라이플의 총신을 붙잡았다.

추가로 옆에서는 마물 두 마리가 쇄도한다.

"6호, 고개를 숙여라!"

반사적으로 그 말에 따르자, 무언가가 내 머리 위를 가르고 지나갔다.

고개를 들고 보니 마물 두 마리가 안면이 찢겨진 채 비명을 지르고 움츠러들었다.

"너, 너, 내가 반응 못했으면 대체 어쩔 작정이었던 거야?!"

울먹이면서 스노우에게 따지는 내게 앨리스가 소리쳤다.

"왔다! 6호, 받아라!"

눈앞의 공간에 푸르스름한 정전기가 발생했다.

그것이 잦아들었을 때, 눈에 익은 무기가 내 앞에 나타났다.

총신을 잡힌 라이플에서 손을 뗀 나는 허공에 나타난 무기를 두 손으로 받았다.

곧바로 그것을 기동하고, 아직 라이플을 붙잡고 있는 마물을 벤다.

그 녀석은 손에 쥔 라이플로 내 공격을 막으려 하지만.

고속으로 진동하는 날이 단단한 금속을 찢어발기는 소리.

그와 동시에, 공격을 막으려던 마물이 라이플과 함께 두 동강 났다.

"……어이, 너. 그, 그건 뭐냐……. 그걸, 대체, 어디서 꺼낸 거냐고……."

그렇게 중얼거리고 넋이 나간 가다르칸드를 아랑곳하지 않고, 나를 포위한 마물들이 쓰러진 동료를 보더니 뒷걸음질 쳤다.

"이건 말이지. 대장갑차량 절단용 진동 배드소드 타입R이라는 장황한 이름을 지닌 절단기다. 너 같은 졸개를 해체할 때 쓰는 무기지."

가다르칸드의 말에 대답한 나는 뭐든 다 써는 전기톱이라 불리는, 통칭 R배소를 두 손으로 쥐었다.

원리는 잘 모르지만 엔진으로 고속 진동시킨 날로 전차든 뭐든 간에 싹둑싹둑 썰어버리는 녀석으로, 키사라기가 자랑하는 무기 중에서도 내가 특히 아끼는 우량품이다.

나는 그 R배소의 외부 커넥트를 전투복 단말에 연결했다.

이렇게 하면, 전투복의 동력도 R배소에 추가할 수 있다.

1분만 쓸 수 있지만, 나는 이 기술로 수많은 히어로를 해치웠다.

──이걸로 지지 않는다.

"제한 해제!"

내가 그렇게 외친 순간, 내 머릿속에 안내 음성이 울려 퍼졌다.

《전투복의 안전장치를 해제합니다. 괜찮습니까?》

"어이, 6호! 그건 예전에 골렘을 상대할 때 썼던 거잖아! 마물이 이렇게 많고, 간부도 둘이나 있다고! 그건……."

스노우가 깜짝 놀라며 그렇게 외치는 가운데…….

"괜찮아."

내가 그렇게 말하자, 또 안내 음성이 들려왔다.

《안전장치를 해제하면 1분간 제한 해제 행동 후에 약 3분간의 쿨다운이 필요합니다. 정말 괜찮습니까?》

"앨리스! 너도 6호를 말려라! 이건 원래 네 역할이지 않느냐!"

스노우가 여전히 고함을 지르는 있는 가운데…….

"해제해 줘."

내 말에 반응한 안내 음성이 카운트다운을 시작했다.

《안전장치를 해제합니다. 취소할 경우에는 카운트다운 중 캔슬 워드를 말하십시오. 10…… 9…….》

전원이 제자리에서 꼼짝도 하지 않고 있는 이 방에…….

"전투원 6호─────!!"

나를 향해 불을 던지려던 하이네를 향해 샷건을 겨눈 앨리스의 목소리가 울려 퍼졌다.

《6…… 5…….》

카운트다운이 진행되는 사이, 내가 그쪽 슬쩍 보자.

"해치워 버려라!!"

엄지를 세운 파트너가, 안드로이드 주제에 멋진 미소를 지으며 말했다.

《──전투복의 안전장치를 해제했습니다.》

"비밀결사 키사라기 사원, 전투원 6호다! 악의 조직은 하나면 충분하다고! 너는 여기서 사라져라!"

"덤벼라, 인간! 산산조각을 내서 오거에게 먹이로 주마!!"

인내심이 바닥난 듯한 가다르칸드가 나를 향해 한달음에 달려오며 쇠몽둥이를 휘두르자, 나는 한계까지 속도를 올리며 돌격했다!

"스노우, 너는 물러나! 이 녀석은 필살기로 죽여 버리겠어!!"

가다르칸드가 휘두른 쇠몽둥이와 R배소가 교차한다.

"?!"

가다르칸드가 쥔 쇠몽둥이를 중간에서 간단히 절단하고도, 내가 휘두른 배소는 위력이 전혀 줄어들지 않은 채.

"잠깐, 어이, 기다──!"

그대로 원을 그리듯, 다시 한번 가다르칸드에게 쇄도했다.

가다르칸드가 허둥지둥 무슨 말을 늘어놓으며 내민 오른팔이 허공을 가르고.

"어, 어이, 6호?! 필살기는 또 뭐냐?! 넌 주위를 좀 살피고……"

당황한 듯 외치는 스노우의 말을 들으면서…….

"어, 가다르칸드?! 얘들아! 저 남자에게서, 빨리, 도망──!!"

나는 자기 자신을 중심으로 회전하면서, 눈에 들어오는 것들을 모조리 쓸어버렸다!

"우…… 우아아아아────!! 아아아아아!! 와아아아아아아아아아앗!"

자신의 동료가 R배소에 휘말려 다진 고기가 되는 광경을 본 하이네는 비명을 질렀다.

고속으로 휘두르고 있기 때문에 누군지는 모르지만…….

"잠깐, 6호, ……, 그만……! 나까지 죽…………!"

움직이는 것, 시꺼먼 것.

"히익!"

그것이 누구의 비명인지도 모른 채, 그 자리에서 눈에 들어오는 모든 것을 갈가리 찢어버렸다.

──전투복의 쿨다운이 시작되면서, 내가 꼼짝도 못하게 되었을 즈음…….

그곳에는 가다르칸드와 그 부하였던 것들이 굴러다니고 있었다.

"어어…… 어버버버버…… 어버버버버버버버……"

방구석에는 다리가 풀린 듯 그 자리에 움츠린 하이네가 있었다.

"……훌쩍……."

내 뒤에서는 티리스가 털썩 주저앉고.

"수고했어~."

가장 먼저 벽으로 피난했던 앨리스가 기분 좋게 내 노고를 치하해 주는 가운데…….

"…………."

내 옆에서는 이마를 융단에 대고 양손으로 머리를 감싼 스노우가 거북이처럼 몸을 움츠리고 있었다.

조용해진 실내의 상황을 살피려고 조심조심 고개를 든, 울상을 지은 스노우와 눈이 마주치자.

"……너…… 너너…… 너, 이, 인마! 6호, 너는 무슨 짓을……! 죽는 줄……! 이건 진짜로 죽는 줄 알았단 말이다! 이 참상을 봐라! 까딱했으면 나도 저렇게 됐을 거다!"

"그래서 필살기 쓴다고 물러나라고 했잖아."

"다음에는 쓰기 10초쯤 전에 말해다오……."

울상을 짓고 코를 훌쩍이며 몸을 일으킨 스노우는 아직도 바닥에 주저앉아 있는 하이네를 보았다.

"……그래서? 이 녀석은 어떻게 할 거지? 아까 기술로 갈아버릴 거냐?"

"히익!"

스노우가 별생각 없이 말하는 것을 듣고, 하이네는 얼굴이 새파랗게 질리며 눈물을 글썽였다.

아까 기술이고 뭐고, 나는 꼼짝도 할 수 없는데.

하지만 지금의 하이네는 그럴 생각을 할 여유가 없었나 보다.

"뭐, 딱히 살려 보낼 이유도 없긴 하지……."

앨리스가 샷건을 이유도 없이 재장전하더니, 겁을 주듯 철컥 소리를 크게 냈다.

"아…… 아아……."

울먹거리며 방구석에서 떨고 있는 하이네를 본 나는 좋은 생각이 났다.

"야, 하이네."

"히엡!"

내가 느닷없이 말을 걸자, 하이네가 기성을 질렀다.

"그냥 보내줄게."

방 안에 정적이 감도는 가운데.

"……윽…… 으윽…… 훌쩍…………."

하이네는 갑자기 울음을 터뜨렸다.

"어, 어이, 너는 왜 우는 거야?!"

"유, 6호 님……. 상대가 마물이라 해도, 저기…… 부디, 너무 악랄한 짓은……."

"……뭐, 뭐어, 좀 불쌍하지만 어쩔 수 없지. 불꽃의 하이네, 상대가 나빴다고 생각하고, 저기, 포기……."

"너희는 나랑 이야기 좀 하자. 그냥 놔주겠다는 소리밖에 안 했다고."

평소 행실이란 중요한 거구나.

"그럼 6호. 이 녀석을 그냥 돌려보낼 거냐?"

"그럴 리가 없잖아."

앨리스의 말에 내가 바로 대꾸하자, 하이네가 절망하는 표정을 지었다.

"벌써 아니니까 그런 표정 짓지 말라고! 어이, 그만해! 아직 아무 짓도 안 했는데, 내가 엄청난 악당 같잖아~! 그런 표정은 내가 뭔가 저지른 다음에 지으라고!"

"그, 그럼…… 나는, 뭘 하면 되는데……?"

조심조심 물어보는 하이네에게.

"한 달 정도 휴전하자. 그게 너를 놔주는 조건이야. 이 조건을 받아들인다면, 오늘은 부하를 데리고 돌아가도 돼."

나는 그렇게 말하고 웃었다.

9

"……휴전 같은 걸 조건으로 걸어도 되겠느냐?"

그리폰을 타고 대량의 마물과 함께 시가지에서 철수하는 하이네를 지켜보면서, 스노우가 불쑥 말했다.

"한 달 정도면 돼. 나한테 생각이 있거든. ……하지만, 어떻게든 되긴 했네. 어이, 너희. 오늘부터 나를 부를 때는 6호 님이라고 불러. 그리고 매일 고마워하라고, 진짜로. 이번엔 그만큼 활약했잖아. 특히 스노우, 너는 뭐든지 다 하겠다고 약속했으니까. 이제부터 뭘 할지 알겠지? 바로 목욕탕에 가서 깨끗하게 씻어."

"······맞아요. 내려가서 수고한 병사 여러분을 위로해야겠네요!"

"어이, 6호. 상의할 게 있으니까, 움직일 수 있게 되면 내려와라."

내 말을 들은 티리스와 엘리스는 그 말을 남기고 방에서 나갔다.

"······딱히 쓸쓸하지는 않거든? 이런 취급에는 익숙하다고. 나는 스노우 한 명만으로 충분해."

방에 남은 내가 그렇게 중얼거렸을 때.

"······저기······. 6호, 아니, 대, 대장······. 뻔뻔한 소리 같지만, 부탁할 게 있다······."

스노우는 어째서인지 다소곳하게 말하며, 그 자리에서 몸을 웅크려 바닥에 떨어져 있는 무언가를 줍더니.

"저기, 나는 아직 기사로서 유니콘을 내리고 싶지 않다······. 이게 정말 염치없는 소리라는 것은 알고 있지만······."

그리고 스노우는 주운 것을 두 손으로 안아 들더니, 꼼짝도 할 수 없는 내게 다가왔다.

그것은············.

가다르칸드의 머리였다.

"······미안하다, 대장. 물론 강요하는 건 아니다. 이건, 어디까지나 내 부탁이야······."

"야, 멈춰. 너는 왜 그딴 걸 들고 있는 거야? 왜 그딴 걸 들고 나한테 다가오는 건데?"

스노우는 미안해하듯 미간에 주름을 잡고.

"저기, 부디…… 동침만은, 지금은 그냥 넘어가 주면 안 되겠느냐……."

"이러지 마아앗! 너, 대체 뭘 하려는 거야?! 적이라고 해도 시체를 가지고 놀면 안 돼! 하지 마! 가까워! 무서워, 무섭다고! 가다르칸드의 얼굴이 무지 무섭단 말이야! 알았어, 알았다고! 이제 아무래도 좋아! 빚이니 약속이니 아무래도 좋아! 어이, 가깝다고! 이러다 가다르칸드와 키스할 것 같단 말이야!"

스노우가 그 말을 듣고 가다르칸드의 머리를 버리자, 나는 분노를 터뜨렸다.

"이 여자가 진짜~! 이럴 줄 알았어! 아스타로트 님도 그렇고, 너도 그렇고, 여자들은 맨날 이래! 나를 실컷 이용하고, 보상을 원할 때면 눈물로 얼버무리는 게 말이야! 바보! 멍청이! 너는 처음 만났을 때부터 마음에 안 들었어! 빨리 나를 두고, 다른 애——."

빠르게 독설을 쏟아내는 내 입술이 부드러운 무언가에 막혔다.

스노우가 자신의 입술을 댄 것이다.

꼼짝도 할 수 없는 상태에서 말문이 막힌 내게, 스노우는 얼굴을 붉히며 말했다.

"미안하다. 오늘은 이걸로…… 용서해다오……."

갑작스러운 일에 아무 말도 못하는 내게.

"네, 네가, 나를 좋아해 주는 건, 딱히 싫지 않다……. 네가 나를 안고 싶다고 말했을 때, 전혀 기쁘지 않았다면 거짓말이겠지. ……하지만 나는 누군가를 좋아하거나 싫어하는 감정을 아직 잘 모른다. 그래도……."

스노우는 새하얀 얼굴을 붉히고.

"처음 만났을 때부터, 네가 싫지는 않았다. 아직은 잘 모르겠지만…… 이제부터 천천히, 너에 대해 생각해 보겠다……."

살포시, 부드럽게 미소를 지었다.

…………?

"너, 아까부터 무슨 소리를 하는 거야? 왜 내가 너를 좋아한다는 듯이 이야기하는 건데? 와, 소름 돋네."

…….

"……뭐?"

"왜 그렇게 놀라는 건데? 왜 내가 너를 좋아한다는 듯이 이야기하는 거냐고 했지? 나는 너를 좋아한다고 입도 뻥긋한 적이 없다고."

내 말을 듣고, 스노우는 자신이 무슨 말을 들은 건지 모르겠다는 표정을 지었다.

"……아, 아니, 네가 나와 동침하고 싶다고……."

"얼굴과 몸매는 내 취향이니까 깔끔하게 한 번만 하자는 뜻이야. 부끄러우니까 굳이 말하게 하지 마. 그리고 나는 너처럼 성미가 급한 애와 사귀고 싶지 않거든? 툭하면 뚜껑 열려서 검을 휘둘러대고, 출세욕이 쩌는 데다 돈도 밝히잖아. 대체 내가 너의 뭘 좋아하라는 건데. 그것보다, 뭘 키스 정도로 얼렁뚱땅 넘어가려고……."

거기까지 말한 나는 그제야 이변을 눈치챘다.

"하아아…… 아아아아…… 아아아아……."

얼굴이 새빨개진 스노우가 눈물을 글썽거리면서 숨을 천천히 들이쉬고 있었다.

마치 무언가를 깊이 응축하려는 것처럼.

울음을 터뜨리기 직전의 아이가 이제부터 감정을 폭발시키려는 상태처럼.

스노우는 부들부들 떨리는 손을 허리에 찬 검으로 뻗었다.

"……진정해. 말로 하자. 나 지금 움직일 수 없거든? 네가 폭발해서 칼질하면, 나는 사망 확정이거든?"

"하아아아…… 아아아아…… 아아아아."

스노우는 내 말을 듣더니, 이 상황에서 감정을 폭발시키면 어떻게 되는지 알고 있는지 어떻게든 참아 보려고 몸을 부들부들 떨고 있었다.

하지만 천천히, 천천히 칼자루에 손이 가고…….

"차, 참아, 스노우. 내가 말을 심하게 했어. 하지만 나한테 이만큼 일을 시키고 내가 죽으면 뒷말이 무지 씁쓸할걸? 자, 너는 참을성이 있는 애야. 노력할 줄 아는 애라고! 천천히 숨을 내쉬면서, 차분하게 소수를 세어 봐."

"이, 1…… 3…… 오, 5……, 치치치, 7……."

《쿨다운이 끝났습니다. 전투복의 기능을 사용할 수 있습니다.》

내가 전력으로 줄행랑을 치자, 스노우는 울음을 터뜨리며 쫓아왔다.

"우와아아아아아아아아아아! 우와아아아아아아아아아아아아아아아아아아~!!"

스노우의, 울음소리 같은 외침을 들으면서.

쫓아오는 버서커를 떨쳐내기 위해.

"제한 해제! 제한 해제~!!"

나는 목이 쉬도록 소리쳤다——.

"——좋아. 이제 불만은 없겠지."

지금은 어느새 자정이 다 되어 가는 시간대다.

마왕군이 떠난 후, 이제 우리가 이곳에 있을 이유는 없다.

"6호 님……. 수고하셨어요. 이렇게까지 우리를 도와주실 줄은 몰랐어요. 정말, 감사합니다."

"그렇게 생각한다면, 좀 더 성의를 보여. 이 나라 역사책에 내 이름을 꼭 실어서, 후세에 알리라고."

내가 그렇게 말하자, 티리스는 배시시 웃으며 슬며시 고개를 끄덕였다.

능구렁이 공주님이라고 생각했는데, 갑자기 드러낸 솔직한 일면이 조금 놀라웠다.

……아니지, 나라가 멸망할 위기에서 벗어나 안심한 덕분에 자기 나이에 걸맞은 진짜 일면이 드러난 걸까?

얼간이 왕을 대신해 자신이 이 나라를 지켜야 한다는 생각에, 평상시에 일부러 어른스럽게 군 걸지도 모른다.

그런 공주님이 잠시 뭔가를 물어보고 싶은 듯한 표정을 지은 후.

"……저기, 6호 님. 당신이 어떤 임무를 받고 이곳에 왔는지 다소 이해하고서 말하겠어요. ……다시 이 나라의 기사가 될 생각은……."

머뭇거리며 권하는 티리스에게 나는 고개를 저었다.

"음. 기사는 됐어. 이상한 부하들을 돌보는 건 피곤하거든."

내 대답을 들은 티리스가 약간 쓸쓸한 듯이, 그리고 대답을 이미 예상한 것처럼 어쩔 수 없다는 쓴웃음을 짓는다.

내 말을 들은 옛 부하 두 명이 항의했다.

"이상한 부하면, 설마 저희인가요?! 너무해요! 아무리 대장님이라도 확 깨물어버릴 거예요!"

"대장은 나와 그렇게 특별한 일을 했으면서 나를 두고 가려는 거야……? 나를 이런 몸으로 만든 책임을 져!"

"어, 어이. 이러지 마, 그럼. 남들에게 오해 살 발언 좀 하지 말라고. 새 휠체어에 너를 태워서 뛰어다녔을 뿐이잖아……. 아얏! 어이, 로제! 하지 마! 내가 잘못했으니까 물지 마! 물지 말라고!!"

등에 매달려 마구 물어뜯는 로제를 떼어낸 내가 돌아갈 채비를 하고 있을 때.

"…………."

스노우가 아무 말 없이 내 등 뒤에 섰다.

"……? 왜 그래? 말해 봐. 말없이 서 있으면 무섭다고."

얄미운 소리를 하는 나를 보고도, 스노우는 침묵을 지키고 있다. 어쩌면 아까 일로 아직 화가 난 걸지도 모른다.

"……어이. 이제 이곳에는 안 오는 거냐?"

드디어 입을 열었나 했더니, 이 여자가 정말……!

"어이, 그렇게 일일이 확인하지 않아도, 부르는 사람이 없으면 안 온다고!"

평소처럼 시비조로 말하자 스노우가 숨을 삼켰다.

"……너, 너는 고국으로 돌아가는 거냐?"

"당연하지. 이 나라에 있는 누구누구 씨가 무서워서 말이야. 게다가 이곳에 온 목적도 얼추 달성했거든."

스노우는 고개를 숙이고 말했다.

"…………그러냐."

"……아까부터 왜 그래? 평소 성질은 어디 간 거야? 할 말이 있으면 빨리해. 앨리스가 불렀단 말이야."

내 말을 듣고. 스노우는 주먹을 꽉 쥐었다.

"……혀, 현재, 우리 나라는 마왕군과 격전을 치르면서 막대한 피해를 봤다. 그래서 부대를 지휘할 사람, 그리고 싸움에 능한 인재를 찾고 있지."

"…………그래서?"

스노우는 말을 할지 말지 망설이더니……

"……이제 네가 누구라도 상관없고, 정체도 따지지 않겠다. 나처럼 성가신 부하가 싫어서 기사가 되기 싫다면, 저기……. 용병으로라도……."

갈수록 말소리가 점점 작아지는 스노우.

이 녀석은 나를 쫓아냈던 것을 아직 후회하는 듯하다.

"즉, 전투에 도움이 될 인재를 찾는다는 거지?"

"그, 그렇다. 하지만, 강하기만 하면 아무라도 상관없는 게 아니라⋯⋯."

평소의 드센 발언과 성급함은 정말 어디 갔을까.

⋯⋯정말이지, 성가시기 그지없는 여자다.

이러니 골칫덩이만 모인 집단으로 좌천당하지.

바로 그때, 나는 문득 깨달았다.

내 눈앞에는 버리지 말아달라고 호소하는 강아지 같은 눈으로 보는 스노우만 있는 게 아니다.

주위를 둘러보니, 옛 부하들과 티리스도 왠지 기대하는 눈으로 나를 보고 있었다.

정말, 귀찮고 골치 아픈 녀석들이다.

내 직업은 전투원이다.

그리고 이 별에는 아직 전장이 많다.

내 눈앞에 있는 이 녀석들은 싸울 자를 원하고 있다.

그렇다면 이럴 때는 잘 흥정해야 한다. 할 말은 하나뿐이다.

나는 눈앞에 있는 여자에게, 당당히 말했다――.

"――전투원, 필요합니까?"

10

슬슬 심야가 되려는 시간대.

나는 한 남자가 기거하는 방의 문을 두드렸다.

“……누구냐?”

“나야, 나. 나라고.”

그 말에 남자는 무방비하게 문을 열고…….

“뭐냐, 기어냐? 자쿠로냐? 오늘은 안 불렀을 텐데? 나는 지금 바쁘…….”

“안녕! 나야, 6호야, 아저씨!”

뭔가 말하려던 참모 아저씨는 허둥지둥 문을 닫았지만, 나는 문틈에 발끝을 집어넣었다.

“크아아아아아아아! 아야야얏, 다리가아아아아!”

내 비명을 들은 참모가 허둥지둥 문을 연 순간, 나는 태연한 얼굴로 방 안에 들어갔다. 앨리스도 뒤따라 들어왔다.

“앗…… 뭐뭐, 뭐 하러 온 거냐?! 멋대로 방에 들어오지 마라!”

분노를 드러내는 참모를 무시하고, 나와 앨리스는 실내를 둘러본다.

“오오…… 역시 참모님이야. 값나가는 게 참 많은걸…….”

“어이, 6호. 대충 봐도 총액이 억대에 이를 정도로 비싼 살림살이들이다.”

진짜냐.

“이걸 전부 준다면, 나는 그냥 넘어갈 거 같은데…….”

“어이, 그건 잘 참아라.”

나와 앨리스의 대화를 이해하지 못한 참모가 말했다.

“이것들이! 이런 시간에 무슨 일로 나를 찾아온 거냐!”

“어이어이, 평소의 정중한 말투와 다른데? 이게 본성인가?”

"소인배의 견본이군. 겉과 속의 말투가 다르지. 이건 개성이 없는 악당의 전형이다, 6호."

참모는 뭔가를 참듯 고개를 푹 숙였다.

"⋯⋯⋯⋯무슨 일로 온 거냐!"

"⋯⋯그게 말이지? 스노우한테서 이런저런 이야기를 들었거든. 아저씨가 우리를 싫어해서, 스노우한테 우리 정체를 캐내라고 시켰다며?"

"그래그래. 출세를 시켜 준다는 말에 낚여서 6호의 방에 왔는데, 우연히 우리 이야기를 들었다면서 말이다. 그 일에 관해서 엄청 사과하더군."

그 말을 들은 순간, 참모의 안색이 새파랗게 질렸다.

"아, 아니, 저기⋯⋯."

"그럴 리가 없겠지~? 아저씨는 회의 때, 나보고 영웅이라고 했잖아."

내가 도움의 손길을 내밀자, 참모는 환한 표정을 지었다.

"그, 그래요! 맞습니다! 6호 경은 이 나라의 영웅입니다! 그런 분을 왜 싫어하겠습니까!"

"하긴. 역시 스노우가 잘못 들은 거겠군."

앨리스가 맞장구를 치자, 참모는 연신 고개를 끄덕였다.

"예! 예! 물론입니다! ⋯⋯아, 잠깐만요. 스노우 경은 이렇게 말했었습죠. 6호 경을 확 베고 싶다고. 그 여자는 원래 비천한 슬럼가 출신입니다. 지금 같은 전시가 아니었다면 일개 병졸에 불과했을 계집입죠. 그게 운이 좋아 출세하면서 자기 분수도 모르고 욕심을 부린 겁니다. 제 지위를 노리고, 6호 경을 속여서, 간사한 수작을 부린 겁니다……!"

"진짜냐! 그 녀석 참 지독하네! 그러고 보니 로제라고 있잖아? 그 녀석은 할아버지의 유언으로 이상한 돌을 찾는다고 여기서 거의 무보수로 혹사당하고 있다며? 그건 누구 생각이야? 이렇게 멋진 아이디어는 쉽게 나오는 게 아니라고."

"골칫덩이들을 한 부대에 모아서 효율적으로 버리는 계획도 그렇지. 이야, 정말 머리 한번 잘 썼는걸. 대단하군."

우리가 그렇게 말하자, 참모는 더없이 환하게 웃었다.

"실은 그것도 제 생각입니다! 티리스 님은 정치에 능하시지만, 역시 곱게 자라서 그런지 불필요한 것들을 내치시지 못하시죠. 그래서 제가 그 부담을 덜어드린 겁니다. 참모라는 직함은 장식으로 달고 있는 게 아닙지요. 이야, 제 입으로 할 말은 아니지만, 이 계획은 제가 생각해도 괜찮았다고……."

"……………………"

"어이, 앨리스. 이제 됐지? 충분하잖아. 처음부터 말했잖아. 이건 스카우트할 가치가 없다고."

내 태도가 갑자기 돌변하자, 참모는 화들짝 놀랐다.

"그래. 나는 이 아저씨와 만난 적도, 이야기한 적도 없어서 혹시나 했는데 말이지. 이 녀석은 악당이 아니다. 그냥 야비하고 비겁한 놈이지. ……6호, 왜 갑자기 가슴을 부여잡는 거지?"

"그, 그게, 잘은 모르겠지만, 방금 그 말이 가슴을 찌르는 것 같아서……."

내가 가슴을 붙잡았을 때.

"가, 갑자기 왜 그러지……?! 난데없이 태도가……. 뭐, 뭐가 너희 마음에 안 든 건지는 모르겠지만 사과하마. 그것보다 앞으로의 일 말인데……."

변명을 늘어놓던 참모는 앨리스가 책상 위에 무언가를 거칠게 내려놓자, 고개를 갸웃거리며 입을 다물었다.

책상 위에 놓인 물건은 바로…….

"이, 이게 뭐지?"

연근이었다.

"연꽃과의 음식물인데, 다양한 약효가 있지."

"……그, 그래서?"

앨리스가 참모를 향해 무표정한 얼굴을 쑥 내밀었다.

"어이, 너. 엉덩이로 연근을 키우고 싶냐?"

"히익! 이, 이 계집이 무슨 소리를 하는 거냐?! 머, 먹을 것을 소중히 여기라는 것도 배우지 못한 거냐?!"

앨리스는 어린애처럼 생겼지만, 악의 조직원이 내뿜는 박력에 압도당한 참모는 새파랗게 질린 얼굴로 뒷걸음질 쳤다.

"다 끝난 후에 요리해서 먹으면 되지? 나는 음식을 먹을 수 없으니, 이건 네가 먹어치워야겠군."

"무…… 무무, 무슨 소리를……."

참모가 살금살금 물러서는 가운데, 나는 손에 든 물건의 일부를 찌직 소리가 나게 잡아당겼다.

"그, 그건 뭐냐……."

참모는 내가 손에 든 것이 신경 쓰이는지, 그것이 뭔지 물었다.

"이건 숱이 적은 남성용 징벌병기다. 극히 일부 지역에서는 접착테이프라고 부르지."

"히익! 하, 하지 마! 무, 무슨 짓을 하려는 거냐! 아, 안 돼!"

참모는 꽤 신경을 쓰고 있었던 건지, 숱이 적은 자신의 머리를 누르고 애원했다.

"너무 걱정하지 말라고. 이걸 머리에 붙인 후에 쫙 떼어버리기만 하는 간단한 병기니까 말이야."

"하, 하지 마! 하지 말라고! 돈이냐! 돈이라면 주마! 그러니까, 그러니까 용서해 줘!"

연근을 도로 집은 앨리스는 참모의 애원을 무시하더니, 무표정한 얼굴을 쑥 내밀었다.

"어이, 아저씨. 너도 어엿한 악당이라면."

나는 앨리스의 말을 이어받듯, 테이프를 쫙 소리가 나게 당기면서 말했다.

"누군가를 함정에 빠뜨리려고 할 때는, 역습당할 경우도 각오해 둬. ……귀여운 부하를 대신해 보답해 주지. 자, 연근과 접착테이프. 뭘로 할래?"

내 말을 들은 참모는 웃음과 울음이 뒤섞여 경련을 일으키는 표정을 짓고 있었다.

《악행 포인트가 가산됩니다.》

——참모의 방에서 나온 우리는 짐을 챙기러 아지트로 향했다.

"……그런데 6호. 이번에는 바보인 너답지 않게 잘 생각했군."

앨리스가 문득 그렇게 말했다.

"응? 잘 생각해? 뭐가? 그리고 바보라는 건 너무하잖아."

나는 영문을 몰라서 되물었다.

"……너, 알고 한 게 아니었던 거냐? 이것저것 말이다."

"……응?"

나는 여전히 영문을 알 수가 없었다.

"스노우와 약속했지? 용병 전투원이 되기로 말이다."

"아, 그거 말이구나. 지구에 돌아갈 때까지만 말이야. 뭐, 마왕
군과는 한 달 동안 휴전 중이니까, 어쩌면 한 번도 싸우지 않고 돌
아갈 수 있을지도 모르지만. 그게 뭐가 잘 생각한 건데?"

앨리스는 안드로이드면서 어이없다는 표정을 지었다.

"……지금 네 악행 포인트를 확인해 봐라."

……190포인트.

"……어라? 포인트가 늘어났네. 어떻게 된 거지? 스노우의 팬
티를 벗긴 것과 참모 괴롭히기 같은 걸로 이렇게 포인트가 쌓인
거야?"

"유심히 봐라. 포인트 옆에 뭐가 붙어 있을 거다."

나는 유심히 봤다.

…………………마이너스 190포인트.

"이게 뭐야?"

"그걸 몰라서 묻는 거냐? 포인트가 부족한 상태에서 네가 나한

테 R배소를 전송하라고 했던 걸 잊은 거냐?"

윽?!

"포인트가 마이너스니까, 이대로 설렁설렁 지구로 돌아갔다간 바로 징벌부대에 잡혀서 마이너스 포인트만큼 벌을 받을 거다."

우리 조직에는 징벌부대라는 것이 있다.

원래 악행 포인트는 마이너스가 되지 않는다.

하지만 엄청난 선행을 쌓거나, 악의 조직의 명성을 떨어뜨리는 부끄러운 행위를 하면 포인트가 줄기도 한다.

악행 포인트의 합계가 마이너스에 도달했을 때……

"……징벌부대는, 엄청 무시무시한 짓을 한다고 들었어."

"그렇다더군. 돌아오고 인격이 변한 자도 있다고 한다."

……어어어어, 어쩌지?!

"앨리스! 나, 돌아가고 싶지 않아!"

내가 흔들어대자, 앨리스는 신기한 것이라는 보듯 인간미가 넘치는 표정을 지었다.

"너, 진짜로 알면서 한 게 아니었냐……. 잘 들어라, 6호. 너는 전송기의 이송 공간이 안정되어서 돌아갈 수 있게 된 후에도, 이곳에 남아서 계속 용병 전투원을 해라. 그리고 포인트를 쌓아서 플러스 상태가 되면 돌아가는 거다."

"바로 그거야! 뭐, 전송기가 안정될 때까지 한 달이 걸리니까, 그동안 포인트를 플러스로 만드는 것도 여유롭겠지."

그렇다. 나는 요전번에 단기간으로 그것보다 많은 포인트를 모았다.

"너는 지금 수배 중이라는 사실을 잊지 마라, 지퍼맨. 집행유예 중이나 다름없단 말이다."

앗!

"잘 들어라. 이번 보고서는 내가 써 주마. 네가 아직 돌아갈 수 없는 이유도 내가 둘러대 주마. 그리고 네가 포인트를 모을 때까지, 나도 여기 남아 주마."

"앨리스 님~!"

내가 매달리자, 앨리스는 아이를 어르듯 내 머리를 토닥이면서.

"됐으니까 너는 한시라도 빨리 포인트를 모을 방법을 생각해라."

"나만 믿어, 파트너! 그럼 우리 부대 녀석들을 찾아가서 전부 홀랑 벗겨버리겠어!"

내가 그렇게 말하며 뒤돌아서자…….

"어, 어이, 진심이냐? 그것보다 파트너는 또 무슨 소리냐? 나는 서포트형 안드로이드인……."

앨리스가 뭔가 말하려고 했지만, 나는 포인트를 모으려고 뛰어나갔다……!

"……파트너, 라."

그때, 별로 싫지도 않은 듯이 작게 중얼거리는 목소리가 들린 것 같았다.

COMBATANTS WILL BE
DISPATCHED!

전투원,

아카츠키 나츠메
NATSUME AKATSUKI

ILLUSTRATION
카카오 란탄
KAKAO LANTHANUM

파
견
합니다!

에필로그

　"……이게 뭐야?"

　보고서를 본 아스타로트가 괴이쩍은 표정을 지으며 릴리스에게 물었다.

　"앨리스의 제안이야. 정말 합리적이고 멋진 생각 같아."

　왠지 즐거운 기색인 앨리스의 말에, 아스타로트는 이마를 손으로 짚었다.

　"이런……. 이래선 악의 조직이 아니라 정의의 사도잖아……."

　"하지만 이걸로 지구를 정복한 후에도 한동안은 전투원들의 일거리가 부족할 일은 없어. 나쁘지 않은 제안이네. 뭐, 보고서에 이름이 자주 나오는 동업자를 쫓아낸 후에 이 별을 정식으로 침략하면 돼. 그때까지는 전투원을 파견하면서 느긋하게 지구 통치에 박차를 가하자."

　릴리스가 그런 제안을 하자.

　"……어쩔 수 없네. 지구 정복도 예상외로 난항을 겪고 있어서 생각보다 시간이 걸릴 것 같으니까. 그건 그렇고……."

　아스타로트가 회의실 구석을 쳐다보았다.

　그곳에는…….

"전투원 F18호! 전투원 F19호! 너희가 이곳으로 불려온 이유는 알고 있겠지?"

"기다려 주십시오, 벨리알 님! 이번에는 용사가 먼저 덤볐습니다! 이 몸이 악행을 벌이고 있는데, 이 남자가 방해했습니다!"

"헛소리 하지 마라, 바람의 파우스트레스! 네놈이 저지른 건 악행이 아니라, 야비한 경범죄다! 벨리알 님, 저는 이 녀석의 폭주를 막으려 했을 뿐입니다!"

벨리알에게 변명하는 두 남자.

둘 중 하나는 영락없는 괴인처럼 보였으며, 나머지 하나는 히어로 특유의 분위기를 드러내고 있었다.

"시끄러워! 다툰 건 사실이고, 조직 내 항쟁은 금지 사항이다! 그리고 자꾸 말하게 하지 마라! 용사가 아니라, 전투원 F18호! 바람의 뭐시기가 아니라, 전투원 F19호다! 6호처럼 용사 소리를 했다간, 그 녀석처럼 돌이킬 수 없게 망가질 거다! 그리고 바람의~ 같은 별칭을 써도 되는 건 간부들뿐이다! 알았나?!"

""옙!""

한목소리로 경례하는 두 견습 전투원.

"……저기, 쟤넨 뭐야? 하나는 히어로로 냄새가 나고, 다른 하나는 괴인 같네."

"쟤들 말이야? 벨리알의 말에 따르면, 느닷없이 자기 집 마당에 나타나서 싸우더래. 그래서 둘 다 몇 대 쥐어박은 후에 견습 전투원으로 삼으려고 끌고 왔다고 하던데. 저 F19호라는 녀석의 말에 따르면, 용사를 데리고 불꽃의 뭐시기가 있는 곳으로 전이하려고 했는데, 어떻게 된 건지 업화의 벨리알 님 근처로…… 같은, 영문 모를 소리를 늘어놓았어."

…….

"저 아이는 개나 고양이만으로 부족해서 이제는 주인 없는 히어로와 괴인까지 주워온 거야? ……정말, 6호는 저쪽 세계에 남겠다고 하질 않나, 다들 무슨 생각인지……."

"……뭐, 저쪽은 전쟁 탓에 남자보다 여자가 더 많잖아. 게다가 대부분 미소녀라던데? 아무튼, 나도 넘어가고 싶네. 그 별에는 내 흥미를 끄는 게 잔뜩 있어. 낭만이 넘치는 세계야!"

그렇게 말한 릴리스는 콧김을 뿜으며 방을 나섰다.

"……도, 돌아오겠지? 설마 건너편에 현지처가 생겨서 평생 살겠다는 소리를 늘어놓지는 않겠지? ……베, 벨리알, 보고서는 여기 둘게! 저기, 릴리스! 6호는 꼭 돌아오겠지?! 응?!"

아스타로트는 허둥지둥 들고 있던 종이를 책상에 내려놓더니, 릴리스를 쫓듯 방을 나섰다.

【최종 보고】

 현지에서 아지트 입수에 성공.

 괴인과 전투원의 전송은 언제든 가능.

 또한 본인의 강한 희망에 따라, 전투원 6호는 한동안 현지에서 조사 임무를 속행함.

 문제시되고 있는 지구 침략 후의 전투원의 일거리 부족 문제의 해결책을 6호의 힌트를 통해 발견.

 일거리 부족 해결책은 별지(別紙)에 수록된 전투원 파견 계획에서 설명.

 또한, 현재 상황에서의 침략은 득보다 실이 클 것으로 추정.

 하다못해, 현지의 동업자를 격퇴한 후에 침략하는 것을 추천.

 현재 이 행성의 8할이 미개척지이며, 첨부한 별지에 실린 대로, 정체불명의 고대 유적과 대삼림 등 조사가 필요한 장소가 다수 존재.

 그리고 지구의 기술력을 능가하는 오파츠의 존재도 확인.

 그런 점을 고려해, 신중한 침략 계획을 세울 것을, 이 최종 보고서를 통해 제안합니다.

【전투원 파견 계획, 개요】

미개척지의 개발 및 생태계 조사.

동업자 『마왕군』의 섬멸 혹은 조직 해체 및 흡수.

행성 안에 존재하는 미확인 오파츠 및 유적의 조사.

원주민의 요청에 따른, 원생동물의 제거 의뢰 등.

이것들을 비밀결사 키사라기가 맡으며, 전투원을 파견하는 업무를 행함.

또한, 현지 지부장으로는 원주민의 신망이 두터운 전투원 6호를 추천합니다.

최종 보고자 : 전투원 6호의 파트너, 키사라기 앨리스.

COMBATANTS WILL BE
DISPATCHED!

전투원,

아카츠키 나츠메
NATSUME AKATSUKI

ILLUSTRATION
카카오 란탄
KAKAO LANTHANUM

파

견

합니다!

작가 후기

처음 뵙는 여러분, 만나서 반갑습니다.

작가 비스무리하면서 백수틱한 무언가인 아카츠키 나츠메라고 합니다.

『전투원, 파견합니다!』를 읽어주셔서 감사합니다.

이 작품은 예전에 소설 투고 사이트, 「소설가가 되자」에 게재했던 글을 손질한 작품입니다.

다른 시리즈인 『이 멋진 세계에 축복을!』 전에 쓴 작품이며, 여러 사정에 따라 출판하게 되었습니다.

이 작품의 스토리를 대략적으로 설명하자면, 악의 조직의 조무래기 전투원이 산촌벽지로 파견되는 이야기입니다.

이 작품은 전대물일까요, SF물일까요, 아니면 판타지일까요.

뭐, 기본적인 장르는 코미디입니다.

자아, 이 작품의 골은 마왕을 쓰러뜨려서 세계를 평화롭게 만드는 것이 아닙니다.

미지의 행성에 보내진 6호와 6호의 파트너인 앨리스는 앞으로 이 별의 미개척지를 현대 병기와 울트라 테크놀로지로 개척할 겁니다. 그리고 마왕과 싸우기도 하고, 현지의 생물에게 도망 다니기도 하고, 때로는 이 별의 수수께끼를 조사하기도 하겠죠.

앞으로 이 이야기가 어떻게 진행될지, 부디 끝까지 함께 해 주시면 감사하겠습니다.

——이번에 이 책을 내면서, 어느 작가님께 원고를 읽어달라고 부탁했고, 코멘트도 받았습니다. 정말 많은 협력을 받았죠.

그분의 이름을 밝히지 않겠습니다만, 나가츠키 탓페이 선생님. 정말 감사합니다.

그리고 멋진 일러스트를 그려주신 카카오 란탄 선생님을 비롯해, 담당 편집자님, 영업 담당자님, 디자인 담당자님과 교정자님, 그 밖에도 이 책을 만드는 데 관여해 주신 모든 분에게 진심으로 감사드립니다.

아마 『이 멋진 세계에 축복을!』 시리즈만이 아니라, 이 작품으로도 많은 민폐를 끼칠 테니, 미리 사과하겠습니다.

폐를 끼치지 않을 노력을 하라는 투정은 얼마든지 받아드리겠습니다! 죄송합니다!

어째 매번 원고를 마무리할 때마다 여러 사람에게 사과하는 것 같네요.

그럼 마지막으로 한마디 드리겠습니다.

이 책을 읽어 주신 모든 독자 여러분. 진심으로, 감사합니다!

아카츠키 나츠메

역자 후기

안녕하십니까. 근로청년 번역가 이승원입니다.

『전투원, 파견합니다!』1권을 구매해 주셔서 진심으로 감사드립니다.

이 작품은『이 멋진 세계에 축복을!』의 저자이신 아카츠키 나츠메 선생님의 작품입니다.

세계 정복을 목전에 둔 악의 조직의 말단 전투원이 정복이 끝난 후의 전투원 대량 해고 사태를 막기 위해 분투(?)하는 내용입니다.

뭐, 그 분투라는 것이 침략 예정인 별을 조사하러 갔다가 일이 요상하게 꼬여서 그 별에 있는 동업자(?)들과 싸우게 되는 것이지만 말이죠.^^

특촬물에서 색색깔 쫄쫄이를 입은 히어로들에게 단체로 달려들었다가 추풍낙엽처럼 쓸려나가거나 하는 줄 알았던 말단 전투원의 활약이 개인적으로는 반갑습니다.

특히 작품 곳곳에 존재하는 특촬물 요소들이 정말 마음에 들었습니다(악의 조직에서는 메뚜기 괴인을 만들지 않는다거나요^^).

이 작품이 앞으로 어떤 식의 전개를 선보일지 벌써부터 기대됩니다.

저도 담당 역자로서, 그리고 한 사람의 팬으로서 진심으로 기대하렵니다!

그럼 이만 줄이겠습니다.

재미있는 신작을 맡겨주신 노블엔진 편집부 여러분께 감사드립니다. 앞으로도 잘 부탁드립니다.

매운맛을 제대로 느껴보고 싶다던 악우여. 양고기 마라전골은 잘 먹었나~. 참고로 나는 매워서 죽는 줄 알았다ㅎㅎ. 다음에는 좀 노멀한 걸 먹으러 가세.ㅜㅜ

마지막으로 제게 버팀목이 되어주시는 어머니와, 『전투원, 파견합니다!』를 읽어주신 모든 분들께 진심으로 감사드립니다.

미소녀 안드로이드가 오컬트(?)를 버스터(?)하는 『전투원, 파견합니다!』 2권 후기에서 다시 뵙겠습니다!

역자 이승원 올림

전투원, 파견합니다! 1

2020년 07월 20일 제1판 인쇄
2020년 08월 01일 제1판 발행

지음 아카츠키 나츠메 | **일러스트** 카카오 란탄

옮김 이승원

발행 영상출판미디어(주)
등록번호 제 2002-000003호
주소 21311 인천광역시 부평구 평천로 132 (청천동)
전화 032-505-2973(代) | FAX 032-505-2982

ISBN 979-11-6524-746-1
ISBN 979-11-6524-745-4 (세트)

SENTOIN, HAKEN SHIMASU Vol. 1
©2017 Natsume Akatsuki, Kakao · Lanthanum
First published in Japan in 2017 by KADOKAWA CORPORATION, Tokyo.
Korean translation rights arranged with KADOKAWA CORPORATION, Tokyo.

구매 시 파손된 도서는 구매처에서 교환하실 수 있습니다.
기타 불편사항, 문의사항이 있으신 독자님께서는 노블엔진 홈페이지
[http://novelengine.com] 에서 Q&A 게시판을 이용해 주시기 바랍니다.

노블엔진(NOVEL ENGINE)은 영상출판미디어(주)의 라이트노벨 및 관련서적 브랜드입니다.

외톨이의 이세계 공략

Life.1
~치트 스킬은 매진이었다~

학교에서 '외톨이'로 보내던 하루카는 어느 날 갑자기 반 아이들과 함께 이세계로 소환된다. 이세계 소환의 정석인 '치트 스킬'을 얻을 수 있다고 생각했으나—— 스킬 선택권은 선착순, 그것도 반 아이들이 다 가져간 상태?!

아무도 안 가져간 떨거지 스킬, 그리고 『외톨이』 스킬의 효과로 인해 파티도 못 들어가 고독한 모험에 나설 수밖에 없게 된 하루카.

그러던 중에 반 친구들의 위기를 알게 되고 치트에 의존하지 않으며 치트를 넘어서는 이단적인 최강의 길을 걷기 시작하는데——.

최강 외톨이의 이세계 공략 이야기, 개막!

고지 쇼지 지음 | **부-타** 일러스트 | **2020년 4월 출간**

청춘의 상상, 시동을 걸어라!

성검학원의 마검사

1

최강의 마왕 레오니스는 다가오는 결전에 대비해 자신을 봉인했다. 하지만 1000년이란 세월이 지나 눈을 떠 보니 열 살 소년의 모습으로 돌아가 있었다?! ——" 어째서?!"

그리고 깨어난 곳에서 새로운 만남이?!

"어째서 여기에 갇혀 있었니? 이제 괜찮아. 이 누나가 지켜줄게."

〈성검학원〉 소속 미소녀 리세리아에게 보호받게 된 레오니스는 크게 변모한 세계를 보고 황당해한다. 미지의 적 〈보이드〉, 〈제07전술도시〉, 무기의 형태를 한 이능의 힘 〈성검〉. 난생 처음 듣는 단어들에 혼란에 빠지면서도, 과거 최강 마왕=현재 열 살 꼬마는 〈성검학원〉에 입학하기로 하는데——.

©Yu Shimizu 2019
Illustration : Asagi Tosaka
KADOKAWA CORPORATION

시미즈 유우 지음 | **토사카 아사기** 일러스트 | **2020년 7월 출간**

청춘의 상상, 시동을 걸어라!

예를 들어 라스트 던전 앞 마을의 소년이 초반 마을에서 사는 듯한 이야기

1~3

"저, 도시에 가보고 싶어요!"

마을 사람 모두가 반대하는 가운데, 군인이 된다는 꿈을 버리지 못하고 왕도로 여행을 떠난 소년 로이드. 그러나 마을에서 제일 약한 놈이라 불리는 그를 포함하여, 마을 사람들은 아무도 알지 못했다.

자신들의 마을이 고 레벨 모험가들도 두려워하는 『라스트 던전 바로 앞의 인외마경』이라고 불리는 진실을…….

그곳에서 자란 로이드는 신체능력 발군, 고대 마법도 완비, 덤으로 가사 스킬까지 퍼펙트!!

애니메이션 제작 중!
라스트던전급 소년의 무자각 파워 라이프!

사토 토시오 지음 │ **와타누키 나오** 일러스트 │ **2020년 3월 제2권 출간**
청춘의 상상, 시동을 걸어라!